ammann

Erika Burkart

Das Schimmern der Flügel

Jugendmythen

Ammann Verlag

© 1994 by Ammann Verlag & Co., Zürich
Alle Rechte vorbehalten
Satz: Jung Satzcentrum GmbH, Lahnau
Druck: Offizin Andersen Nexö, Leipzig
ISBN 3-250-10234-2

*Si je désire une eau d'Europe, c'est la flache
Noire et froide où vers le crépuscule embaumé
Un enfant accroupi, plein de tristesse, lâche
Un bateau frêle comme un papillon de mai.*

Arthur Rimbaud

*Wann ging die feine Stäubung dem
Schmetterling in mir verloren?*
                                    Robert Walser

*Der wichtigste Zeuge ist das Kind ...
es wird zur Freude und zur Furcht initiiert.*
                                    George Steiner

Heimat ist, wovon man ausgeht.
                                    T. S. Eliot

Die Eltern hatten sich gestritten. Die Mutter saß in der Küche auf der rußigen Herdbank und wischte sich mit dem Schürzenzipfel die roten Augen. Den Kneifer hatte sie abgenommen, er blinkerte vom Herdrand, ein gläserner Falter, Zwicker genannt. An der Nasenwurzel vertieften sich die Wundmale von Jahr zu Jahr. Auf dem von Messerkerben gefurchten Tisch lagen die ersten Spargeln. Finger eines Riesen, schuppig, violettes Blut unter den Nägeln.

Der Vater stand an der Theke der Wirts-Stube. Durch die weit offene Türe – Gäste willkommen – sah ich ihn von der Küchenschwelle aus. Er hatte sich neben der dem Schanktisch aufgesetzten Vitrine postiert. Hinter dickem eisgrünem Glas lagen Rauchwaren aus: Zigaretten, Brissagos, Stumpenpäcklein und, in exotisch bebilderten Zedern- und Palisanderholzschachteln, kostbare Zigarren, die einzeln verkauft wurden. Auch ein Klumpen Kautabak fand sich im Glaskasten, als Schaustück, da niemand Lust hatte, den zu einer fäkalienbraunen Hartwurst verarbeiteten Tabak zu erwerben.

Über dem gestärkten Sonntagshemd strafften sich die elastischen Hosenträger. Sehr aufrecht stand der Wirt Wache am Hochaltar seiner Beiz und goß sich ein Gläschen ein und noch eins. Die Rechte in die Seite gestemmt, er war Linkshänder, trank er bedächtig Steinhäger, den mochte er am liebsten, und lautern Fricktalerkirsch. Die andern Flaschen, die »weniger reine, weniger spirituelle Essenzen« enthielten (Erläuterung des kundigen Trinkers), öffnete er nicht täglich. Indes bewiesen bunte Bodenreste, daß er auch den goldbraunen Cognac, den englischroten Cherry, den grünen Pfefferminz-, den pollengelben Bananenliqueur und den milchig trüben Anisschnaps nicht verschmähte. Wenn er das Glas absetzte, schaute er über die Flaschen, die Tische und Stühle hinweg zum Fenster, durch das man im blauen Taldunst den Turm der Kirche von Merenschwand und dahinter den Umriß der Rigi sah. Den in den obersten Regionen noch weißen Fuji unserer Landschaft im schon steinernen Blick, es war Sonntag, nahm er mich nicht zur Kenntnis, als ich mich in die Gaststube schlich, um ein Buch zu holen aus der Ofenecke, wo meine Schwester und ich nach der Schule lasen oder die Hausaufgaben erledigten. Gäste, falls an Werktagen überhaupt welche kamen, stellten sich meist erst später ein. Einsame Sonderlinge, die keinem bestimmten Beruf nachgingen, wann immer einen »Blauen« einschalteten, störten uns nicht. Bei einem Halben Roten brüteten sie vor sich hin, schauten den Fliegen nach und stippten abwesend nach Brotkrümeln, die wegzukehren auch Elfi, die Serviererin, vergessen hatte.

Wenn Vater trank, getrunken hatte, betrunken war, wollte man nichts, was einem lieb war, in seiner Nähe wissen. Er spuckte darauf, nicht absichtlich, der Raucher und Trinker hustete eben häufig. Bücher dienten ihm als Notizblöcke, Vasen als Aschenbecher, und sowohl Vasen wie Büchern kam, bemächtigte sich ihrer der ruhelose Vater, die Funktion von Waffen zu, die er gegen Gespenster schleuderte, die einst reale Feinde waren. Aus seinen Gesprächen mit dem Landvermesser A. und dem Legionär B. kannte ich sie. Mir graute vor ihnen. Selbst das Kind eines schwierigen Vaters empfindet dessen Feinde als die seinen. Armer Vater. Wie hart seine Pranke das Glas umklammerte. Hielt er sich daran fest? Im offenen Fenster schmetterten die Maivögel, und im Auenwald rief der Kuckuck das Wort, das die von weißen Wolken beflügelte Welt in einen Echoraum verzauberte. Das Buch *Durch Wüste und Wildnis* wie beiläufig zu mir steckend, stahl ich mich davon. Der gefürchtete Vater machte seine Tochter, die sich genötigt sah, ihr Eigentum zu *entwenden*, zum Räubermädchen.

*

Frühmorgens hatte ich meine Sonntagsschuhe mit Deckcrème geweißelt. Auf dem Fensterbrett warteten sie auf mich in der Sonntagssonne, weiß wie Schnee sich abhebend vom silbergrauen Fichtenholz, das Eulenfaltermuster zeichneten: Wellenlinien, Ringe, nierenförmige Makel und Halbmondflecke, wie sie sich, untilgbar, einwachsen, wenn Nebelnässe und Niederschläge ausgesetztes Holz durchfeuchten.

Lustvoll den chemischen Geruch der getrockneten Reinigungsmilch einatmend, schaute ich über blühende Bäume weg ins Tal hinunter, wo am Fluß ein breites hohes, durch den Auenwald halb verdecktes Haus stand. Der Erlenhof. Seine Bewohner kannte ich nicht, und nie war ich jenseits des Flusses den langgestreckten Höhenzug hinaufgestiegen zu einem der drei in Baumgärten versunkenen Dörfer. Laublichte und tannendunkle Ausläufer der waldigen Krete erstreckten sich bis in die bewohnten Zonen. Fast wöchentlich wechselten die Wiesen und Felder im Umland der Siedlungen die Farbe. Der Raps blühte, schwefliges Knallgelb, als wäre da, dort am Berg, ein Gestirn explodiert. Unmerklich würden die weithin sichtbaren Bienenweiden untergehn in krautigem Grün, das grenzentilgend überhandnähme, bis sich die Gerstenfelder auszusondern begännen, Seen, bestrichen vom Juniwind.

*

Die weißen Schuhe auf Brusthöhe vor mir, verfolgte ich den Lauf der Wege auf der anderen Seite der Reuss. In Gedanken betrat ich die fremden Wälder und gelangte durch Laubtunnel zu einer Burgruine, von der aus ich das gegenüberliegende Hügelhaus erblickte. In einer Lücke des Baumwalls suchte ich das besonnte Fensterbrett, wo Hände Schuhe hüteten, die von der Zeit verwandelt worden sind in Tauben, Träger einer Botschaft, die sich nicht in Worte fassen ließ; damals: Vater, gib Frieden, Mutter, kämpf weiter.

*

Auf Zehenspitzen das Treppenhaus hinab. Ich will nicht gesehen werden, will nicht Rede stehen. »Ich ... « Auf Ausreden verstehe ich mich nicht, und die Wahrheit, unaussprechbar wie die meisten Kinderwahrheiten, lautete, wagte man sie zu äußern: aus dem Haus, ans Licht, das die Pinsel der Löwenzahnknospen zu Millionen Sonnen öffnet und meine Arme strafft, in denen sich die Flügel dehnen. Mir voraus die weißen Schuhe. Ihre Ungeduld; mein Zögern; verträgt sich meine Scheu vor Heimlichkeiten doch schlecht mit dem Drang, allein unter freiem Himmel zu gehn. Mutter, laß mich hinaus. Mich lockt nicht das Hifthorn, mein Abenteuer ist die Stille, in der man das eigene Herz pochen hört.

*

Durch drei Ostfenster fällt das Morgenlicht auf bröckelnde Wände. Wunden, Schürfungen, Risse, die am Nachmittag, wenn die Sonne im Westen steht, vernarben in der Tagdämmerung der spinnenden Spinnen, brummenden Fliegen; auch Hornissen und Wespen, eingeflogen durch die an Schönwettersonntagen offene Haupttür der *Wein- und Speisewirthschaft* (Tavernenschild), krabbeln den Wänden entlang, bumsen gegen die Scheiben, surren und sirren, irr in der Angst, ausweglos gefangen zu sein. Im Rücken den Bösen Blick des Hieronymus, Stich nach Dürer, vor mir, signiert mit Satanas, ein Selbstbildnis von Vaters Malerfreund, drücke ich mich an der Küchentüre vorbei. Niemand kann Hieronymus, niemand Satanas, alias Paul, ausweichen. Wo immer man steht und geht, finden sie einen, das ächtende bohrende Auge des Dürerschen Alten und das Lauern de profundis des Malers, der sich selbst begegnet.

Hinter der Küchentüre die Stimmen von Mutter und Elfi. Auch nach Wortwechseln, die das Haus in Mutter- und Vaterhaus spalten, beruhigt sich Mama rasch. Vermutlich rüsten sie die Spargeln; im Schaff und in den tiefen Kesselpfannen blubbert und strudelt das Wasser.

Am Sonntag wird früher gegessen, blauer Himmel heute, Vater hofft auf Gäste. Daß Wolken aufstiegen, der Horizont sich verfinsterte, alle Wege sich eintrübten, auf denen sie, die Sonntagsgäste, der Wein- und Speisewirthschaft zustreben! Mir graut vor diesen sonnenprallen, von fremden Stimmen durchgellten Sonntagnachmittagen, die uns Kindern die Mutter nehmen. Im Sog der Pflichten und Beanspruchungen treibt sie von uns weg, lächelt, grüßt, grüßt zurück. Ihre Schürze aus elfenbeinfarbener Seide schimmert vor den Grüngründen der von Tannengruppen beschatteten Gartenwirtschaft. Lange Holztische, lange Holzbänke; am Samstag hat Vater das Gras gemäht. »Frau Mutter, Mutter Wirtin...« Die von ihr persönlich bedient werden, nennen sie Frau B. oder Migoi. Aber Mama ist weder Mutter Wirtin noch Frau B., noch Migoi.

Nach oben lauschend, nach unten horchend, verhalte ich im Schatteneck bei der Hintertüre, durch die man auf eine Plattform hinaustritt, von der linker Hand, rechter Hand je eine Treppe in die Gartenwirtschaft hinabführt. Spinnweben vibrieren im Durchzug. Im elterlichen Treppenhaus zieht es immer. Undichte Fenster, schlecht schließende Türen, die Schlösser sind defekt, die Rahmen schief, die Flügel verquollen. Jetzt, da ich sichere wie eine der Nachbarkatzen, die sich ins Haus stehlen, um am Futternapf unsres Katers zu naschen, beelenden mich die Gespinste, die wir übersehen gelernt haben, stehen sie doch unter der Schutzherrschaft des Vaters; Fliegenreusen, sagt er, Widerspruch duldet er nicht. Man hat sich gewöhnt an die zerfetzten Grausegel, Baldachine der Armut; unsichtbar lauern die Weberinnen; es kommt vor, daß einem eine Spinne ins Haar fällt.

Klebrig von durchfeuchtetem Staub, tauchen die Geisterschiffe tagsüber in Sicht, um nachts unterzugehn, wenn schwache Glühbirnen ihr tristes Licht auf die ausgetretenen Eichenstufen, zwischen die gedrechselten Geländersäulchen und über den Handlauf nieseln lassen, der auch von Angetrunkenen nicht benutzt wird. – Woher nur der rascher als Kresse nachwachsende Staub? Mörtel-, Ruß-, Aschen-, Pollenstaub und, feiner, die der rohen Materie untermischte, nicht wegzuwischende Stäubung, mit welcher die Zeit Dinge und Menschen beschlägt.

Nachts nebelt es im Treppenhaus. Die Gäste reden von Gespenstern. Außer dem Braunen Mönch, der einst gegen zwei Uhr nachts am Fenster neben meinem Bett stand, ist mir nie ein Gespenst begegnet. Gerne wüßte ich, wie sein von der Kapuze verschattetes Gesicht aussah.

Angesogen vom Licht, das durch die offene Haustür

dringt, möchte ich die unterste Treppe im Flug nehmen. Flügel sollte man haben, weit tragende Adlerschwingen; wäre ich ein Vogel, flöge ich furchtlos an der über eine bauchige Wand gespannten, von vorstehenden Nägeln durchstochenen Haut der Riesenschlange vorbei, deren Ringmuster Bewegung vortäuscht. Vaters Anakonda. Die kommt von *Drüben*. *Drüben* bedeutet Brasilien, Argentinien, Bolivien, Paraguay und Uruguay. Dort, *Drüben*, hat Vater den Hirsch geschossen, dessen Geweih aus der Wand hervorstößt, welche den finstern Flur von der Gerätekammer trennt. Stachlige Geweihstangen, die keine Lichter tragen. Das Gehörn von Vaters Hirsch ist kein Leuchterhalter, es ist die Trophäe eines Jägers, dem nie ein heiliger Hirsch erschienen ist. Oder doch? Wenig weiß ein Kind von einem Mann, der achtzehn Jahre in Urwäldern und Sümpfen jagte, auf Flüssen reiste und unter Tag in einer Mine arbeitete, wo ein »Halbblut« (was heißt das?) die Strickleiter durchschnitt, welche der Gringo, der die Zündschnur schon angebrannt hatte, im senkrechten Stollen hatte hochsteigen wollen.

Geistesgegenwärtig kappte Vater die Zündschnur. »Mit diesem Sackmesser! Dieses Messer hat mir das Leben gerettet. Passagen Marianna hieß die englische Goldmine. Gearbeitet wurde in einer Tiefe von 500 Metern. Meine Aufgabe bestand darin, die Bohrlöcher mit Dynamit zu füllen...« Vaters Messer ist Vaters Talisman. Vor staunenden Gästen klappt er Klinge um Klinge aus.

Geblendet trete ich ins Mailicht. Mit dem Schneebesen wischt der Vater Spinnweben aus den Gittern, die die Fenster des Erdgeschosses sichern. Vor was, vor wem? In diesem Haus gibt es kein Geld, hier gibt es einzig Schätze, die von Bedeutung sind nur für jene, die ihre Geschichte kennen. Den Besenstiel im Arm wie ein Gewehr, prüft der Vater das gesäuberte Kreuzgitter, durch das man mit den Tieren in der Jagdstube sprechen kann. Auch die mit Vogeldreck bekleckerten Bänke inspiziert er »mit Jägerblick«. Auf ihn, dem er so manches entgehen läßt, ist er stolz. Ungesehen entwische ich, die zwölf ungleichen Granitstufen der Gartentreppe hinab durch das steinerne Tor in der Mauer hinaus auf die Straße zum Wegkreuz. Während ich gehe, fällt es von mir ab, einem schweren Mantel gleich, Schritt für Schritt löse ich mich, schäle ich mich aus der dunklen Vaterwolke, breche durch, reiße aus. Im Blick zurück – bin ich erst weit genug weg, darf ich mich umdrehn: finstere Tannentürme, lichte Traubenkirschenkuppeln, die Kronen der Robinien im Flaum der spät stoßenden Fiederblätter, die Silberpappel blinkend: ein Wall von Bäumen innerhalb der Bruchsteinmauer, die das Haus und seinen Garten umschließt, ruinös im Süden und Osten, notdürftig restauriert im Westen, im Norden abgebrochen – aus Norden blicke ich zurück auf die Baumburg.

Was verstecken die Bäume?

Im Freiamt geht die Kunde von einer hohen Schaukel, einem unmeßbar tiefen Sodbrunnen und unterirdischen Gängen. Arme Vaganten sagen der Wirtin Gutes nach, und der Gastwirt ist eine Sage. Indes kann sein Jägerlatein sich berufen auf Beweisstücke, die in Augenschein nehmen zu dürfen eine Gunst ist.

Eine umkreisende Sprache tastet sich an Begebenheiten, Menschen und Gegenstände heran, die nurmehr mir etwas bedeuten. »Umständlich« sein, sorgsam, damit sie nicht wegtauchen oder sich verpuppen. Seit ich mir vorgenommen habe, über die *Falter* zu schreiben, begegnen mir Schmetterlinge, draußen und auch im Haus, obwohl man sagt, diese Spezies sei am Aussterben. Nehmen unsre Sinne Dinge und Wesen erst dann bewußter wahr, wenn unser Denken sich mit ihnen befaßt als mit Erscheinungen, deren Absenz im Geist Bilder erzeugt? Geist-Bilder machen uns aufmerksam auf Noch-Vorhandenes ihrer Art. Wie verschwindend klein und totenhaft weiß er war, der Nachtfalter, der sich eines Abends spät in der Küche auf meine Hand setzte. »Nun komm ich noch diesmal und dann nimmermehr...«

Der bleiche Schwärmer war eine Seele.

*

Das Gras stand hoch, Rispen und Wiesenblumen blühten. Betäubt von Düften und Licht, ging ich in den Morgen der Zitronenfalter und Kleinen Füchse hinein. Zwischen silbernen Gräsern leuchteten Blumen, die in den letzten Jahrzehnten in Waldzwickel und an den Saum geschützter Wasserwiesen geflohen sind. Ich sah sie mit der sammelnden Optik des Kindes, das sich Geschautes einverleibt. Dicht wie zu Sträußen gelesen blühten beisammen Kuckuckslichtnelke und Vergißmeinnicht, Hahnenfuß, Labkraut, Kerbel, Salbei und Storchenschnabel, frühe Margriten und die lammgrauen Seelensonnen des verblühten Löwenzahns, letztere eine Erinnerung an eine noch frühere Zeit, da ich im Grasdschungel, der das kleine Mädchen überragte, in die flaumigen Kugeln pustete.

Bald sah ich die Blumen einzeln, eine und eine und eine im Blütenabertausend des Teppichs, der am Grund noch feucht war von Tau, bald verschwammen sie zu einem meerweiten Flimmern. Die staubweiße Straße scheitelt das Meer, auch mein Fluchtweg führt durch ein Meer, im Norden der Wald, tannengrün in den Himmel gezackt, dessen Bläue mich hautnah umfängt. Die Sonne darin ist der höchste Vogel, verborgen im eigenen Licht. Ich fasse ihn ins nackte Auge, ich verstehe nicht, weshalb die Leute diese dunklen Brillen tragen, durch die gesehen am Himmel immer Abend und auf Erden Herbst ist.

Einander umkreisend, setzen sich zwei Weißlinge ab von einer Faltergirlande, entfernen sich über die Flur, wirbeln hoch im Spiralflug, verlöschen im Blau, enttauchen ihm anderswo, taumeln zur Erde zurück, gehn unter am gleichen Ort.

Aus Röhren und Näpfen trinkend, krallen sich juwelene Jungschmetterlinge an zarte Blüten. Unter den saugenden Rüsseln beben die Blütenköpfe, die Stiele wippen. Andere Falter, ältere, die überwintert haben, nippen bloß. Wie nur angeweht, haften sie kaum, verhalten, verharren, lassen sich betrachten, auf die zerfransten Flügelränder schauen. Wo sind der Goldstaub, der Sammetglanz, die Farbinbrunst der Schuppen geblieben? Die magischen Augen sind erblindet, der Zauber ist tot.

*

Über eine Krete führend, trennt die Straße die Täler. Beim Wegkreuz, von dem eine Krähe wegflog, bog ich in die steile Talstraße ein. Mein Ziel war die Kiesgrube, ein Ort, den ich liebte, weil man dort in die Erde hineinschauen konnte. Meines Wissens war in der kleinen Grube am Talweg nie mit Maschinen gearbeitet worden, und nie hatte ich einen Menschen Kies schaufeln sehn aus der lehmigen Wunde. Es gab überhaupt keinen Kies, nur ein paar große glitzernde Granitbrocken zwischen Pfützen und in der angeschürften Moräne steckengebliebene Steine, über deren Größe und Gestalt ich mutmaßte. Stellten die mir zugekehrten, krustengerahmten Oberflächenausschnitte Gesichter dar?

Welchen Teil ihres Körpers die Steine einem gezeigt hatten, erkannte man erst, wenn man sie mit Hand und Hacke befreit hatte. Soweit dies möglich war. Festummauert widerstanden viele der Kratz- und Wühlarbeit.

Die drei Meter hohe Wand der Anschürfung umfaßte im Halbkreis ein nach Südosten einer Bühne gleich offenes Rund, das im Wiesenhang nicht mehr Platz einnahm als ein Karussell. Ein Aufschluß. Der unbedeutendste in unsrer Gemeinde.

Eine Wohnung anlegen, weg von den Menschen im Leib der Erde. Meine Steinfamilien und ihre innerirdischen Kammern erwarten mich.

Mit einem spitzen Stein hacke ich ein Loch in die Lehmwand. Wenn ich müde bin, schaue ich an ihr hinauf. Trespen nicken über den Rand der Grasnarbe. Die oben aufliegende Humusschicht ist von Wurzeln durchädert, Gräser bilden eine wirre Schrift gegen den Himmel, noch ist er blau. Wenn sich eine Hummel auf ein Gras setzt, läuft ein Zittern durch den Halm. Niemand kennt meinen Aufenthalt, keiner, der mich in Gedanken sucht, sieht das Umfeld. Kann sich einer den Ort vorstellen, wo man spielt, ist man schon nicht mehr allein. Aber ich spiele ja gar nicht, ich erforsche das Innere der Erde, ich entdecke, ich verstecke mich vor der überquellenden Sonntagmorgensonne, die alles an den Tag bringt. Der Ostwind trägt den Schwall der Kirchenglocken über mich weg auf die Krete; träte ich an den Rand der Grube, könnte ich die Silhouette des Wegkreuzes sehn, das seine zu kurzen Arme ausbreitet. Den Stein als Faustkeil handhabend, spitze ich eine Nische aus der Wand. Ein Hausaltar. Hier wird ein Marienbild stehn.

Um die Höhlung zu überprüfen, trete ich zwei Schritte zurück – und erschrecke so heftig, daß ich mich an meinem Werkzeug festklammern muß. Ich bin nicht allein; ich bin beobachtet worden, während ich in die Erde drang. Im unteilbaren Glück, ein Werk zu schaffen, bin ich von einem Mann überrascht worden. Wer ist er? Ich kenne ihn nicht.

Grüne Augen, dunkle dichte Haare, der Mund bleibt ernst, der Mann lacht mich nicht aus, das große Mädchen, das in einer Kiesgrube herumwerkelt wie ein kleiner Junge. Der Bursche stützt sich auf sein Gefährt. Zwischen ihm und mir steht sein blitzblankes Rad, und ich schäme mich meiner schmutzigen Hände. Das weiße Voile-Kleid habe ich rein gehalten. Der Bursche mustert mich von Kopf bis Fuß. Unter seinem Augenspiel wird mir bewußt, daß ich ein durchsichtiges Kleid trage. Den Blick zu saugenden Lichtern verengend, sagt er: »Meitli, wärscht sibemool tuusig Tag alt...« Stockend hat er den Satz, der wie ein Netz zwischen uns hängenbleibt, aus sich herausgebrockt. Ich verstehe ihn nicht, aber er gefällt mir, er beunruhigt mich; fesselnde Worte; sie machen mich mundtot; der Bursche: »Schöner Tag heute. Ich heiße Waldo.«

Nun müßte ich meinen Namen bekanntgeben, wiederhole aber den seinen. – Schweigen. Nichts, gar nichts fällt mir ein. Dann, nach einer Pause, in der ich das Werkzeug, das nun nichts ist als ein gewöhnlicher Stein, aus der Hand gleiten lasse: »Wo wohnen Sie, Waldo?«

Aus der weiten Manschette des bauschigen weißen Hemdsärmels reckt sich eine braune Hand, weist ins Tal. »Dort unten, beim Fluß.« Mehr sagt er nicht. Wir senken die Blicke, ich starre in die Silberspeichen des Rads, er schaut auf meine Schuhe. »Schöne Schuhe«, sagt er, dann, mit veränderter Stimme, der Kloß ist weg: »Hast sie wohl selber geputzt, mit denen kommst du nicht weit.« Darauf weiß ich nichts zu sagen. Waldo scharrt ein paar Steinchen zusammen; sein spitzer schwarzer Halbschuh, das gespiegelte Blau in der Pfütze. Schwalben schießen über uns weg, ein Sonntagsflieger kreuzt auf. Wir schauen ihm nach, wenden uns, während er sich entfernt, einander zu. Diesem Mann bin ich schon einmal begegnet, weiß jedoch nicht, wo und wann. (Dasselbe geschah mir später wieder, wenn ein Mensch mich stark beeindruckte: als speicherte ein die Zukunft einbeziehender Sinn ein Vor-Bild, das darauf wartete, eingelöst zu werden von der Realität.)

Ob er bemerkt, wie ähnlich meine Augen den seinen sind? Grünäugigen, meint der Vater, sei nicht zu trauen. »Meerkatzen, sag ich, auf die ist kein Verlaß.«

»Du hast schöne Augen« – wieder spricht der Bursche mit belegter Stimme – »aber ich muß jetzt gehn, auf Wiedersehn, Meitli.« (Warum erkundigt er sich nicht nach meinem Namen? Ungefragt kann ich ihn nicht aussprechen. Namen, ahnt das Kind, sind magische Formeln.)

Ich versage es mir, Waldo nachzublicken. Zu Tal fährt er nicht, sonst sähe ich ihn. Er schiebt, stelle ich mir vor, das Rad den steilen Rain hinauf bis zum Feldkreuz, wo fünf Wege zusammenlaufen.

Menschenleer, ein ödes Staubband, die Talstraße, auf welcher sich Waldo – am heutigen Vormittag? – der Kiesgrube näherte. Bevor ich ihn sah, war ich allein, jetzt bin ich einsam, ich mag nicht weitergraben. Seit ich die weißen Schuhe anzog, sind siebenmal tausend Jahre vergangen, ich finde mich nicht mehr zurecht, ich bin aus der Zeit gefallen. Uralte Schmetterlinge geistern über eine unterweltliche Wiese, steinern lastet der Himmel, es ist heiß geworden, ich schwitze, ich friere.

Auf Wiedersehn, hat er gesagt. Ich werde ihn nicht wiedersehn.

Siebenmal tausend Tage? Wollte er mir eine Rechnung aufgeben? Ich löse sie, im Gehen die Gräser streifend am Rand des Weges, der heute kein Heimweg ist.

Das Resultat ist gegen mich. Mir fehlen acht Jahre. Waldos Alter kann ich nicht schätzen. Waldo hat kein Alter, er ist eine Natur. Die mißtrauischen Meeraugen, die sich erschreckend weiten können, die durstigen Lippen, die dunkle gepreßte Stimme, sie gehn mir nicht aus dem Kopf.

Ist der Kopf auch das Herz? Etwas tut weh. Wie entstehen Tränen und warum jetzt?

*

Am Kreuzweg auf dem Feldstein. Welchen Weg hat er genommen? Der Zeigefinger schreibt die in den Kreuzsockel gemeißelten, mit Goldfarbe ausgemalten Buchstaben nach, Rille um Rille: »Gelobt sei...« Schwefelgelbe Landkartenflechten flecken den Granit. Eitrige Wunden; das Kreuz ist ein schwärenbedeckter Leib. Mein von Selbstmitleid durchbittertes Erbarmen verwende ich darauf, einen Strauß zu pflücken, den ich unter den Eisenstab klemme, der Sockel und Kreuz verklammert; Blumen für den jungen Gott, der sich durch ein Kreuz vertreten läßt. Falls Waldo nochmals hier vorbeikommen sollte, sieht er den Strauß. Die drei auf dem Raststein ausgelegten Milchsterne gehören ihm. (Kinder und Friedhoffromme denken nicht daran, daß Blumen welken.) Das Elfuhrläuten der Talkapelle, stotternde Anschläge erst, dann monotones Gebimmel, holt mich zurück in die Zeit. Am Sonntag essen wir um halb zwölf.

Rechtzeitig traf ich ein. Elfi hatte sich bereits umgezogen. Durch den vom Küchendampf beschlagenen Zwicker blickte die Mutter besorgt auf den Vater, der den Sonntagsbraten zerlegte. Ein Ritual. Es war so still, daß man das Ticken der Kastenuhr hörte.

*

Am Abend, als die Fliederbüsche geplündert und die Maiglöckchen zertrampelt waren, schien die zu einer ballonartigen Ellipse aufgeblähte Sonne rot auf den gekiesten vergrasten Vorplatz, wo Silberfolien weggeworfener Waffelpapiere glänzten, zerquetschte Stumpenstummel sich nicht unterschieden von Fäkalien streunender Nachttiere. Schöne traurige Lichtlachen schimmerten in den von Holunder, Haseln und Schlehen stellenweise beschatteten Kieswegen, die vom Vorplatz abzweigten. Im vermoosten Gras der Schattenwiesen glitzerten Scherben. Aus dem zerfetzten Stumpf eines Hyazinthenstiels blutete grüner Schaum. Die Gäste hatten sich verzogen. Vögel flogen aus dem tarnenden Laub, stelzten und trippelten auf den Kieswegen durch rieselnde Schatten, badeten im Licht, zeigten Farben, die erst sichtbar wurden in der tiefen Sonne, die den Hals des Rotkehlchens röter malte und die Beerenaugen der Amseln schwärzer. Noch stand die Haustüre offen. Es standen, stellte ich, eintretend, fest, alle in den Korridor des Erdgeschosses mündenden Türen offen: die Holzkammer-, die Gerätekammer-, die Aborttür; selbst die Jagdstubentüre, zu welcher der Vater den Schlüssel stets auf sich trug, hatte man zu schließen vergessen. Eine Gelegenheit. In die Jagdstube kam ich, unbeaufsichtigt, nicht so bald wieder.

★

Das Jägerstübli ist das Allerheiligste dieses Hauses, eine Krypta, ein Mortuarium ausgestopfter Tiere. Matt schimmern ihre Glasaugen in der permanenten Dämmerung der ebenerdigen Stube. Die an den Ranken sitzenden Tätzchen der wilden Rebe kleben an den Fenstergittern; bald werden sich die Blättertatzen überlappen zu einem dichten Gehänge. Durch seine Scharten sickert grünes Licht in die Nischen, die geheimnisvolle Vertiefungen bilden im Raum: Kojen, wo innen und außen sich vertauschen.

Eingesponnen in die grünfleckige, auch an schwülen Tagen kühle Urwalddüsternis, leben die toten Tiere das Eigenleben der geisterhaft überdauernden Materie, ins Vergangene horchend, harrend auf den Schlag der Zauberrute, der sie aus einer makabern Ewigkeit befreite und wiederbelebte. Über sie wacht unter dem Fächer eines dürren Palmblatts der schokoladebraune Buddha. Zu seinen Füßen setze ich mich in die Delle des sandfarbenen Plüschsofas, atme den Geruch von Fellen, Pelzen und Federn, rieche, Ruchloses witternd, Blut und Staub, Eisen und Gift. Knochen an Knochen gefügt, verhakt mit Drahtschlingen, wo es lose klappert, bleicht das Skelett des Gürteltiers, grinst der Affenschädel, bleckt der Schwertfisch die Sägezähne. Alt und verbraucht tastet sich das Sonntagabendlicht durch das Laub in die barbarische Kapelle, es herrscht die Stille nach dem Sturm.

Zugeordnet dem knöchellangen Baumrindengewand des amazonischen Häuptlings, wirken Pfeil und Bogen wie Grabbeigaben; desgleichen der Wurfspeer aus Hartholz und die zwei Werkzeuge, die den Indianern zum Feuermachen dienen: ein lineallanges Holz mit eingekerbten Löchern und ein kürzeres, dolchartiges Holz. Keinem der Gäste ist es je gelungen, einen Funken zu erzeugen, wie kräftig und rasch sie auch mit dem Dolch die Kerblöcher rieben: als führten sie einen Hexenfiedelbogen. Aus den Gläsern und Flaschen, die noch nicht abgeräumt wurden, dunstet schaler Weinbrodem; Bierlachen, Brösel, Zigarettenkippen, abgebrannte Streichhölzer, ein Brandmal im ebenholzschwarz gebeizten Tisch. Die drei Reiher, zwei weiße und ein schwarzer, verdrehn die verlausten Hälse, im Pelz des Ameisenbären verbirgt sich der verzauberte Prinz.

»Alle Exponate«, warnt der Vater, »sind vergiftet.« Furchtbares weiß er von den rezent riechenden Giften zu erzählen, die seine Trophäen vor dem Zerfall schützen. Wissenschaftlich erläutert, wollen die Schauermären die Besucher vom Befingern und Beklopfen abhalten; dem Hohlbuckel des Gürteltierpanzers kann keiner widerstehn. »Diesbezüglich«, klagt der Jäger, »sind sie alle wie Kinder.« Leute, die sich nach dem »Götzen« erkundigen, wie sie sich despektierlich ahnungslos ausdrücken, weist er zurecht. – Wer war er, der Dunkle? Wer ist er?

Die Hände im Schoß, thront er, atemvoll die nackte Brust, nabelbeschauend auf gekreuzten Beinen. Über der Nasenwurzel, dort, wo ich im Traum ein drittes Auge habe, wuchert eine Warze, ein Diadem von schneckenartigen Locken umkränzt das gewaltlos machtvolle Haupt. Das Lächeln der prallen Lippen gilt nicht mir, dem weißen Kind, das vor dem schwarzen Gott steht, vor seinen gesenkten schweren Lidern, schläft er?, wacht er? Er sieht mich nicht, er schaut in sich hinein; durch die Lider hindurch glaube ich die Augäpfel zu sehen; angefüllt mit Unaussprechlichem, blicken sie der Welt auf den Grund. (Leerblauer Abgrund, Schwarz. Man sieht es erst, wenn man's weiß.)

Den Buddha wie auch die zwölf Glassärge der Schmetterlingssammlung hatte der Vater einem weitgereisten Freund abgekauft, einem »Kollegen«, der in unregelmäßigen Abständen bei uns aufkreuzte. Den hagern Fremden im saloppen Tropenanzug vergaß, vergißt man so wenig wie einen großen Traum.

Gleichsam durch Maskenschlitze lauerten trübe graue Augen. Kinder und Katzen übersah der Fremde. Seine Perlennadel auf der breiten Krawatte, sein entfleischtes fahles Gesicht. Später bin ich ihm wieder begegnet in den Romanen von Joseph Conrad. Ein von allen Winden umgetriebener, mit allen Wassern gewaschener Kaufmann, der was immer erwarb und erbeutete, vermittelte und vertrieb. Die Schmetterlinge hatte er nicht selbst erjagt.

Von Gästen über die einzelnen Falter befragt, referierte Vater kenntnisreich, doch beiläufig. Ist er schlecht gelaunt, beschränkt sich sein Kommentar auf den Satz: »Den hatten wir drüben auch.« Ich vermute, daß er die Schmetterlinge weniger liebt als das große und das kleine Gürteltier, die Beoschnäbel, die heilige Anakonda, die Waffen, den Goldring des Häuptlings, die Fliegende Schlange in der eckigen schlammgrünen Flasche, wo das Monster, eine Mischung aus Libelle, Geistermotte und Krokodil, in einer tintigen Brühe dümpelt: Vaters Spiritus familiaris, sein ganz persönlicher Hausgeist, der ihm und uns wenig Glück bringt. In dieser vermoosten verdünsteten Schatzhöhle liebe ich, das traurige Kind, nur die Falter.

Ich streiche den mit saphirblauem oder vergilbtem, vormals rahmweißem Samt ausgeschlagenen Schneewittchensärgen entlang. Gespannt und durch die Brust genadelt, schlafen die Falter unter verschiebbaren Glasdeckeln, die in Schienen laufen. Wie immer, wenn ich mich hier befinde, befällt mich der Wunsch, die Kästen ins Freie zu tragen. Im tönenden Licht der Abendsonne würden die Flügel der Scheintoten erst zu vibrieren, dann zu zucken beginnen. Ich öffne die Zellen, und sie fliegen weg. Da sich Flaum und Fluidum der Eingesargten erhalten haben, bin ich mir nie ganz sicher, ob sie wirklich tot sind. Tot, entscheidet der Verstand, lebendig, widerspricht das Gefühl; Flügel und Fühler weisen sie als Seelen aus. Der in die Schachbrett-, Netz-, Zickzack-, Tupfen-, Strich-, Wellen- und Sichelmondmuster versunkene Blick möchte sie aus der Hypnose befreien, ihren Atem anregen. Die Seele, Seelen zugewandt, vertraut auf Impulse. Es muß ein Leben geben, das sich der Materie mitteilt, selbst wenn diese tot ist; eine erweckende Kraft unbekannter Natur. Die Schuppen flimmern, die Fühler fühlern! Ich trete näher, beuge mich tiefer – hier war das Tagpfauenauge –, das Tagpfauenauge ist weg. Statt seiner eine Leerstelle im Samt: als spiegelte jemand mit einem Taschenspiegel einen Lichtkringel herein von der blutlosen Weißheit einer Narbe.

Wo ist das Tagpfauenauge? Deutlicher denn je sehe ich

seine kupferroten Schwingen, seine blau ausgekernten, schwarz umringten, weiß umflorten Schreckaugen. Unbegreifend starre ich auf die Blöße.

»Den haben sie mitgenommen.« Elfis Stimme. Ich drehe mich um. Das Mädchen steht in der Tür, die ich aus Angst, eingeschlossen zu werden, um einen Spalt offengelassen habe.

»Habe ich dich erschreckt? Ich bin gekommen, die Gläser einzusammeln.«

»Wer hat das Pfauenauge mitgenommen?«

»Die Burschen, die heute morgen beim Vater waren. Obwohl er sagte, er habe am Sonntag keine Zeit, drangen sie darauf, die Jagdstube zu besichtigen. Ein Student war dabei, das hat dem Vater eingeleuchtet. Vier Burschen. Einer, nicht der Student, war ganz verrückt auf das Pfauenauge. ›Herr Wirt, ich kaufe es Ihnen ab.‹ Nach ein paar Sätzen hin und her hat der Vater eingewilligt. Zwei Franken hat er eingesackt. Sie werden wiederkommen, haben sie gesagt. Bald. Der mit dem Pfauenaug ging als letzter aus dem Haus. Blickte sich immer wieder um.«

»Wie sah er aus, Elfi, der zuletzt aus dem Haus ging, der mit dem Pfauenauge?«

»Gut. Etwas frech. Einen solchen Sommervogel hätte er schon lange gerne gehabt. Wie der mich angeschaut hat, als er das sagte. Mit seinen grünen Augen fraß er mich nahezu auf. Pfauenaugen, meinte ich, flögen doch überall herum, ein wendiger Bursche wie er...«

Ich hatte genug vernommen. Daß Waldo eigenhändig keinen Schmetterling fangen und töten wollte, milderte die Trauer über den Verlust nicht. Oder doch? – Mir nicht bewußt, muß die unerklärliche Genugtuung, ein Ding aus unsrem Haus bei Waldo zu wissen, einer diffusen Hoffnung gleichgekommen sein.

»Sprich mit dem Förster«, riet die Mutter, wenn ich mich über Leute beklagte, die Eichen und Linden erschlugen, Schwanenteiche entwässerten und, Parzelle um Parzelle, das Moor abgruben, wo unter Birken lilastaubrotes, nach Torf und Honig duftendes Heidekraut wuchs. »Elmar ist mutig und hilfsbereit, macht keine unlautern Kompromisse und scheut sich nicht, etwas zu unternehmen zugunsten des Klägers.« – Von den meisten Männern, die hier einkehrten, unterscheide er sich durch seine tätige Umsicht.

»Sie blühen. Seit ein paar Tagen blühen sie.« Der Förster hatte es in meinem Beisein zur Mutter gesagt, die in der Ofenecke der Wirtsstube strickte. Wir wußten, wovon Elmar redete. Nach einem Gang durch die Auenwälder an der Reuss war er im Ried den Irismatten entlang gewandert. »Die Bestände gehen von Jahr zu Jahr zurück. Wenn kein Wunder geschieht, stirbt die Blaue Blume im Reusstal aus. Man müßte sie unter Schutz stellen. Schützen müßte man sie vor Dung und Mist, vor Räubern und Schändern aller Kategorien. Es ist Ihnen bekannt, daß auf einer dieser den Bauern verhaßten, weil bald sumpfigen, bald trockenen Riedmatten kürzlich ein Pferderennen durchgeführt wurde, eine Springkonkurrenz mit Festwirtschaft, Schießbude, Tanzboden. An *einem* Tag haben sie zertrampelt und bis in die Wurzeln vernichtet, was zu seiner Entstehung Jahrzehnte benötigte. Eine auf Wechselfeuchtigkeit angewiesene Flora gedeiht nicht von heute auf morgen. Tausende von Irisblüten kamen unter die Hufe. Das blaue Wunder: Sie haben es niedergewalkt. Wer nur auf den Nutzen aus ist, vernutzt Tiere und Pflanzen, Land und Leute.« – Einer gegen alle, so komme er sich vor, ein Don Quijote, den sie verlachten, eine lächerliche Figur ...

Die Mutter, die an einem komplizierten Muster strickte, nickte zuweilen. Auch ich unterbrach den Monolog des

Försters nicht. »Sie blühen!« Soviel hatte ich verstanden, und daß der Förster ein Mann war, der mich nicht verspotten würde, sollte ich einmal meine Kümmernisse zu äußern wagen.

Elmar spricht mit Pflanzen und Tieren. Der Zaunkönig setzt sich auf seine Hand. Aus einer im Gras steckenden Feder schließt er auf den Vogel und weiß Bescheid über jedes Blatt. Er sagt: »Willst du Menschen erkennen, nimm ihre Bäume in Augenschein. Wer unter Kronen geht, geht über Wurzeln.«

*

Am nächsten schulfreien Nachmittag teilte ich der Mutter mit, daß ich zum Fluß hinunter müsse. »Du mußt?« In ihren Augen war die Traurigkeit, die ich so sehr fürchtete, weil sie Mitleid erweckte. Ich wollte die Mutter nicht kränken, ertrug es jedoch schlecht, auf Unternehmungen zu verzichten, zu denen Lust und Neigung mich trieben. Ich hegte heftige Sympathien und weinte mich krank, wenn meine Pläne durchkreuzt, Treffen verhindert und geliebte Personen oder Dinge kritisch beurteilt wurden. Das anhängliche Kind, für das ich galt, wünschte so ungebunden zu sein wie eine Katze, treu in Freiheit. »Mama, sie blühen, ich will die blauen Lilien sehn.« Die Mutter verstand und ließ mich gehen, schweren Herzens, wie immer, wenn ich mich allein aus dem Umkreis des Hauses entfernte.

*

Von weitem schloß man auf Teiche. In der Ebene schimmerten die Wasser einer Fata Morgana, fernblau unerreichbar. Auf einem Pfad, der erst einem alten verschilften, seit lange abgeschnittenen Flußarm entlang und dann durch

Matten führte, wo ich auf Streuungen von Federnelken und Klappertopf stieß, näherte ich mich zögernd der Spiegelung. Bangigkeit, wie sie mich in jedem mir nicht wohlbekannten Gelände befiel, hemmte die Schritte. Außerhalb seines angestammten Reviers streunte ein von versteckten Feinden verfolgtes, verirrtes Tier. Würde es je wieder heimfinden? Der Linkshänderin mangelte es an Orientierungssinn.

Die Sonne schien aus dem Westen. Geblendet blickte ich nebenaus. Was war das? Eine Schneeflocke? Ein Zeichen am Weg zu den blauen Feldern? Die Flügeldecken aufgeklappt, verhielt ein Albino-Falter auf einem handförmigen Blatt. Keine dunklen Flügelspitzen, keine schwarzen Punkte. Makelloses Weiß zeichnete die zu einem Schmetterling zusammengewehten Blütenblätter aus. (Das Gedächtnis weiß von einem Wesen, das mit Worten nicht gezeigt werden kann.) Daß sein Name mir heute bekannt ist, hilft nicht weiter. Ein Spanner.

Über die Vorderflügel erstreckten sich, weiß in weiß, Querlinien, die sich fortsetzten auf den Hinterflügeln. Animula, Schnee-Elf der Auen: Das flügge Seelchen erregte Entzücken und Besorgnis, ahnte ich doch schon damals, daß unsre Erde Erscheinungshaftem nicht günstig ist. Im Nu löst es sich auf oder mutiert in einen andern, solidern Zustand, wenn es nicht, kaum aufgetaucht, Beute eines Stärkern wird.

Sobald ich mich zum Weitergehen wandte, fiel mein Schatten auf den Falter, worauf er abhob. Die Flocke schmolz im Licht, das die Weidenwipfel bestrich, ich stand am Rand der Fata Morgana, die sich nicht auflöste, ich ging auf festem Boden, streifte wirkliche Halme, sah echte Blumen, die das Licht zu einem flimmernden Schleier verwob. Die Lilien schwebten, ein überlichteter blaulila Dunst. Erst nach mehrmaligem Blinzeln gelang es mir, eine einzelne

Blüte ins Auge zu fassen. Den äußern, faserfein durchäderten Blütenblättern fehlte der Haarkamm. Wie Hände im Gebet neigten sich die obern Petalen ineinander. Ein schmaler zäher Stengel trug die blaue Blume, die zu pflücken allein schon die Farbe verbot. Diese Blumen durfte man nicht von der Wurzel trennen. Sie gehörten dem sumpfigen Erdreich zwischen Fluß und Fruchtland, in die Stille einer fast unbewohnten Zone, wo sich um jede einsame Weide ein Ort bildete und eingebrochene Bretterstege im Schilf vermoderten.

Auf dem Pfad am Rand des Lilienfeldes näherte ich mich dem Haus in der Flußebene. Der Erlenhof, zur Zeit der Klosterherrschaft ein Meierhof, mochte so alt sein wie unser Haus, das er übertraf an Wucht und Ausmaß. Die Häuser glichen sich wie Bruder und Schwester. Fahlgelbe verwitterte Mauern. Im Tal und auf dem Hügel reflektierten sie Sonneneinfälle und Verdüsterungen, wie sie sich, oft viertelstündlich, im wechselhaften Klima des Mittellandes ablösen. Eingepaßt in die Landschaft, ergänzten und erläuterten die gleichsam wurzelnden Geschwisterhäuser ihr Umland; zwanglos bezogen sich auf sie Vorder- und Hintergründe, Hebungen und Senkungen. Im Organismus einer noch nicht vermarkteten Landschaft hatten der Erlenhof und das Hügelhaus teil an den Jahreszeiten, die sich ihrerseits auf sie einließen, indem sie sie verwandelten: in Nebelburgen im Herbst, Lustschlösser im Sommer, Archen zur Winterzeit. Festgefahren in Frost und Schnee, überdauerten sie, bis der Frühling sie loseiste, die Schatten sich vertieften mit dem höheren Licht, vor dem sie sich hinter blühenden Bäumen versteckten.

Aus dem stumpfwinkligen Giebelbereich über dem Klebdach blickten drei dunkle Ochsenaugen in die verschilfte, von Kanälen und Bächen durchwässerte Auenwildnis.

Die Arme über der Brust verschränkt, stützte sich ein Mann auf den Zaun der Pferdeweide. Das grasende Pferd hob den Kopf, warf die Mähne, lauschte. Der Mann, der sich innerhalb der Koppel befand, löste die Arme und begab sich zu dem Braunen, dem er, die Flanken tätschelnd, offenbar zuredete. Die Stimme drang nicht bis zu mir. Ich stand unter einer Weide, deren Äste sich bis auf den Boden bogen. Der Mann ging am Zaun entlang und prüfte die Pflöcke. Diesmal trug er ein blaues Hemd. Waldo. Tiefer verzog ich mich unter das Weidengestrüpp. Eine Brücke, lückenhaft wie die Leiterstege, die von schutzengelbegleiteten Kindern begangen werden, trug mich auf den Pfad zurück. Über das Lilienfeld schlich die Schattenvorhut des Erlenwalds. Früher als auf dem Hügel dämmerte es im Tal. Am Rand der Ebene verschmolzen die fernen und fernern Berge zu *einer* Gebirgskette. Auf einigen Gipfeln lag noch Schnee.

Wäre doch Winter! Schnee läge auf dem steilen Satteldach, das sich derzeit dunkel wie ein Acker emporbreitet im grünen Abend. Es schneite, und ich stellte, tausend Wochen alt, den Kragen hoch am samtgrauen Mantel. Aus dem Stall träte Waldo an den vereisten Brunnen. Nein, das hat er nicht erwartet. Wieder schauen wir uns in die grünen Augen.

Ich merke nicht, daß ich aufwärts gehe. Wie im Traum gehe ich, ohne Beschwer; als bewegte sich nur die Seele, die überall durchkommt, weiß sie das Paßwort:

> *Erle, liebe Erle,*
> *es geht noch tausend Jahr,*
> *bis an die goldnen Sterne*
> *reicht dein grünes Haar.*

Rand an Rand mit der Hügelkrete die Sonne. Indem ich steige, taucht sie ein. Die Kugel hälftet sich zum Tor: Himmel oder Hölle?

★

Wer die Umwelt eines Menschen kennt, nähert sich diesem in der Vorstellung leichter, sieht ihn deutlicher. Ein verschollener Geliebter ist fast wie ein Toter; seine uns unbekannte, nie zum Inbild gewordene Umgebung verschluckt ihn. – Seit ich wußte, wo Waldo lebte, fand ich sein Gesicht in mir, gleichsam verborgen hinter dem meinen. Wie das? – Später, viel später, wird einen das Geheimnis des schauenden, speichernden, wiedererkennenden Gehirns beunruhigen. Verstand und Seele. Ungetrennt bringen sie dem Kind ein, was bleibt: unzerstörbare Nährgründe und nie zu stillende Wundlöcher.

★

Zeit verging. Die Blätter dunkelten ein, finstergrüne Laubmassen verschatteten Treppenhaus und Räume. Nach dem ersten Gewittersturm staute sich die Brandung des verblühten Raps, der Schoten angesetzt hatte, zu starren Wogen. Auch bei Regen ging ich gerne aus, was niemand begriff. Ich liebte die düstern Wolkenschiffe über dem Moor, verspätete mich, weil ich der Schafherde nachgelaufen war. Elfi, die durch das Fenster im reblaubüberrankten Giebel, wo sie das Turmzimmer bewohnte, nach mir ausgeschaut hatte, empfing mich unter der Türe.

Sie seien wieder dagewesen, die Schmetterlingsnarren, diesmal ohne Waldo Donath, und hätten gründlich zugegriffen. »Pfister hat vier, Roth drei Schmetterlinge gekauft, Lenhard lehnte ab; schade, daß er schon ein Mädchen hat.«

Während das Rattern eines auf der Straße vorbeifahrenden Traktors Regenrieseln und Vogelgezwitscher zudeckte, schloß Elfi die Augen, die sie, nachdem wieder Stille eingetreten war, wie aus einem langen Schlaf erwachend, weit aufriß: »Schau nicht zu genau in die Kasten; die Bude ist noch offen, nach dem Handel sind sie im Garten herumgeschwärmt. Mich wollten sie dabeihaben. Als Vater durch die Finger pfiff, liefen sie wie Schulbuben herbei und ließen sich von Baum zu Baum führen. Der Kornelbaum war ihnen neu, auch den Pimpernußstrauch hat keiner gekannt. Pfister hat den Zustand der Obstbäume beanstandet. Du hättest sehen sollen, wie der an den Efeuranken hochschaute, mit ehrlichem Entsetzen, als wären's lauter Schlangen. Ob das exotische Bäume seien, fragte der naive Roth. ›Esel!‹ Dann, wiederum Pfister: ›Aber da wächst Ihnen doch kein Apfel mehr in ein paar Jahren.‹ Der Vater hat nur gelacht. Er esse keine Äpfel. Mit dem Efeu dran, je mehr, desto besser, sehe es halbwegs aus wie drüben. ›Aber das könnt ihr nicht verstehn.‹ Er verstehe, meinte Lenhard. Ja – Lenhard ...«

*

Es fehlten der Zitronenfalter, der Schwalbenschwanz, der Segelfalter, der Heufalter, zwei Bläulinge und der Admiral. Um letzteren tat es mir besonders leid, gehörten doch ein Admiral und eine Admiralin, die den Sommer über heimisch waren auf der südlichen, von Liguster und Bambus umbuschten Hausmatte, seit Jahren zu uns. Obwohl der Vater sagte, das im Frühsommer ansässige Paar sei nicht dasselbe wie jenes, das sich im September blicken lasse – Eltern haben Kinder –, erschienen mir der Admiral und seine Admiralin stets als dasselbe Paar. Ihnen, den Ersten und Einzigen, gehörte der paradiesische Hortus conclusus; im Paradies kommen keine Kinder zur Welt, die Erwählten sind nicht reproduzierbar.

★

»Sie sind da. Soeben habe ich sie gesehn, zum erstenmal seit letztem Jahr.«

Die Mutter stand am Bügeltisch, das Gesicht gerötet von der Arbeit. Sie setzte das Eisen auf den Rost, zog den Stekker heraus und strich sich das silbrige Kraushaar aus der Stirn. Nie zögerte sie, die Arbeit zu unterbrechen, wenn ich ihr etwas zeigen wollte, das mich beeindruckte. Ihre Teilnahme milderte Erschreckendes, das, in richtige Zusammenhänge gebracht, dann nur noch seltsam war, indes Entzückendes, schauten ihre Augen mit, an Reiz gewann.

Der eine Falter saß auf einem Bambusblatt, sofort erkennbar an seinem kupferroten Ordensband und den weißen Flecken in den Spitzen seiner umbrabraunen Vorderflügel. Als wir uns setzten, flog sein Gefährte einen der weißen Gartenstühle an. Auf der obersten Sprosse der Lehne rastete er im Licht der Abendsonne, das die Nadelkämme der höchsten Tanne mit Glimmer berieselte. »Der Letztjährige«, sagte die Mutter, »hatte einen zerfetzten Hinterflügel.«

★

Die unversehrte Anmut unserer Juni-Admirale tröstete mich nicht über das Verschwinden des eingesargten Falters hinweg. Grabschändung. Der stille, mit der Strahlungskraft eines Symbols aufgeladene Admiral hatte den Blick und die Empfindung für die *lebendigen* Falter rätselhaft mitbestimmt: Sie waren schön, weil *er* schön war. Schuppengenau schienen die Ebenbildlichen mit ihm übereinzustimmen, er aber, der Originale, glich ihnen nur auf den ersten Blick. Unerklärbar unterschied sich sein in einem Kristall von Zeit gefaßtes Da-Sein von ihrem elbischen Schein. Als hätte der Abgeschiedene eine weitere Verwandlung durchgemacht, was der lateinische Name bestätigte: Vanessa atalanta meldete das Schildchen. Es war der Name einer verschollenen Königin.

Die Vorgänge der Metamorphose beschäftigten mich; dennoch brachte ich Raupen nicht zwingend in Verbindung mit Puppen und diese nicht mit Schmetterlingen. Raupen waren drollig, unter der Lupe ahmten sie Drachen nach, was komisch wirkte in Hinsicht auf ihre Winzigkeit.

Das natürliche Wunder, das die Vorgänge der Metamorphose darstellten, kam offenbar nicht an die sublime Wirklichkeit heran von Faltern, die einfach da waren, wie Engel, nirgendswoher gekommen, es sei denn aus einer Blume oder aus der Luft, Geister, die ausgehaucht und wieder eingesogen wurden; Erscheinungen. Widerstand es mir, sie einem dem Verstand durchschaubaren Kreislauf unterworfen zu wissen? Das Wunder will geglaubt, nicht erklärt werden. Was besagte es schon, daß der Schmetterling Eier legte, die man nie sah, und daß aus diesen Eiern Raupen krochen. Nur Kinder sehen die gefräßigen kleinen Tatzelwürmer gern, die an Nessel-, Birken-, Kohlblättern unersättlich raspelnden Raupen. Sie schauen zu, wie »Frau Raupe« (Bilderbuch) buckelt, sich streckt, nachschiebt, buckelt, die Haare gesträubt am weichen Leib, der sich auf ausgestülpten Zapfen fortbewegt. Sie freuen sich an den bunten Punkten, den Rückenstreifen, den ringartigen Segmenten.

Die Raupe frißt, bis sie aus der Haut platzt, unter der bereits eine neue nachgewachsen ist ... »Nach mehreren Häutungen bildet sich die Puppe in einem Vorgang, der sich unsern Augen meist entzieht. Nachdem die Raupe den

Ort ihrer Verwandlung an einem Zweig oder in einer Mauerritze gefunden und übersponnen hat, stellt sie einen Fadenhaufen her. Während sie sich, den Kopf nach oben, festklammert, drückt sie die Nachschieberbeine in den Fadenknäuel. Durch Hin- und Herwiegen des Vorderleibs legt sie Spinnfäden, die sie an der Unterlage befestigt. Endlich bohrt sie sich mit Chitinankern in den Gespinstkegel ein; sicher vor dem Fall, klebt, hängt sie senkrecht am Untergrund.

Der Chitinpanzer schützt die Mumienpuppe vor der Witterung. Die Puppe, die keine Nahrung aufnimmt, zehrt vom eigenen Fett, das mehr und mehr schwindet, dient es doch dem Falter bei der Entwicklung...«: Die von beiden Großvätern auf uns vererbten Bücher wußten Bescheid. Aus ihnen belehrten die Verstorbenen die Enkelin über Dinge, die sie wissen wollte. Ich las, imaginierte, verglich die abgebildeten Falter mit den eingesargten und diese mit Schmetterlingen, die dem gebannten Blick die vibrierenden Flügel darboten, solange man gebührend Abstand wahrte.

Vieles im Leben, meinte die Mutter, könne man besser begreifen, wenn man wisse, daß sich der werdende Schmetterling vollkommen *ruhig* verhalte während der Veränderung, daß er schlafe, bewegungslos, versteckt in einer grauen Haut wie die Gänsehirtin im Märchen, die sich von einem Moment zum andern als Prinzessin *entpuppt*, wie man zu Recht sage.

In welchen Schmetterling ich verzaubert werden möchte, fragte Elfi eins Abends, während wir, Mutter, Schwester, Elfi und ich, in der Apfelallee gingen.

»In einen Morpho.«

»Den hatten wir drüben auch.«

Elfi imitierte Vaters Tonfall.

Wir lachten.

»Und du, Elfi, welcher Falter willst du sein?« Die kleine Schwester näher zu sich heranziehend, sagte sie:
»Ein Trauermantel.«
Niemand lachte. Der Wunsch war die Folge von Fakten, die sie uns nicht verschwiegen hatte.

*

Kindheit in einem österreichischen Walddorf. Der Vater arbeitet in einem Sägewerk, die Mutter hilft bei Bauern aus und geht putzen. Nach zwei Sätzen, wir wissen es voraus, kommt Elfi auf die invalide Geliebte des Vaters zu sprechen: »Einbeinig, aber schön, eine Hexe, sie geht mit Prothese. Rabenflügel rahmen das bleiche Gesicht. Mittelscheitel. Selten ein direkter Blick. Dunkle Augen, denkst du erst, sie sind aber blau, bergblumenblau, und die Haare, wie gesagt, rabenschwarz. Die Männer sind verrückt nach ihr. Übers Wochenende bleibt der Vater aus. Die Mutter weint nicht, sie seufzt nur, doch erst, wenn sie sich allein glaubt, in der Nebenkammer kann man's hören. Die Mutter ist krank. Bei uns geht man nicht zum Doktor. Mit Bernhard, dem Bruder, hab ich's früher schön gehabt. Ganze Tage haben wir im Wald gespielt. Es hat sich ja niemand um uns gekümmert. Später haben wir nicht mehr gespielt, nur noch gesprochen oder geschwiegen. Einen Menschen muß man haben im Leben, sonst geht man zugrund. An Einsamkeit, Schwermut, Alkohol, Armut, Krankheit, Haß, Mißtrauen, der Lahme traut dem Blinden, der Arme dem Reichen, der Reiche dem Armen nicht. Ein verfluchtes Dorf. Darüber könnte man eine Geschichte schreiben. Bernhard hat manchmal gesagt, er wolle ein Dichter werden, damit die Welt erfahre, wie es um uns stehe, die Häusler, Sektierer, Säufer, Wilderer, Fallsüchtigen, Inzüchtigen im Dorf hinterm Wald. Touristen bleiben nie lange. Nie mehr als einmal gehn sie die Gasse hinauf und hinab, schnuppern ein wenig um die Scheiterbeigen und Dunghaufen herum und erschrecken ob den Gesichtern, die aus den kleinen Fenstern glupen. Der Vater und der Bruder sind aneinandergeraten. Nachher ist Bernhard verschwunden. Wir haben nie mehr etwas von ihm gehört. Er ist nicht der einzige in unserm Dorf, der verschollen ist. Er war intelligent und hat, wie die Mutter sagte, ›Talent gehabt‹. Auch zum Musizieren. Aber unsereinem hat es ja kaum zu einer Handharmonika gereicht...«

★

»Ein Trauermantel! Elfi, der ist ganz dunkel. Bedeutet es dir nichts, daß wir dich liebhaben?«

»Wenn ich an Mutter und Bernhard denke, freut mich nichts.«

Über der Gartenmauer war die Sonne zu einer roten Kugel angeschwollen. Ein letzter Maikäfer surrte über uns weg in den violetten Dunst hinein, im Laub raschelten Vögel. Die Katze, die uns begleitet hatte, war zurückgeblieben.

»Gehen wir hinein, schließe die Türe zu, Elfi, mein Mann hat den Schlüssel mitgenommen, hoffentlich stellt sich kein Gast mehr ein. Heute möchte ich vor Mitternacht zu Bett gehn.«

Mir tat es leid, den eindämmernden Garten verlassen zu müssen. Immer dann, wenn etwas besonders schön wurde, mußte man weggehn. – Welches waren nun die schlimmeren Nächte: jene, da Vater ausblieb, oder die andern, in denen er zu Hause trank, unter den trüben, auf ein Messingrad montierten Lämpchen am Mitteltisch der Wirtsstube zum Steinernen Gast erstarrt, der nach kurzem schwerem Schlaf auffuhr, nicht wissend, wo er sich befand? Hin- und her-, auf- und abgehend im Haus, fahndete er nach Feinden und fluchte seinen »Nächsten«, die sich versteckt hielten.

Steinwürfe gegen die Scheiben des erleuchteten Nebenzimmers (die mühsam los- und festzuhakenden Läden wurden nur bei Hagelwetter geschlossen) schreckten meine Schwester und mich aus dem Schlaf. Die Mutter, die noch geflickt hatte, öffnete das Lüfterchen. Sie mußte sich anstrengen, um ihrer infolge Erschöpfung heiseren Stimme Gehör zu verschaffen. Der abschlägige Bescheid wurde quittiert mit wüsten Flüchen.

»Verdammte Wirtschaft!«

Höhnischem Johlen folgte ein lautes Krachen. Die enttäuschten Gäste hatten sich in der mondhellen Gartenwirtschaft über eine der langen, auf Pfosten genagelten Holzbänke hergemacht. Es waren nicht die Schwärmer. Die Stimmen der Falterer (ich hörte Folterer, Elfi sprach einen österreichischen Dialekt) kenne sie. Weiteres Krachen. Den Gewalttätern mußte zu Ohren gekommen sein, daß der Hausherr abwesend war. Die Befürchtung, die Kerle könnten sich auch an Bäumen vergreifen, drosselte den Atem. Wir lauschten. Die Mutter hatten den Zwicker abgelegt. Kapitulation. Was unter dem Mond geschah, war auch für die Starkmütige zuviel.

Wie ein Sturmwind waren sie eingebrochen und wie ein solcher hatten sie sich wieder davongemacht. Stille. Ich schaute hinaus. Die Bäume warfen verzerrte Schatten auf das Gras, das bereift schien. Elfi, die während des Auskleidens (es ist furchtbar, halbnackt befallen zu werden von Angst) durch das Rufen und Schreien draußen und drinnen erschreckt worden war, hatte sich aus dem Turmzimmer zu uns geflüchtet, sie sagte: »Als Bernhard wegging, schien der Mond so hell wie jetzt. Doch damals war Winter, und das Wetter schlug um in der Nacht. Am Morgen waren die Spuren bereits verschneit.« – Nach einer Weile, in der wir es schneien ließen, Elfi am Fenster, den Mond betrachtend: »Seltsam, die Männer!, wenn sie nicht brennen, so motten sie.«

★

Morpho. In meinen Augen war er der schönste Falter der Sammlung. Es gab größere, gewiß, aber Schönheit hat Größe nicht nötig. Zwölf Centimeter trennten die Spitzen der Vorderflügel. Weder in diesen noch in den Hinterflügeln zeigten sich Schreckaugen oder Mimikryflecken. Eine lackschwarze Kontur umrahmte die sanft gebuchteten Schwingen. Hatte Morpho keine Feinde, daß er auf die ablenkenden, furchterregenden, täuschenden Muster seiner Artgenossen verzichten konnte? War es einzig seine Herrlichkeit, die im Widersacher ein Staunen auslöste, das wirkungsvoller fernhielt als Angst? Betroffenheit verlangsamt die Reaktion: Morphos Schönheit lähmte den Feind.

In meinen Einschlafübungen suchte ich nach Worten, die seine Farbe oder vielmehr sein Farbenspiel sichtbar gemacht hätten. Kobaltgrün schillernd, türkisgrün schimmernd, meerblaugrün mit Glanz der Seide, die Satin Duchesse genannt wurde. Nahezu deckte sich die unbeschreibliche Farbe mit jener, die als magischer Ring die schwarzblaue Pupille im Auge einer Pfauenfeder umrandet und, metallisch funkelnd, den Skarabäus auszeichnet. Im Halbschlaf schwerelos geflößt, suchte ich nach Vergleichbarem im engen Bereich meiner persönlichen Farberfahrungen, ein Dorfkind, das, außer auf Schul- und zwei mißglückten Familienreisen, nie über seinen Heimatbezirk hinausgekommen war, das jedoch weit reiste, wenn es, schnuppernd, schauend, schaudernd, im Moor, im Garten und in den dreizehn zwischen Kellerverlies und Windenturm gestaffelten Räumen des Hügelhauses auf befremdende Geräte und Gerüche, verwirrende Formen und Farben stieß. Entzücken und Entsetzen des Entdeckers widerfuhren mir im Fabelreich der wirklichen Welt.

*

Wie sonderbar es rieche in unsrem Haus, meinte der kleine Georg, als er an meiner Hand zum erstenmal das Stiegenhaus hochstieg. Er zog die Nase kraus und scheute auf der zweiten Treppe, ein Tier, das nicht weiter will. Das fremde Revier roch nach Wichse, Weindünsten, Schnapsgasen, Tabakrauch, Chemikalien, Holunder und Rosen, Hefebackwerk und jener kristallklaren Flüssigkeit, deren Duftgeheimnis ein mit morphogrüner, goldgerahmter Etikette geschmücktes Fläschchen hütete: Mit *Kölnisch Wasser* befeuchtete die Mutter das Taschentuch, wenn sie sich am Sonntag umzog nach dem Mittagessen.

Die explosiv hervorgesproßten Blätter, die noch immer wuchsen, verdunkelten den Himmel in den Fenstern. Unter besonnten Laubbäumen, die ihrerseits Licht abzugeben schienen, waren wir auf das Haus zugegangen. Das Kind fand sich nicht zurecht. Tag. Nacht. Auf eine Höhle war es nicht gefaßt gewesen.

*

Der Eßtisch in der nach Westen orientierten, meist erst spätnachmittags besonnten Wohnstube war auch unser Spiel- und Arbeitstisch. Zwei säulenartige, einem massiven Sockel aufruhende Beine trugen das Tischblatt. Hatte sich Besuch angemeldet, wurde das bunte weiche Tuch, das jeden Fleck schluckte, gegen ein weißes eingetauscht, was einem Entzug gleichkam: Auf einem Altar dürfen keine Spielwürfel geworfen, keine »Flöhe« geschnippt werden. Leben ließ sich nur am profanen Tisch; an ihm lernte ich die ersten Vokabeln; hier saßen wir über Bilderbüchern, Hausaufgaben und Brettspielen. Wer nicht mitspielen mochte, las, strickte oder zeichnete.

Auf diesem umstrittenen Feld legte der Vater seine Briefmarken und Diapositive aus, postkartengroße Glasplatten; wer sie gegen das Licht hielt, erkannte nackte, mit Pfeil und Bogen bewaffnete Menschen, Urwald- und Sumpflandschaften, die Fliegende Schlange und einen jungen Jaguar, der vom Vater aus der Milchflasche gesäugt wurde.

Solange Vater das Feld, stets das ganze, besetzt hielt, blieben wir diesem fern und wagten uns erst wieder heran, wenn die Mutter das Zahnrädchen den Kurven des gewählten Musters entlangführte im Labyrinth des Schnittmusterbogens. Die Kinderkleider nähte sie selbst.

Im Winter brannte eine schirmende Lampe über dem Zvieritisch. In ihrem Schein schmolzen die Schneesterne auf der Pelerine.

Tages- und Jahreszeiten zeichneten die Tischfläche flüchtig mit Verdunkelungen und huschendem Licht, und auf das Totenlinnen, das der Mond ausbreitete, floß Wein, stieß Vater nach Mitternacht, wenn er an einer seiner Flinten herumbastelte, das volle Glas um.

*

An einem Tischtuchzipfel zupfend, wollte sich Georg weder für Bauklötze noch für das Dominospiel entscheiden.

»Ein Märchen! Das vom Froschkönig!« Die Füße unter dem Tisch, die den Sockel nicht erreichten, stellten das Baumeln ein, erwartungsvoll schaute der Kleine mich an. »Es war einmal...«, er wisse auch, wie es weitergehe, bis zum Schluß.

»Willst du dann nicht lieber ein anderes Märchen hören?«

»Nein.« Er rutscht auf dem Stuhl herum, findet, wie eine Katze, ein Hund, den richtigen Platz, die richtige Stellung, hält sich sehr aufrecht, die Knie gegeneinander gepreßt, wartet. Auch ich sammle mich, beginne zögernd – ein Märchen hebt immer in Urzeiten an, den Worten sollten ein paar einstimmende Akkorde vorangehn, der Klang ist älter als die Sprache –, lausche, komme langsam in Fluß.

Das Kind ist entzückt vom goldenen Ball und empört über die Wortbrüchigkeit der Prinzessin. Als der klatschnasse Frosch in den Saal hüpft, schaut er gebannt auf die Tür und stimmt dem väterlichen Machtwort zu. Pause. – In ernster Spannung erwartet er die Nacht.

Für ihn rechtfertigt die wunderbare Verwandlung den Wurf an die Wand nicht. Kleine Kinder halten es mit den Tieren. Die noch Bodennahen fühlen sich dem verwandt, was da kreucht. – Während die Kutsche fährt, das erste, das zweite, das dritte eiserne Band mit einem Knall zerspringt, geht ein Schatten über sein Gesicht. Er versteht nicht, er fragt: »Was sind eiserne Bande?« Ich führe ihn in die Holz- und Kohlekammer und zeige ihm die zerschnittenen Brikettbänder sowie einige rostige Faßreifen, die Vater aufbewahrt für »später«. (Vaters Sätze beginnen mit »später« und »früher«: Der Heimweh-Jäger verpaßt den Tag.)

»Warum trug der Treue Heinrich so was um die Brust?«

»Weil er traurig war. Wenn du traurig bist, ist dir eng in der Brust, das Herz tut dir weh, du kannst nicht sprechen und kaum atmen, die Traurigkeit drückt dich wie ein eisernes Band.«

Die Erklärung befriedigt nicht. Er nagt an der Unterlippe. Schweigen. Wir einigen uns dahin, daß Ketten – er bedauert gefesselte Hunde – den treuen Diener quälten. »Nun tun sie ihm ja nicht mehr weh.« Darauf kommt es ihm an. Eine Geschichte muß gut ausgehn. In zweifelhaften Fällen frägt er sich durch, bis jenes goldene Zeitalter anhebt, in dem die Vereinten heute noch leben, wenn sie nicht gestorben sind.

Gegen Kinder bin ich immer wehrlos gewesen. Ihre Fragen rütteln an den Fundamenten unserer Übereinkünfte und erschüttern Mauern, errichtet gegen das Chaos und mephistophelischen Zynismus. Kinder wollen unbedingt die Wahrheit wissen. Der Frage: »Ist das wahr?«, insistierend vorgebracht, kann man nicht ausweichen. Kinder erwarten von uns die Ehrlichkeit einer höhern, quasi allwissenden Instanz, verzeihen nicht, wenn wir notlügen, besitzen sie doch die Spürkraft eines Pendels. Das offene Bekenntnis »Ich weiß es auch nicht« akzeptieren sie großmütig.

Warum der Mond nicht immer rund sei? Warum man den Wind nicht anhalten könne wie ein Pferd? Welches der Unterschied sei zwischen dem Süd- und dem Nordpol, ob die Toten über oder unter der Erde wohnten, und weshalb die Sonne am Tag gelb und abends rot scheine. »Lachen die Engel, wenn die alten Leute fliegen lernen im Himmel?«

Georgs Fragen gingen auseinander hervor wie Schachteln, die immer weitere Schachteln enthalten. Er ahnte, daß alles miteinander zu tun hatte, sich aufeinander beziehen ließ.

Zu früh werden den Kindern von den Erwachsenen die Fäden zerschnitten, die Traum und Wirklichkeit verknüpfen. Erst später merkt der eine und andere, daß der Baum, den er liebt, schön ist, weil er schön war, als er ihn zusammen sah mit dem Himmel und den Sternen, dem nach Pilzen duftenden Moos auf der Rinde und den Tautropfen im Gras um den furchigen Stamm.

★

Heuernte. Kirschernte. Die Bauernfamilie, bei der Georg in den Ferien war, arbeitete im Sommer hart. Die Geschichte vom toten Schnitter im abendlichen Feld wiederholte sich nicht, doch stand sie, von Alten beglaubigt, noch im Schullesebuch.

Den ganzen Tag verbringen sie in den Kirschbäumen. Auf hohen Leitern stehen sie im Laub, langen, rechter Hand, linker Hand, nach den glänzenden Früchten aus. Wenn der um den Leib gebundene oder an einem Schulterriemen befestigte Korb voll ist, steigen sie herab, umsichtig, Sprosse um Sprosse, und leeren den Pflückkorb behutsam aus in einen der Henkelkörbe, die im Schatten stehn. Die Pflücker veratmen; den Kopf im Nacken, suchen sie den fruchtgestirnten Laubhimmel ab, verschieben die Leiter. Die halbwüchsigen Kinder spucken Kirschenkerne auf Georg herab, der sich im Gras aus einem für den Nachtisch bestimmten Bogenkörbchen voll ißt. Blutschwarz sind seine Lippen: »Im Waschhaus gibt's junge Katzen.« Meine Hand ergreifend, führt er mich hinter die Scheune.

Keiner weiß mehr, ob je gewaschen wurde im Waschhaus. Die in zwei Räume unterteilte fensterlose, frontal offene Bruchsteinhütte beherbergt im einen Abteil die marineblau gepolsterte Hochzeitskutsche, nebenan wird Heu gespeichert. Auf die bemoosten Ziegel tropfen im September Holunderbeeren, Vögel picken den Mörtel aus den Fugen, Mäuse rascheln – hier ist es still, hier wohnt das graue Männchen, das nachts ans Fenster klopft. Georg vergräbt sich im Heu. Die Waschhütte ist sein Réduit, in ihr zeitloses Zwielicht zieht er sich zurück, um imaginäre Pferde anzufeuern. Auf dem Kutschbock im Halbfinstern thronend, bereist er ein Königreich.

»Wo sind die Katzen?« Keine Antwort. Er ist müde, satt, gleich werden ihm die Augen zugehn, übergangslos wird er in Schlaf *fallen*, wie ein Tier, das dem Schlaf am nächsten ist, wenn es ganz große Augen macht, aber er schläft nicht ein, mit einem Ruck richtet er sich auf, rutscht näher, ganz nahe, legt mir die Arme um den Hals, küßt Wangen und Kinn, scheut sich nicht vor dem Mund. Das ganze Gesicht bedeckt er mit feuchten Küssen. Sie schmecken nach Kirschen, ein Überfall.

Gestillt, scheint er sich zu beruhigen, setzt sich aber nicht von mir ab. Den Kopf unterm Arm versteckt, der sich um seine Schultern gelegt hat (»Schwesterchen tröstet Brüderchen«), beginnt der Kleine jäh und heftig zu weinen, das Weinen kommt aus der Brust, aus dem Bauch, von Kopf bis Fuß wird der kleine Körper geschüttelt von Schluchzern.

Ob ich mich nach dem Grund seines fassungslosen Unglücks (Glücks?) erkundigte? Ich weiß es nicht mehr, erinnere aber, daß auch ich zu weinen begann, daß wir, Stirn an Stirn, Haar in Haar, uns ausweinten, küßten, an den Händen hielten, zwei traurige Kinder in einem finstern Loch nachmittags um vier Uhr, während die Sonne auf die bemoosten Ziegel brannte und die Schatten des Nußbaums an der Scheunenwand gegenüber zitterten wie unsere von einem Weh befallenen Körper, für das Kinder keine Worte haben. Als hätten wir geahnt, daß das Leben nicht die Goldene Stadt ist, von der Thomas Wolfe den Jungen Monk träumen läßt, sondern ein steinernes Tal, wo man verlassen und zugeschneit wird.

Beim Abschied unter dem Nußbaum sagte Georg: »Wenn ich groß bin, kaufe ich dich deinem Vater ab.« Bleich, doch entschlossen wie einer, dem es ums Ganze geht, stand der Kleine vor mir, einen Nachglanz der Tränen in den dunklen Augen, die sich nicht gleich ans Licht gewöhnten. Er blinzelte, wischte sich mit dem Handrücken den Mund.

»Clara«, würde er Jahrzehnte später äußern, »ich hatte

wohl zuviel Kirschen gegessen. Zu Hause hatte ich keinen Kirsch-, nur einen Apfelbaum. Den kleinen Jungen haben sie an diesen Baum gebunden, wenn sie alle weggingen – der Vater, die Mutter, der Großvater –, wie einen Hund, ja, aber es hat mir nichts ausgemacht, ich habe mich ins Gras gelegt und in den Baum geschaut. Lange. Weiß Gott, wie lange. Bis ich sie vergaß und gar nichts mehr dachte. Was fühlt ein alleingelassenes Kind, wenn aus der Einsamkeit Angst wird und aus der Angst jene hoffnungslose Wachsamkeit hervorgeht, in der man zum erstenmal die Schönheit eines Apfels wahrnimmt?«

*

»Mit Waldo war heute nicht gut Kirschen essen; herausrücken wollte er nicht. Wenn der verstimmt ist, vergeht einem das Reden. Kaum ein Wort gönnt er einem, und wenn schon eins kommt, ist's eine Falle oder ein Schlag. Unter den Tannen haben sie Schnaps getrunken, er und der Vater, nachher sind sie in die Jagdstube gegangen. Die Mutter hat ihnen Kaffee gebracht und den Vater gebeten, keine weitern Schmetterlinge zu verkaufen, ist aber schlecht angekommen: ›Geht dich nichts an; Männersache.‹ Wenn Männer Schnaps getrunken haben, soll man nicht mit ihnen verhandeln wollen. Zwei Nachtfalter hat er mitlaufen lassen, an den Totenkopf hat er sich nicht herangewagt ...« So Elfi, die machtlose Kundschafterin im Falterreich, eines Abends beim Erbsenaushülsen.

Ich arbeitete gerne mit ihr zusammen. Durch sie kam mir aus der Welt der Erwachsenen manches zu, was nicht für Kinderohren bestimmt war und unklare Vorstellungen wachrief, denen ich nachhing, mehr angezogen als verstört von Geheimnissen, deren Kern darin zu bestehen schien, daß es Männer und Frauen und zwischen ihnen etwas sowohl zart Schwebendes wie derb Zugriffiges gab, das letztlich bestimmte, ob ein Mensch – Elfi seufzte – »selig« oder »ein armer Teufel« war. Über fast alle Gäste wußte sie diesbezüglich Bescheid. Von Ehemännern hielt sie wenig. »Nach zwei Gläsern haben sie vergessen, daß sie zu Hause eine Frau haben; arme, täppische Männer.« – Ich hörte zu, abgestoßen, sobald sie mit Einzelheiten aufwartete, die meine Vorstellung von der Liebe verletzten. Ich hörte sie an, weil ich etwas über Waldo zu erfahren hoffte, der Nachfragen enthielt ich mich, mir genügte die beiläufige Erwähnung des Namens.

Leider kam Waldo meist erst nachts, wenn ich zu Bett war und schlafen sollte. Ich schlief aber nicht. Ich dachte an Waldo, an Morpho und den Totenkopffalter, der sein Schreckgesicht auf dem Rückenschild trug. Ob die Schwärmer sich fürchteten vor ihm?

Der Totenfürst – Acherontia atropos, vermerkte das Schildchen – beherrschte weiterhin das Geistervolk seiner aschigen, rindengrauen, flechtenfleckigen, fahlpelzigen Eulen, Nonnen und Spinner. Auch mich schreckte der asiatische Zauberer, der aus einer Maske schaute, bannend, gebannt. »Der schwarzgelb geringelte Körper«, dozierte Vater, »täuscht ein Insekt mit Giftstachel vor. Wie Sie sehen, setzt sich das Ringelmuster fort auf den Hinterflügeln. Lüftet, bedroht, der Falter seine tarnenden Vorderflügel, zögert der Feind, die enorme Hornisse anzugreifen. Da lernt selbst ein Jäger das Fürchten. Ein perfekter Habitus! Und welch ein Flug! Reißend, sage ich Ihnen, gleich dem eines Raubvogels.«

Bedrohlicher als der Totenfalter war der Toten-*Kopf*. In der Jagdstube wachte er, zähnebleckend, auf einem hochbeinigen Topfpflanzenständer, über dem kreuzweise Giftpfeile angebracht waren. Aus dem Rückenschild des

Schwärmers und den Augenhöhlen des Schädels blickte mich der Tod an, der Tod der *andern*.

In Geschichten wurde gestorben, im Krieg, auf dem Meer, in Spitälern und in der Zeitung. Alle paar Wochen brachte der Briefträger eine Todesanzeige. Josef Scheller, versehen mit den letzten Tröstungen. Nach einem Leben der Arbeit, zu früh für uns. Wer war Josef Scheller? Wer war er gewesen? Länger als Zeitungen und Reklamezuschriften blieb das schwarzumrandete Couvert auf dem Post-Tischchen liegen. Obwohl niemand von uns Josef Scheller gekannt hatte, scheute sich jeder, die Anzeige in den Papierkorb zu werfen. Bei den Erwachsenen weckte sie vermutlich Gedanken an den eigenen Tod, für mich bedeutete sie eine Botschaft aus der Welt der Geheimnisse. Tod und Liebe. Von ihnen sprach man nicht.

Bis zu uns ins Dorf, das sich versteckte unter ausladenden Obstbäumen, kam der Knöcherne selten. Selbst den Uralten verschonte er, dem ich auf dem Schulweg fast täglich begegnete. Gestützt auf einen Hakenstock, schlich er des Wegs, blickte nie auf und erwiderte meinen Gruß mit Flüchen, die er ingrimmig in den Bart brummte. Ein böser Alter, den ehrerbietig zu grüßen jedermann riet, da man sonst Gefahr laufe, geschlagen zu werden, auf den Kopf, und das so blitzschnell, scharf und träf, wie es niemand erwarte von dem Siechen.

Eine Stunde benötigte er, um vom Wald bis zum Birnbaum zu gelangen, an dessen krummen Stamm eine rostige Verbotstafel genagelt war. Beim »Verbot« zweigte ein holpriger Weg ab, der nur von Fußgängern benutzt werden durfte. Auf ihm entfernte sich der Alte quer durch die Kerbelwiesen, dreibeinig humpelnd; eine Weile noch war sein aufbegehrendes Brabbeln zu hören.

Nun, da er von der Straße ab war, die ich zu gehen hatte, durfte ich aufatmen, wagte ich auszuschreiten, die Angst ließ nach, die den Schritt gehemmt, alle Organe gedrosselt hatte.

Etwelches von dem, was die Angst auslöste im Kind, wird verdrängt vom Leben, verschwindet scheinbar aus diesem, weggeräumt von der Zeit, den Ereignissen in ihr und den Schüben des Vergessens in uns – die Angst selber aber bleibt, wann immer kann sie uns übermannen, es findet sich stets ein Grund, Angst zu haben, es geschehen jeden Tag Dinge, die Angst erregen in einem Menschen, der früh Angst haben lernte. Tiefer als Zähne und Haare ist sie eingewachsen, läßt sich nicht ausreißen und nicht amputieren, ein bösartiges Geschwür ist sie, das zu Metastasen neigt. Das Gemüt durchwuchernd, greift es den Körper an, der Erwachsene hat Magen- und Kopfschmerzen, das Kind erbricht sich. »Warum?« Das Kind weiß keine Antwort. Seine Angst ist die allergrößte, weil es nicht sagen kann oder nicht zu sagen wagt, wovor und weshalb es Angst hat. Die Angst, Waldo nie mehr zu sehn; die Angst, Vater könnte auch den Morpho verkaufen. Wenn Rechnungen einliefen, Zahlungen fällig waren, drohte er mit dem Verkauf des Hauses, alle paar Wochen. Diese Angst, die uns aussetzte, war die furchtbarste, denn die naheliegendste aller Ängste, die Angst, der Mutter könnte etwas Leides geschehn, stellte sich nie ein. Heiterkeit und Humor, ihr Mut, dem Unvermeidlichen zu begegnen und dem Übel zu wehren, erweckten den Eindruck von Stärke. Kinder fragen nicht danach, woher der Erwachsene, dessen Obhut sie unterstellt sind, seine Kraft bezieht. Ihnen steht es zu, für selbstverständlich zu nehmen, was sie trägt. Die Hintergründe, das »Lebensklima«, die Tragödie im Nebenzimmer, erforschen sie später, wenn sie sich aus den Leiden herauszuarbeiten versuchen, die sie bedrückten und verunsicherten. Man sah die Mutter wohl zuweilen weinen, die geröteten Augen sah man, und wie sie sich schneuzte, bereits wieder lächelnd, als bäte sie um Entschuldigung für eine Minute der Schwäche. Das Taschentuch in die Schürzentasche steckend, sagte sie etwas, das den Vorfall, der auch sie überfordert hatte, von der Kehrseite anging, die, in diesem Haus, häufig von so makabrer Komik war, daß man, alles in allem, das Leben bejahte, seine Spannungen und Heimsuchungen, die lachende Maske, aus deren Augenlöchern Tränen tropften.

*

Das Abenteuer mit dem grauen Mann im Wald hatte keine komische Kehrseite. Diesem Kerl in der Engnis zwischen zwei Steilhängen unter düster schattenden Tannen zu begegnen war das unvermischte Entsetzen. Der Mann hatte es auf Kirchgängerinnen und Schülerinnen abgesehen. Die in der Gemeinde zirkulierenden Gerüchte über die Aussagen der Frauen stimmten in einem Punkt überein: Selten, wurde gemunkelt, habe eine der Betroffenen klar herausrücken wollen. Da der Exhibitionist aus einer sogenannt guten Familie stammte, scheute man sich, ihn beim Namen zu nennen. Niemand wollte in dem stummen Wegelagerer, der sein Gesicht hinter einer Dächlikappe versteckte, den Sohn des Herrn X erkannt haben. So blieb's denn dabei: Unser Waldschreck war ein Anonymus, und der Wald, den ich liebte, wurde zu einer Zone des Grauens, nachdem auch meiner Freundin und mir ein Augenschein nicht erspart geblieben war: Schirmmütze, mausgrauer Pullover, Unterkörper nackt. Das gesenkte Gesicht verschattet, stand der Mann am Straßenbord im Gestrüpp. Sofort wandten wir das Rad, das wir den Rain hinaufgeschoben hatten, und gelangten über Umwege hangab und -auf, ohne abzusteigen, in kaltem Schweiß entnervt bis zur Verstörung nach Hause.

Der Vater, in Sonderfällen ein ritterlicher Beistand, drang auf Anzeige, der erste, der den Mut zu diesem Schritt aufbrachte.

Der uniformierte Polizist saß in einem Büro des stattlichen Bezirkshauses, wo auch das Gefängnis untergebracht war, hinter einem kahlen Tisch, spitzte Bleistifte, hieß uns Platz nehmen und sagte uns vor, was wir nicht über die Lippen brachten. So und so. Ja, er habe, er sei... Kleinlaut und beschämt, als wären wir die Schuldigen, bestätigten wir die Aussagen des Polizisten, der alles in ein Büchlein schrieb und Zwischenfragen stellte, aus denen hervorging, daß er besser Bescheid wußte als die verschüchterten Anklägerinnen. Er entließ uns mit dem Trost, wir möchten, falls die Schweinerei sich wiederholen sollte, Meldung erstatten: »Den Vogel fangen wir schon noch.«

Auf die Lenkstange meines Rads gestützt, schaue ich, aus dem Verhör entlassen, zu den vergitterten Dachgeschoßfenstern des Gerichtshauses hoch, im Ohr noch den Hall unsrer Schritte durch steinerne Gänge an verbotenen Türen vorbei. Alle paar Wochen, hat der Wachtmeister, Vaters Freund, gesagt, hätten sie einen Pensionär. Obwohl jedermann weiß, daß die von der Frau Wachtmeisterin liebevoll zubereitete Verköstigung auch die Erwartung anspruchsvoller Einsitzender übersteigt, erwarte ich, ein abgezehrtes Gesicht an einem der zwei Gitterfenster zu sehn, das an der Scheibe klebte wie ein fahler Nachtfalter, mit Malen gezeichnet: einem Kreuz auf der Stirn und bleichen Narben in den vermagerten Wangen.

★

Die schönen Jagdflinten hingen im Elternschlafzimmer neben Vaters Bett. Der metallische Schimmer der Läufe und der warme Holzglanz der Kolben galten dem kleinen Mädchen, das Masern, spitze Blattern, Keuchhusten und Grippeanfälle in diesem weißgekalkten unheizbaren Nordzimmer absolvierte, für Eigenschaften eines kostbaren Werkzeugs, das nur der Vater zu handhaben wußte. Die Erkenntnis seiner wahren Bestimmung war ein Schlag des Engels, dessen Pflicht darin besteht, Kinder aus dem Paradies zu vertreiben.

Am Abend vor Weihnachten, der auch der Heilige Abend genannt wird, liegen zu Bündeln geschnürte tote Hasen im Eingangsflur. Gestreckte, starre Läufe, blutverkrustete Pelze. Die paarweise zusammengeknoteten Läufe der Rehe sind mit einem Strick verbunden. Wie Taschen haben die Treiberburschen die toten Rehe geschultert. Niemand hindert die kleinen Töchter des Wirts, der oben die Jagdherren unterhält, auf die gläsernen Augen zu schauen, die unberührbaren Körper in den glänzenden Fellen, die nach Wald riechen und Blut. Zwei Stunden später stehen die Kinder vor dem Lichterbaum in der Jagdstube, den das Christkind gebracht hat, nachdem die frohen, mit Schnaps aufgeheizten Jäger in der weißen Nacht verschwunden sind, ihnen voraus, beutebeladen, die Burschen, »unter denen auch ich war«, erzählte mir Waldo, als ich ihm, sechs Jahre später, zu erklären versuchte, weshalb die Festfreude der Kinder eine gedämpfte und das mit stillem Grauen vermischte Lichterstaunen eine der zwei prägendsten Verunsicherungen war.

★

Vor dem von innen verriegelten Kinderschlafzimmer, wo wir uns unter den Betten versteckt halten, die Mutter, die

Kinder, Elfis Vorgängerin, patrouilliert der betrunkene Jäger, das Gewehr an der Schulter. »Ich schieße«, lautete das im Erinnern isolierte Wort. Periodisch kehrt sie wieder, jahrein, jahraus, die traumatische Nachtstunde, auf die Vater am Morgen nicht anzusprechen ist; »öffnet, oder ich schieße«, vorgebracht mit drohender und zugleich so nüchterner Stimme, daß am Vorhaben des Jägers nicht zu zweifeln ist, der sich, wer weiß, in Südamerika vor der Sumpfhütte glaubt, in welche der Mann, der auf ihn schoß, um die Jagdbeute an sich zu bringen, nach mißlungenem Anschlag geflohen ist.

Bis der Morgen graute, patrouillierte der Vater. Als er gegen Mittag in voller Jagdmontur unter den Flinten erwachte, noch brannte die Nachtlampe, erinnerte er sich an gar nichts und verlangte nach Milch. Alle Erinnerung ist bei uns. Uns hat er getroffen, »seine Nächsten«, der Schuß, der dann doch ausblieb. Täter erinnern sich ungern, haben ein schlechtes Gedächtnis, darauf beruht ihr Mut zur nächsten Tat.

Diese Nachtstunden, die einen wachhielten bis zum Morgen, an den man nicht mehr geglaubt hatte, haben Rückstände hinterlassen: schwarze Kapseln im Gemüt, Samen, aus denen taubes krauses Gewächs hervorgeht. Zivile kleine Feigheiten und neurotische Ängste lassen sich auf sie zurückführen. Etwa die Angst, im *falschen Zug* zu sitzen, nicht zu meistern, auch wenn man die Karte vorgewiesen, sich erkundigt und im Schutz des eigenen Mantels bequem gemacht hat in der Ecke des Raucherabteils. Die Zigarette beruhigt. Mit jedem Zug sauge ich auch das vorüberziehende Schneeland ein. Die Tanne neben dem Feldschuppen erkenne ich wieder, die Erlengruppe am Bach: Der Schaffner hat sich nicht geirrt.

★

Es war damals noch Brauch, einem Verstorbenen einzeln oder in Gruppen einen letzten Besuch zu machen, bevor er in den Sarg und dieser in die Erde versenkt wurde. Das Haus, darin der Tote lag, stand am Schulweg. »Komm mit.« Aus Furcht, von meinen Kameradinnen und Kameraden für feige gehalten zu werden, schloß ich mich an. Vielleicht auch aus Neugier. Ich hatte noch nie einen Toten gesehn.

Zu einer Traube gedrängt, Kopf an Kopf, warten wir auf der steilen düstern Treppe des Bauernhauses. Das wacklige Geländer knarrt, an der Decke hängt eine unabgeschirmte Leuchtbirne, die wie eine wirkliche Birne aussieht. Im Flur riecht es nach Trester und Stall.

Die Schwester des Verstorbenen öffnete die Kammertür. Laken und Kissen; weißer jedoch die Miene aus Wachs. Zwei lange Kerzen brannten auf dem Waschtisch. Die Fensterläden waren geschlossen. Ueli. Ich erkannte ihn nicht wieder. Wo war der Stoppelbart? Die straffe Binde ums Kinn rahmte ein kahlrasiertes Gesicht. Auch wenn er, auf einem Stein sitzend, die Sense dengelte, hatte er aufgeschaut. Beim Mähen ließ er sich nicht stören, doch hatte er, Kirschen pflückend versteckt im Baum, meinen Gruß erwidert. Der Kavallerist salutierte.

Ein Rosenkranz fesselte die Finger. Die Augen waren versiegelt; unter den buschigen Brauen einwärts gesunken hinter die Gipsmaske.

Die Schwester tauchte drei Finger in den Weihwasserkessel, schlug das Kreuz und begann zu beten. Auch wir schlugen das Kreuz und beteten. Draußen auf der Straße fuhr das gelbe Postauto vorbei. Die Schwester trug ein braunviolettes Kleid und eine schwarze Schürze, die im Rücken mit Druckknöpfen geschlossen wurde. Die straff hinter die Ohren gekämmten Haare glänzten im Schein der Kerzen, zwischen denen ein Nelkenstrauß stand, der stark duftete. An der kalkweißen Wand hing ein Kruzifix; Jesus; tot auch er. Der dornengekrönte Kopf eine geknickte Blume. Die Kammer hatte zwei Türen. Ich hätte gerne gewußt, wohin die Türe neben dem Spind führte. Nachdem das Gebet beendet war, besprengte die Schwester den Bruder mit Weihwasser. Wir durften dasselbe tun. Dann ging die Schwester zur Türe, durch die wir gekommen waren. Auf der Schwelle wandte sie den Kopf, hielt den Zeigefinger auf den Mund und winkte uns mit den Brauen. Es war, denke ich heute, wie in einem Gedicht von Georg Trakl.

Vor dem Haus war Tag. Geblendet, die Daumen unter den Riemen des Schultornisters, blickten wir in den wolkenlosen Himmel. Wie hoch die Schwalben flogen, schwarz wie Uelis Totenhaar, denn Ucli war nicht alt und sein Leiden ein Geheimnis gewesen, galt doch Krankheit in ländlichen Verhältnissen damals noch für etwas, über das man nur hinter vorgehaltener Hand sprach.

*

An jenem Abend lag ich lange wach. Der Sandmann stand wohl am Bett, aber die weiten Ärmel seines Mantels waren leer, und aus der Kapuze grinste ein Totenschädel. In beiden Fenstern wetterleuchtete es, die Zeilen des Schutzengelgebets kamen mir durcheinander, reglos standen die Bäume im zuckenden Himmel, und als ich das Gesicht ins Kissen preßte, erschütterte ein Donnerrollen, das aus dem Keller zu kommen schien, das Haus. Die Erde bebte, ein Blitzschlag riß mich hoch, aufgerichtet starrte ich in die Bäume, die der einfahrende Sturm schüttelte.

Eine brennende Kerze in der Hand, war die Mutter nach dem ersten scharfen Schlag ins Zimmer getreten. Sie setzte sich an den Bettrand und ergriff meine Hand, auf die ich geblickt hatte wie auf etwas Fremdes, verwundert, daß sie heil blieb, wieder und wieder vom Blitz getroffen. Endlich konnte ich weinen.

Während der Sturm, gelle, langgezogene Pfiffe ausstoßend, die Äste des Kirschbaums bis ans Fenster heranbog, brach es aus mir heraus: »Mama, ich habe den toten Ueli gesehen, ich wollte nicht, aber sie haben gesagt, komm doch auch. Ich bin mitgegangen, weil sie mich sonst ausgelacht hätten. Fürchtest du dich vor Toten? Wann hast du zum erstenmal einen Toten gesehn? War es ein Mann oder eine Frau?«

»Es war eine alte Frau. Sie war nie krank gewesen. Wenn wir an ihrem Garten vorbeigingen, schenkte sie uns Äpfel. Beim Apfelschälen hat der Tod sie überrascht; am Küchentisch. Die Kinder, die mich mitgeschleppt hatten, meinten, sie lache. Eine Nachbarin verriet mich den Eltern. Ob sie mich schalten? Ich weiß es nicht mehr. Ich habe es vergessen. Ich habe so vieles vergessen.«

*

Wer auf einem der Feldwege ging, die das Gelände in magische Kammern einteilten und zu Orten führten, wo bestimmte Pflanzen gediehen, ein gewisser Stein wartete, ein einsamer Baum, konnte am Rand der Ebene oder auf einer Krete einen Kentauren auftauchen sehn, seine Silhouette, die im Näherkommen rasch und mächtig an Volumen zusetzte, vor allem im Freiland, das der Reiter querfeldüber im Galopp nahm. Wie angeregt durch einen starken Wind, geriet die Landschaft in Bewegung. Die Wiesen glitten, die Straßen rollten unter den Hufen weg, Gehölze und Hecken gingen auf und wieder zu. Der heransprengende Dragoner gemahnte an einen Eroberer, der entschwindende an einen Kurier.

In wessen Auftrag ritt er? Woher kam er, wohin trug ihn das Pferd, das er antrieb, als ritte er um sein Leben?

★

Die Freitreppe, zwölf Stufen, die aus dem tannendunklen Vorgarten, wo Pilze wachsen, auf die Straße hinableitet, führt unter einem Tor durch. Türsturz; Sandsteingewände; letzteres eingefügt in eine mit bröckelnden Biberschwanzziegeln gedeckte, von einem angeböschten Bord gestützte Bruchsteinmauer, die im Westen Garten und Haus gegen die Straße, im Süden gegen die Nachbargehöfte abgrenzt. Ein efeudurchwucherter Lebhag überbuscht die ruinöse Ostmauer, die Beerenkulturen und Gemüsebeete trennt von der Kuhweide. Früh verschattet am Abend, nehmen die höckrigen Matten den einst mit Reben bepflanzten Steilhang ein. Entlang dem Lattenzaun der Fußweg zum Dorf, ein begraster Trampelpfad, wie er, Schritt um Schritt, Spur in Spur, durch Gewohnheitsrecht entstanden ist.

»Die Nordmauer«, berichtet der Vater interessierten Gästen, »wurde lange vor unserer Zeit abgetragen. Daß es sie gab, bezeugen die Steine, die wie Totenschädel aus der Erde dringen, sobald man zu graben beginnt.«

Unsere Zeit? Aus ihr ist Ueli weggegangen; wohin? In den Himmel, unter die Erde? Niemand gibt mir eine befriedigende Antwort, und jenen, die Ueli im Himmel wissen, »wo wir, du und ich, ihn wiedersehen werden«, mißtraue ich ohnehin. Man müsse eben glauben. *Glaube Liebe Hoffnung* sticke ich in der Nähschule mit blauem Garn auf einen Sofakissenbezug und denke nicht an Ueli, sondern an Waldo.

★

Im Frühling sind die staubigen Grasborde zu beiden Seiten des Tors violett von Veilchen. Die tiefäugigen Blüten, von denen selbst Bollensteine und Straßenstaub duften, verbleichen rasch, und bald sieht man nur noch die Blätter, die an Hufe erinnern, grüne runde Füße von kleinen Tieren, die sich verstehen mit den Elfen. Hohe Silberhalme überwachsen sie im Frühsommer, später Schafgarbe, Bärenklaue und Eisenkraut. Am Fuß der Treppe vereinigen sich die Borde in einem dichtwüchsigen Grasfell, schon ist die unterste Stufe in den zerzausten Grasähren versunken.

Auf dem breiten Tritt unter dem Türsturz sitze ich im Juli der sinkenden Sonne gegenüber. Von der Vorstellung einer Vegetation, die eine Treppe erklimmt, zieht mich der Reiter ab im Moor. Von Westen galoppiert er heran, Waldo, wer denn sonst, da ich in jedem Berittenen nur ihn sehe: im Bleisoldaten, der durch einen fernen gleißenden Tümpel jagt, wie auch im Ritter, der, frontal grandios, das vor dem Abgrund sich bäumende Roß zügelt; auf einem Bergkegel die Burg, hinter der sich die Sonne durch Wolken brennt. Taldurchdringer Waldo; ich kenne ihn aus der Sage.

Was tagsüber ausgestrahlt worden ist, sammelt sich in der glühenden Scheibe, verdichtet und ballt sich. In einer schwellenden Kugel pulsiert verzehrende Glut. Einsaugen und ausstoßen. Waldo reitet aus der Sonne, ihm voraus der kentaurische Schatten. Unverwandt blicke ich auf den Feuerball, starre ich in die Gluthöhle, der Blick saugt sich fest am wabernden Brand. Den Rat, man solle, dürfe nackten Auges nicht in die Sonne schauen, überhört man in den Jahren, da die Lust, auf Außerordentliches zu stoßen, keine Vorsicht kennt. Ein Kind, das den Ritter der Sage aus der Sonne reiten sieht, kümmert sich nicht um den stechenden Schmerz hinter den Augen, in denen das himmlische Feuer wütet, bis sie, nach dem kurzen Rausch der Blendung, erblinden. Mit der Begierde der Nochnichtwissenden staune ich ins Licht, durstig, hungrig, ich weiß nicht, wonach.

Der Reiter hat den Weg genommen, auf dem er ein paar Atemstöße lang hinterm Moränenfuß verschwindet für das Auge, das oben ausschaut. Ob er wieder erscheint, ist ungewiß – doch, er ist wieder da, das Tier geht im Schritt, die kohlschwarze Silhouette des Reiters überragt den rotgoldenen Fries des Roggenfeldes. Beim Kreuz bleibt das Pferd stehn, biegt nach rechts ein, Spazierritt – er ist's, er ist's nicht, ich kann nicht länger hinschaun, wende den Kopf, schaue geradeaus in die leere Sonne, sie pulst, die Pulsader hämmert, Dröhnen füllt die Ohren.

Herzschläge; sie stimmen nicht überein mit dem Klack-Klack der Hufe – ritte er doch vorüber, hielte er doch an, Waldo, er ist's, grüßt vom Pferd herunter, sitzt ab, bindet den Braunen an den ins Fachwerk der Scheune eingemauerten Eisenring. Seinen Rücken im Blickfeld, dann, kurz und klar, das Profil, weiß ich, weiß es erst jetzt, daß unsre erste Begegnung nicht drei Monate, sondern Jahre zurückliegt. Damals hatte er Winterkleidung getragen. Er war einer der von den Jägern angeheuerten Treiber gewesen, die sich um das in der Gerätekammer und im Flur deponierte tote Wild zu kümmern hatten. Angewidert war ich an der halb offenstehenden Kammertür vorbeigegangen, am Mann auf der Schwelle, den ich von der Seite sah: Fuchsmütze, hochmütige Nase, rauhe Lippen. Er biß in ein belegtes Brot und nahm den Schatten im Flur nicht wahr.

»Guten Abend, Kleine.«

Er setzt sich neben mich auf die Treppe. Die Sonne ist untergegangen. Leder- und Pferdegeruch, am Horizont blutrote Schlieren, eine Kröte sitzt mir im Hals, ich erkundige mich nach dem Namen des Pferdes.

»Stella, eine Stute, gefällt dir der Name?«

Ich nicke, zupfe an meiner Schürze, »Namen«, sagt eine

heisere Stimme, »sind etwas Wichtiges. Menschen mit schönen Namen mag ich zum vornherein, auch wenn ich sie nicht kenne.«

»Sonderbar.« Auf diesen Gedanken sei er noch nie gekommen. »Was fällt dir ein zu Waldo David?« – »Ein Wald. Im Wald steht ein Schloß. Im Schloß wohnt ein König, der König heißt David.« Daß der Name David gleich drei Berufe in sich vereinigt, die mir gefallen, verschweige ich. Hirte, König, Sänger.

Nach einem Schweigen, während dessen der Himmel abblaßte und die Spiegel der Teiche im Moor sich beschlugen, erkundigte ich mich rundheraus, ob er gekommen sei, um Schmetterlinge zu kaufen. »Warum schmeichelt ihr Vater die Falter ab! Wenn er getrunken hat, weiß er nicht, was er tut. Schlechte Kerle seid ihr, alle vier.«

»Nicht so scharf, Kleine. Dein Vater braucht Geld, und uns gefällt das bunte Gevögel.«

»Sie meinen die Falter. Mir gefallen sie auch.« In der Erregung fehlten mir Worte, die ihn darauf aufmerksam gemacht hätten, daß ich die Falter länger kannte und mehr (um was mehr?) liebte als er. »Ich habe sie lieb«, stotterte ich, bereits wieder verschüchtert. Es fiel mir auch nicht ein, zu fragen, was er, was seine Kollegen mit ihnen machten oder zu machen beabsichtigten. Mir genügte es, sie anzuschauen und an sie zu denken. Warum können die Menschen die Dinge nicht in Ruhe lassen, die schön sind, solange man sie sich selbst überläßt! – Die früh eingeübte Angst überwältigte mich. Geschüttelt von hilfloser Wut, hätte ich Waldo schlagen mögen, heftig, auf die kräftige braune Hand, die lässig eine Zigarette zum Mund führte.

»Ich will nicht, daß du den Morpho kaufst.« Den Daumen in die Faust geklemmt, stieß ich mit dem Ellbogen gegen Waldos Arm. In der Verzweiflung duzte ich ihn. »Waldo, du läßt mir den Morpho.«

»Wen? Was?«

»Den *Morpho*. Der Morpho ist...«, ich brach in Tränen aus, »ist der grüne, der blaue Falter, jener, der glänzt wie das Meer. Wenn du mir den wegnimmst, hasse ich dich.«

»Kleine, reg dich nicht auf, hasse mich nicht, liebe mich.« Er sagte es leise, gemessen, ich horchte auf – Waldo sprach einen Zauber. Seine halbgeschlossenen Augen glommen wie die eines Tieres. Er rückte von mir ab, beobachtete mich, die Augenschlitze weiteten sich zu grünen Lichtern: »Wiederhole, was ich jetzt sage: Ich will dich nicht mehr hassen, als ich dich liebe.«

»Ich will dich nicht mehr hassen, als...« Die Stimme versagte, mit offenem Mund sah ich ihn an, Waldo David, der laut auflachte.

»Schwamm darüber, Kleine.« Er hatte sich erhoben und stieg die Treppe hinauf. Das Pferd wandte den Kopf, schnoberte. Stella und ich schauten dem Mann nach, der sehr aufrecht über den Kiesvorplatz auf die halboffene Türe zuschritt, wo er vom Vater begrüßt wurde, der, wie immer, wenn ein Gast sich einstellte, von seinem Vorhaben, im Garten zu arbeiten, gern und sofort Abstand nahm.

Nie würde ich Donath den Satz sagen können, der mir im Moment zuflog, als die Männer sich die Hand reichten: »Waldo David, laß mich dein Jonathan sein.«

*

Kinder, man weiß es, werden ohnmächtig, wenn die ungeheuren Ansinnen der Erwachsenen auf sie übergreifen. Ich wurde nicht ohnmächtig, ich hatte einen Traum. Eingelassen in die Flügel eines Falters von der Größe einer Karnevalsmaske, blickten mich Waldos Augen an, lidlos, sperroffen gebannt, als sähen sie, durch mich hindurch, etwas Schreckliches. Die dunkle Schmetterlingswolke, unter der ich erstickte, hatte er vor mir gesehen. Von hinten hatte sie mich überfallen, und es ging eine Weile, bis ich, erwacht, die mondlose Finsternis der schwülen Sommernacht nicht mehr für den schwarzen Schwarm hielt. Erst mit dem Läuten der Fünfuhr-Morgenglocke kam der Engel, der das Geisterknistern und Aschenstieben wegwischte.

*

An einem Samstag abend erwarb Lenhard den exotischen Mondfalter. Wir gönnten ihm den wie aus bleichem Blütenstaub zusammengewehten Schmetterling, waren froh, ihn bei ihm zu wissen. Er gehörte zu Len wie der Morpho zu mir. Zum Verwechseln ähnelte Actia luna einem von Laubschatten umschauerten Fleck Mondlicht. Ein gleichsam stoffloser Falter, von dem nur die Seele übriggeblieben war. Was wir, durch Len, von ihm wußten, stimmte überein mit seiner ätherischen Gestalt. Dem Mondfalter, hatte der Student gesagt, fehlten die zur Nahrungsaufnahme nötigen Organe. Aus der Puppe geschlüpft, suche er ein Weibchen, respektive Männchen, und sterbe bald nach der Hochzeit den Hungertod. Nur Roth hatte gelacht. Elfi rapportierte das Jagdstubenpalaver.

»Dieser Falter wird nur geboren, um zu lieben und zu sterben«, habe Len ihr zugeflüstert, als die andern bereits beim übernächsten Kasten gestanden seien.

Unter Tränen sprach sie den Satz. – Warum wischen sich Erwachsene die Augen, wenn gewisse Worte, Sätze fallen?

*

Niemand kann weinen wie Elfi. Wann immer, lautlos, glasklare große Tropfen, die auf der Wange haftenbleiben, Tau; erst nachts, wenn sie mit der Mutter allein ist, brechen aus geschwollenen Lidern jene Bäche, die Krüge füllen. Die Eltern, ihre Krankheiten, das heillose Zerwürfnis, der verschollene Bruder, das verfluchte Öhntal zwischen den unvergleichlichen Bergen, wo sich Inzest, Inzucht, Fallsucht, Schwindsucht, Stumpf- und Irrsinn aller bemächtigen bis ins vierte und x-te Glied. Keiner entrinnt. Alle werden sie eingeholt, die nicht fliehen, auswandern, verschwinden für immer. Dennoch die zehrende Sehnsucht dorthin.

Unter dem Eindruck von Lens Erläuterungen zur ephemeren Existenz des Mondfalters weint sie sich in bittere Verzweiflung hinein, die in ein alles und jeden einbegreifendes Weltweh mündet, das abebbt zu einem von krampfhaftem Schlucken gedämmten Schluchzen.

In Wahrheit weinte sie Lenhards wegen. Aber das wußte sie nicht. Die Liebe ist immer ein Grund zum Leiden. Lenhard liebte eine andere, eine Mitstudentin, die ihn erhören und heiraten, verlassen und wieder aufsuchen würde. Sein auf jeden Windzug, jedes banale Wort anfälliges Gesicht überflogen zeitweise Schatten, die wahrzunehmen nur Elfi den sechsten Sinn hatte. »Nichts, Elfi, nichts«, entgegnete er dem Mädchen auf die Frage, weshalb er auf einmal so nervös sei.

Wie fein sie fühlte. Mir blieb das Mit- und Nachfühlen, wenn sie sich, ungeübt im Gespräch, auf die Mitteilung beschränkte, Len sei eben »anders«. »Ein Stiller«, sagte die Mutter, »einer, dem es an der Stirne geschrieben steht.«

»Was steht geschrieben, Mutter?«

»Daß er es nicht leicht haben wird.« – Unter den Schwärmern war Len der einzige, der nicht tanzen konnte.

★

Der Übersee-Waltz, ein sentimental zügiger Englischwalzer, war der Schlager jenes Sommers. Aus offenen Fenstern fluteten die Klangwellen in Vorgärten, auf Straßen und Hinterhöfe, in Teesalons begleitete der nostalgische Reißer diskret die Flüstergespräche. Mitsingend, ansingend gegen den Fortissimo-Schwall aus Lautsprechern, tanzte die Jugend den Übersee-Waltz auf dörflichen Waldfesten und städtischen Dielen, Kinder summten, Beamte pfiffen die Melodie, sie überschwemmte die Budenstadt und alle Etagen der Kaufhäuser, und wenn sie, feierabends, in unsrer Beiz aus dem Radio- oder Grammophonkasten strömte, tranken angegraute Herren sich zu.

Fast jeder, der in den Sog der mitreißenden Weise geriet, schritt freier aus, begann sich zu wiegen aus der Mitte wie ein Wipfel im Wind. Geschoben, gezogen gehorchte der gesamte Organismus. Schleiften die Füße, oder war es der Boden, der unter ihnen wegglitt?

Ein schleppender Schritt, zweimal treten an Ort usf. usf.: Der Song jenes Sommers war eine schaumige Woge, die sich fortsetzte, von da nach dort, über die See, weiter, weiter, bis sie, die auswanderte, eben nach Übersee, am Horizont sich verlor. Die Augen unter gesenkten Lidern offen auf die innern Gezeiten, trieb man, rhythmisch vereinnahmt bis in die Pulsstöße, nach einem Drüben, das für jeden etwas anderes bedeuten mochte. Die einen glaubten sich erwartet, andere ließen sich einfach treiben.

Über das Meer von Zeit, das mich trennte von Waldo, kam *mir* niemand entgegen.

★

An der Bundesfeier, die auf dem Schulhof stattfand, nahm außer Roth, dem Sohn des Notars, keiner der Schwärmer teil. In der kreideweißen Uniform, knappes Leibchen, straffe, von schmalen Trägern gehaltene Hose, habe ich ihn nicht gleich wiedererkannt: in der Rolle des von einem Speerbündel durchbohrten Winkelried präsentiert sich Roth in einem der vom Turnverein gestellten *Bilder*, Bengalisches Licht taucht die gipserne, kräftig beklatschte Gruppe in Blau, Rot und Grün. Männer unter Wasser, Männer im Feuer, stumm, statisch, heroisch. Was aber ist von grünen Kriegern zu halten? In Grün ähnelt die martialische Allegorie einem wuchernden Tropengewächs. Mexikanischer Kaktus. Auf einer Postkarte sah ich seine bizarre Silhouette verkohlt in einem tomatenroten Himmel stehn.

Vier Bilder. Das jeweils folgende »Standbild« übertrifft die vorige Nummer an Kühnheit. Versatzstücke wie Flaggen, Wappen und Waffen vervollständigen die Arrangements. Obwohl sie schwerste Lasten tragen, stützen und stemmen – Sepp trägt Kaspar, Kaspar Hans auf den Schultern –, verzieht keiner der Jungmänner die feierlich starre Miene. Jeder seine eigene Statue. Grabesstille. Auch unter den Zuschauern. Dann Applaus. Das Licht löscht aus, die Bildelemente purzeln in der Finsternis auseinander wie Baukastensteine, nahezu geräuschlos, und setzen sich im Dunkel, weiße Schatten, unter gedämpftem Flüstern zusammen zum nächsten Bild.

In sternhafter Lautlosigkeit vollzieht sich auch der Reigen des Radclubs. Da die Akrobaten im bunten Trikot die in den bekiesten Platz eingescharrten Figuren sehr langsam fahren, haben sie Mühe, das Gleichgewicht zu halten. Im Publikum hört man zuweilen ein Räuspern, wenn ein Fahrer in einer kritischen Kurve ins Schwanken gerät, sich abstützen muß auf einen Fuß; in den hintern Reihen, wo die Buben der Oberschule sitzen, knattert unzeitig ein Frosch. Die Mädchen rücken näher zusammen, tuscheln, ziehn den Rock über die Knie. Unbeirrt zirkeln die Radartisten und verschwinden unter lauem Beifall hinter der Südostecke des Schulhauses. Die nächste Nummer ist dem Männerchor vorbehalten.

Lied um Lied sangen sich die Männer, die sich auf der Bühne postiert hatten, ins Heimweh ein nach einer Heimat, die offenbar nicht die hiesige war, da sie diese, wenig geschätzt, täglich um sich hatten, Dorf und Haus, Land und Leute, und kaum einer von ihnen je Länder bereist hatte, wo Menschen, die ein offenes Wort wagten, verschwanden, viele für immer, hatte Lenhard gesagt. Beheimatet im schönsten Wiesengrund, den sie besangen, kannten einige wohl die Armut (die es damals auch hier noch gab), doch nicht den Hunger. Niemand lachte, sah man diesen und jenen, der sich gut aufs Fluchen verstand, den Mund zu einem andächtig säuselnden Oval runden.

Seltsam; Elfi kicherte, ausgerechnet jetzt, da im Publikum »so gut wie kein Auge trocken blieb« (Lokaler Anzeiger), denn wo immer ein Männerchor singt, denkt man an ein Grab, auch wenn ein Jagdlied ertönt: Männerchorlieder, in Dur oder Moll, gelten ausnahmslos einem Kameraden, der die Ewige Heimat erreicht hat.

Die Ansprache hielt ein auswärtiger Ortsbürger, der es in der Welt weit gebracht hatte. Seine Rede begann mit Wilhelm Tell und endete, nach einem wirren Abriß der Schweizergeschichte, in dem der Festredner nicht und noch immer nicht über die Alten Eidgenossen wegkam, mit einer unter männlichen Tränen vorgebrachten Laudatio auf die derzeitige Bundes- sowie Gemeinderegierung, die ein abschließendes Hoch auf die Freiheit krönte.

Während sich die Festteilnehmer, die sich schon während des kollektiven Absingens der Landeshymne von den Bänken erhoben hatten, zu Gruppen zusammenfanden oder verliefen, setzte Musik ein. Aus dem Lautsprecher brauste eine Brandung von Klängen über das Festpublikum, ein Marsch, ein Ländler, und, nach einer Pause, gleich zu Anfang begeistert beklatscht, der Übersee-Waltz, der die Burschen und Mädchen, die steif waren vom langen Sitzen, aus der vaterländischen Verdumpfung riß. Sie reckten die Glieder, schauten sich in die Augen, kühne Jungens zwinkern, heben eine Braue, Elfi ergreift meine Rechte und zieht mich auf die leere Bühne unter den Lautsprecher. Tief in die Knie gehend, tanzen wir den Walzer, lassen wir uns flößen von der Welle, meerweit über die enge, mit Girlanden behängte Bühne, indes die ersten Raketen steigen, am Hang oben das Feuer auflodert. Von Elfi sicher geführt, sehe ich sprühende Räder im Feld und am Himmel einen Schwarm von goldenen, blauen und roten Sternen, sein rhythmisches Erlöschen, Funke um Funke, da auch dieser Vorgang ins wiegende Gleichmaß des Walzers einschwingt. Den Kopf im Nacken, höre und sehe ich Schlangen hochzischen; drei Diamanten funkeln in der Höhe, verglimmen, vergehn, es bleiben die Sterne über uns, zum erstenmal tanze ich nachts unter freiem Himmel.

Aus den sperroffenen Fenstern des ersten Geschosses, wo sie sich in ihrem Schulzimmer versammelt haben, hängen die johlenden Jungen der Oberschule, gestikulieren, feuern uns an. Unter ihnen, im Hintergrund, Andrea Spina, der Sohn des italienischen Gärtners, der mir durch seine Schwester einen Granatapfel hat überbringen lassen. Wie Nußkerne blitzen die weißen Zähne in seinem braunen Gesicht. Scheuer lockiger Andrea. Die Arme über der Brust verschränkt, steht er aufrecht in der Nische, vor sich den frechen kleinen Franz und Gustav, den Schläger, und lacht nicht mehr. Ernst verfolgt er die Ausschreitung. Wenn der Tanz in seine Nähe führt, suche ich seinen Blick, schaue dann wieder in die Sterne. Daß Waldo mich tanzen sähe.

★

Der Vater feierte den 1. August mit einem Weidmannsfeuer, zu dem er die Schwärmer eingeladen hatte. Der Geruch des am Spieß schmorenden Fleisches empfing uns schon außerhalb der Gartenmauer. Ein kannibalischer Wildruch. Fast wurde mir übel. Während des Heimwegs hatten wir den Duft reifen Roggens und betauten Grases eingesogen.

Am eingesunkenen Feuer, das vom Vater unterhalten wurde, saßen Pfister und Lenhard an der Seite ihrer Mädchen. Roth, der Turner, hatte sich entschuldigen lassen. Mit der umsichtigen Sorgfalt eines in die Wildnis Verschlagenen, dessen Sein oder Nichtsein abhängt von der unter Gefahr und Strapazen erjagten Atzung, mühte sich der Jäger um den Fleischbrocken, der an einem Haselspieß steckte. Es galt, einen außen knusprigen, im Kern saftigen Braten zu bereiten, à point, kein Blut, waren doch Damen zu Gast. »Elisabeth«, stellte Lenhard vor, »und Elvira.« Letztere in einer glitzernden, den Glutschein reflektierenden Bluse. Der violette, seitlich geschlitzte Jupe ließ seidenbestrumpfte Beine frei. Schwarzer Bubikopf, Ohrclips; Elvira saß auf Pfisters filzigem Wams.

Elisabeth, die ein einfaches helles Kleid trug, ruhte an Lens Schulter. Der Mantel, der ihnen auch als Unterlage diente, umhüllte beide. Wange an Wange schauten sie ins wieder aufflackernde Feuer, sofort fielen mir Elisabeths Augen auf: Spiegel; ich setzte mich in ihre Nähe.

Nach einem Schweigen, das die Anwesenden sowohl trennte wie verband, meldete sich Elisabeth. Betroffen von der Stimme, achtete ich wenig auf die Worte. Sie sprach zu mir, als kennte sie mich und wollte Erinnerungen wecken, die uns beide betrafen. Verzaubert blickte ich in das Gesicht, das sich mir zugewandt hatte: Nein, für Elfriede, die von Tränenstürzen und Hautausschlägen Heimgesuchte, blieb keine Chance. Daß sie unter allen Mädchen, die ich kannte, die sprechendsten Augen hatte, sahen nur die Mutter und ich. Vor uns wichen sie nicht aus, die von hoffnungsloser Trauer gesättigten Blicke des alten Kindes, dem Leid angetan worden war zur Zeit seiner Hilflosigkeit; aus einer verletzten Knospe hatte sich eine lädierte Blume geschält. Was ihr an Lichtempfänglichkeit geblieben war, orientierte sich an Lenhard. (»Len, mein Fixstern.«)

Dort stand sie, abseits beim Kornelbaum, im Rücken jener, die *ein* Mantel bedeckte. Wenn Pfister in der Glut stocherte, sprang ein Funke. Der Vater pfiff durch die Finger, Elfi fuhr zusammen; aus dem Lichthof zog sie sich unter die Zweige bis zur Zisterne zurück und setzte sich auf den Mauerring, der das tiefe Loch des längst wasserlosen Brunnens umfaßte, an dessen Sumpfgrund, ging die Sage, Schlangen und Kröten im Gekröse von algenglitschigen Bruchsteinen, Scherben und Mörtelgrus hausten. Der Braten, sagte der Vater, werde bald gar sein. Donath sei im Garten. »Geh ihn holen. Er guckt sich die Lampions an.«

Im Nachtgeruch der blühenden Ligusterhecke, die die Hausmatte vom Garten trennt, stehe ich am Eingang der Apfelallee. Ein Trampelpfad scheitelt das hohe Gras und verliert sich unter den tiefhängenden Ästen der wildwüchsigen Bäume. Bis hinab zum Frau-Holle-Tor säumen Lampions beidseits den in sanftem Gefälle verlaufenden Grasweg. Große runde aus sich selbst leuchtende Blumen, auf Kopfhöhe stengellos schwebend im windstillen Laubdunkel. Dem Weingott gleich lacht der von losen Rebenranken umspielte Mond, der den Zug der Lichter anführt. Auf Abruf eines Elementargeists verhalten sie, harren, sich einwachsend ins immer dichtere, mehr und mehr stoffliche Dunkel; die gläserne wird eine steinerne Nacht. An blutroten, phosphorgelben, lindengrünen Lampions komme ich vorbei. Auch bunte Lampions gibt es, heraldische und gestirnte, doch wie anders als auf der Landkarte offenbaren sich, von innen durchschimmert, Flußband und Dreigestirn des Kantonswappens. (Steigert Transparenz die Ausdruckskraft eines Symbols?)

Lichter und Zeichen. Zweimal bin ich die Allee hinauf- und hinabgegangen. Die weißen Sonntagsschuhe, die Waldo gefallen haben, sind durchnäßt, Taugras spült um die nackten Beine, mich friert. Angst schüttelt mich, ich könnte ihn nicht finden, er sei weggegangen, einfach davongelaufen, einsamer denn je, heute am ersten Tag im August, da jeder mit jedem anbiedert.

»Meitli!«

Waldo mußte mich beobachtet, mein Warten und suchendes Herumirren in der Allee verfolgt haben. Er winkte nicht und kam mir nicht entgegen. Er stand an der Westmauer unter der Kuppel des von Weinlaub überwachsenen Holunderbaums neben einem an den Polen abgeplatteten, verschwiegen blauen Lampion, das, einem Gefäß gleich, sein stilles Licht hütete. Der Nachtfalter, der es umschwärmte, kümmerte sich nicht um uns, ein Irrstern, nichts würde seinen Taumelflug ablenken vom magnetischen Totenlicht.

»Der Vater...«: im blauen Licht, das Waldos Gesicht als das eines Wiedergängers erscheinen ließ, konnte ich nicht vom Essen sprechen. Ich zupfte an einer Rebenranke, verfolgte den Flug der verhexten Eule. »Ich komme, Meitli, ich komme gleich. Es steht dir gut, das Einsiedlerlicht.« Wie ein Blinder, der mit einer tastenden Geste einen Gegenstand umgreift, zeichnet er, die Berührung der Haare vermeidend, den Umriß meines Kopfes nach. Versehrte, Auge in Auge.

Angesengt von einem wahnwitzigen Glück, das ich allein zu tragen haben würde, watete ich zwei Schritte hinter ihm auf das Feuer zu, das in höllenroten Zungen aufloderte. Ein brennender Busch schlug aus dem nachgelegten Reisig. Das Mahl, das an einem von japanischen Lampions erhellten Tisch eingenommen wurde, hatte bereits begonnen.

★

Immer stiller, inbrünstiger leuchten die Lichter, erstarrter Glasfluss. Kernglut, eingelassen in die siderische Nacht, die sich zulegt allen Nächten dieses Planeten. Zeit und Raum. Sie entstehen, sie sind.

Es wurde nicht mehr gesprochen. Den Schauenden waren die Worte versiegt. Daß ich vor allem das aquamarine Lampion im Auge behielt, entging Waldo nicht. Unsere Blicke trafen sich in der blauen Druse.

So muß das gewesen sein, damals. Ich erfinde, versuche die Wahrheit zu finden im Rückblick auf reale Bilder, die sich einbrannten, unerläutert geschaut, keine Worte schwächten ihre bannende Gewalt. Aus ihnen ziehe ich Schlüsse auf das, was in mir vorging. Leitfossilien. Ihre unzerstörbare Leuchtkraft »für und für« (wie die Liebenden von einst unter ihre Briefe schrieben) erhellt auch die Umfelder. Der Treue früher Bilder danken wir, daß wir das Leben hinterfragen lernten, sein Zwielicht und seinen unbegreiflichen Ausgang. Solange sie betrachtet werden, bleiben sie am Firmament.

★

2. August. In der Ecke hinter dem Buffet hat Elfi Gläser gespült. Das Kupferbecken ist die einzige Lichtquelle in diesem Winkel, den die Sonne nie erreicht. Hier befindet sich auch das Tropfbrett. An die vierzig Gläser. Keine Bundesfeier ohne Festgetränke. Gegen das Buffet gelehnt, schaut Elfi über die Spirituosenflaschen auf der

Theke durch das offene Fenster nach den Bergen aus, die nicht die ihren sind. Hat sie Heimweh? Nach allem, dem sie entflohen ist? Nur nach Len – aber der ist weiter fort als der Rabenstein und die Breite Wand. Neben ihr sitzend, wo immer, ist er auf der anderen Seite der Erde. Sie zündet sich eine Zigarette an, blauer Dunst, 14 Uhr 13, auf dem fahlen platten Gesicht der Kastenuhr sind die Minutenabstände von weitem sichtbar, das Pendel ist eine zuschlagende Hand, links, rechts, links, bis man am Boden liegt. Kein Gast; der Wirt schläft, die Frau pflückt Beeren im Garten. Unter den Tannen spielen die Töchter das Blumenquartett. Das Stiefmütterchen gehört zu den Veilchen. Veilchen riechen nach Sünde und Dung. Elfi tritt in die Fensternische, an der Zigarette saugend, sucht sie die Gestalt der Mutter in der grünen Wildnis. Niemand. Nichts. Zwischen Obstbäumen versunken, dösen die Gehöfte unter dunstigem Himmel. Mittagsverdunkelung. Die Mutter ist verlorengegangen in der schwülen Stille. Im Tal schlägt die Turmuhr, jetzt, denkt Elfi, könnte die Welt untergehn. In ihrem Dorf gibt es stets einige, die den Weltuntergang prophezeien, festlegen auf eine bestimmte Stunde. Zu dieser Stunde stehen sie dann unter der Haustüre und blicken zu der Breiten Wand auf. Elfi sammelt Aschenbecher ein, schüttet die Asche in den Kehrichtkübel, kehrt Krumen zusammen, setzt sich auf die Bank neben dem Ofen. Sie legt die Hand an eine der Kacheln; kalt. Die Fleckenlandschaft des Tischtuchs vor Augen, gähnt sie, die aufgestützten Arme gleiten auseinander, der Oberkörper fällt vornüber, der Kopf liegt zwischen den Fäusten, die sich lockern. Schläft sie? Weint sie? Weint sie, im Schlaf, so tief in sich hinein, daß nur der Bruder es hört? Das blonde Haar ringelt sich im Nacken. Warum schon wieder die schwarze Bluse? In unserer Wirtschaft dürfen die Mädchen bunte Kleider tragen. Der Türspalt schließt sich. Ich will Elfi nicht stören. Hinter den sieben Bergen sucht der Bruder die Schwester.

★

Die Mutter sah es nicht gern, wenn ich nach Einbruch der Dunkelheit allein in den Garten ging. Niemand konnte verhindern, daß ich dennoch ging, war doch der ins Urdunkel oder lunarische Zwielicht zurückgeholte Garten Durchgangszone, Jagdgrund und terrestrisches Paradies für Nachttiere und Nachtmenschen, die hier suchten und fanden, was der Tag ihnen vorenthielt: Ruhe die einen, Beute die andern; Liebe.

Allein im Garten, muß ich nicht reden. – Gehn, langsam gehn, stehenbleiben, wittern und lauschen. Ein Kind lebt nicht zuletzt auch in Dingen, von denen es glaubt, daß sie ihm allein gehören, abseitige, daraus sich Geheimnisse machen lassen. Der Igel bricht durch die Lilienspeere, schnorzt, schnorchelt, und in den von Efeuwülsten getarnten Nestern wispern Vögel, sprechen, in der Vogelsprache aus Vogelträumen. Im Johannisbeerdschungel riecht es nach Fuchs, Mörtel rieselt aus dem Mauerloch hinter den Nesseln, eine Sanduhr, bis das Maß voll ist und Stille eintritt, *waltet*, jene ganze, runde, auf die, perläugig, die Haselmaus gewartet hat, da!, wie auf Rädchen fährt es unter den Tisch, ein Samtbällchen zuckt um die Füße, im Kies finden sich stets einige Krumen.

Aus dem Lorbeerbusch, der mich tarnt, kann ich den Jungen beobachten, der die Kläräpfel vom vermoosten Harfenbaum bricht, fast lautlos, das muß man ihm lassen, ich will ihn nicht in Verlegenheit bringen und drücke mich, hinter Brombeerdörnicht und Kletten geduckt, an der Rebenranke vorbei, die das blaue Lampion getragen hat.

Tausendfüßler krabbeln im Toten Eck über modrige

Falläste, räumen ab, räumen auf mit den bleichen Pilzpusteln, die über Nacht aus dem fauligen Holunderstumpf gesproßt oder vielmehr geplatzt sind, ein Ausschlag, ekliges Wimmeln des Überzähligen, Aussatz. Auch der Garten hat seine Krankheiten. Seine Wund- und Schamstellen sind meist Orte der Vergängnis. Die blutrote Fingerhirse überwuchert Blumen- und Vogelgräber, und was geschieht mit der Katze unter dem Steinhaufen? Zur Spirale eingerollt schläft sie, die Goldaugen erstarrt zu weißen Kieseln.

Eine Grille feilt, eine Kröte fiept, und im Hundsrosendickicht erweitert das Tier, das noch keiner gesehen hat, scharrend die Höhle, die am Tag ein Rätsel ist. Lockerer Auswurf um ein unergründbares Loch.

Aus der Mauer kollert ein Stein, vertiefte Stille nachher, die durch den Sprung eines Frosches in die Regentonne absolut wird. (Im Schatten der Allee stiehlt sich der Junge davon.)

Algen umkränzen den wachsenden Mond im Wasser, neben dem Faß Vaters leergetrunkene Bierflasche, in der Flasche eine weiße Flamme. Die silberne Blässe von Wermut und Minze. Blättergetuschel. Ein Apfel klopft so laut an die Erde, daß ich den Kopf einziehe, die Augen niederschlage, nachlausche: Jetzt müßte ein Reh im Tauglanz äsen, das nicht weghetzte, wenn ich aus dem Spargelwald trete. Schulterhohe Filigrantännchen. Ihr Flirren im Mondlicht. Vielleicht schläft ein Vagant in den feuchten, sandigen Furchen, neben sich die Pfeife, aus der er Trost gesogen hat, der Unbehauste, der morgen beim Vater um Arbeit anhalten wird. In der Scheune und im Garten gibt es stets was zu tun.

Durch das Schwarz- und Weißdorngebüsch geht ein Beben, kommt rasch zur Ruhe, die Eule, die sich weggehoben hat, jagt, die Flügel ausgespannt, über der Mondmatte. Ich bilde mir ein, das Sausen der Flügel zu hören, atemleise wie die Stille vor dem Sturm. Schnecken ziehen die Fühler ein, Blätter schauern, ein Gras blinkt, die Krallen der Eule packen zu, die Windradblüten der Nachtkerzen phosphoreszieren, und im Knistern der wetterleuchtenden Luft riechen Nachtfalter ihre Geliebte. Ein langhalsiger Vogel fliegt über den Mond, »nach Afrika«, würde Vater sagen. Einen Vogel aus 1001 Nacht reisen zu sehn treibt mir die Tränen in die Augen, ich weiß nicht, warum. – »Der dunkle Erdteil...«, was heißt das?

★

Am Morgen sah dann alles anders aus. Der Morgen, weiß vor allem der Vater, der sein Nachtmahl allein einnahm in der Geisterstunde nach zwölf, eine Schüssel Salat, eine Flasche Wein, der Morgen ist die Desillusion, die klägliche Nüchternheit, in der die großen Erscheinungen der Nacht schrumpfen, beraubt der Flügel und jener heroischen Schatten, die sie vor sich her schickten oder nachschleppten. Auf dem rostigen Gußeisentisch vor dem Haus lag, schrecklich anzuschauen, eine geköpfte Taube, Blut im Gefieder. Fast gleichzeitig bemerkte man die roten Flecke in den schuppig sich überlagernden Blättern des wilden Weins, oben an der Wetterecke und am Giebel. Jäh hatte ein unzeitiger Herbst Haus und Garten verschattet. Unweit des Tatorts fand sich der Kot des Mörders; »ein Marder«, stellte der Vater fest, als er erbittert den Dreck vom drittuntersten Treppentritt kehrte. Auf dieser Stufe sitzend, hatte ich Waldo aus der Sonne reiten sehen.

Ein böses Omen? Eine höhnische Botschaft an Menschen und Vögel? Der Vater, der für seine Hühner fürchtete, machte sich Luft in kräftigen Flüchen, schweizerdeutschen und spanischen. »Mierda!« Das wohlklingende Wort, dessen Bedeutung ich nicht kannte, galt auch den

Schnecken, die die Blütentürme des Rittersporns auf halber Höhe angeraspelt hatten. Bereits erschlafft, hingen die amethystenen Blütenrispen, auf die er so stolz gewesen war, an fasrigen verschleimten Fäden. Sie alle mußten geschnitten werden. Daß sich einige in der Vase erholten, war kein Trost, wenn man auf die beraubten Stengel starrte, denen nur Blätter geblieben waren.

Auf jedes Glück folgte fast immer ein Unglück. Was macht ein Kind mit dieser Erfahrung, woher kommt ihm die Kraft, nach der vorgeburtlichen Geborgenheit das wetterwendische Leben nicht nur auszuhalten, sondern zu lieben, neugierig, bereit, mit offenen Augen und Armen auf die listigen Menschen, die unberechenbaren Dinge zuzugehn? Der dem Ursprung noch nahe Impuls, es nochmals zu versuchen, erneut auszubrechen in die Hoffnung, diesmal werde alles anders verlaufen, läßt Enttäuschungen, Verletzungen und Verstoßungen wohl nicht vergessen, drängt diese aber soweit ab, daß Mut und Lust wieder Raum haben. Am Tag, da geschah, wofür noch heute Träume zeugen, brachen sie zusammen. Nachdem Tränen die katatone Verstörung gelöst hatten, soll, laut Mutters Bericht, das Kind am Abend dieses Tages gesagt haben: Ich will sterben. Erschöpft wie ein Tier, das sich im Schlaf anschmiegt weiß Gott wem, soll es endlich doch eingeschlafen sein, ungetröstet, untröstbar.

Ein heftiger Schmerz schlägt ein, bohrt sich durch zu andern, älteren Schmerzen. Die geköpfte Taube hatte die tote Puppe in Erinnerung gebracht, denn ein elfjähriges Kind hat bereits eine Vergangenheit.

Im Beisein der Erwachsenen, die sich nicht um die Kleine kümmerten (nehme ich heute an), hatte ein Kind, das mit seinen Eltern bei uns zu Gast war, in meiner Abwesenheit meine liebste Puppe kaputtgemacht. Für sein Nichtbeachtetsein hatte es sich gerächt, indem es Susanna die mit der

Schädeldecke identische Langhaarperücke abriß und die Augen herausbrach, blaugraue, »echte«, nicht bloß aufgemalte, die in meine Augen geschaut hatten. Genietet an ein T-Kreuz aus Draht, das im Innern des Porzellanhaupts befestigt gewesen war, schepperte das monokelartige Gestell im hohlen Topf des Kopfes, in den ich hineinschaute wie in ein Grab. Als ich das Sehgestänge heraushob, erschrak ich ob den isolierten Augäpfeln, und es entsetzten mich die leeren Augenhöhlen, der zerzauste Skalp und der scharfe Porzellanrand. Die Verstümmelte war nackt bis aufs Hemd, das der Christengel genäht hatte. Man versprach, die Tote Franz Carl Weber zu schicken, dem Wunderdoktor aller Puppen, der in Zürich wohnte, in der Stadt, von der ich noch nie etwas anderes gesehen hatte als den flamingoroten Reflex ihrer hunderttausend Lichter, der über dem Berg, der sie verdeckte, das Firmament überblendete.

Jahrzehnte später habe ich Susanna im Estrich gefunden. In einer Stiefelschachtel lag sie aufgebahrt, gliederlahm, verstaubt, in den Augenhöhlen das bare Nichts. Neben ihr das Haargestrüpp, schwarz wie Ebenholz.

★

In einem alten großen Haus gibt es Räume, die selten betreten werden. Zu ihnen gehörte der Estrich, Susannas Grabkammer. Sie ist zugewachsen, denkt man, die Türe, die man seit Monaten nicht aufgestoßen hat. Noch hat man ihren Laut, ihr mit den Jahreszeiten und den klimatischen Verhältnissen sich veränderndes Brasten im Ohr. Aufgequollen im Holz und vertrocknet in den Angeln, wiehert sie anfangs Frühling, wenn die Wärme zurückkehrt, an die angepaßt sie in den Sommermonaten ein schnalzendes Geräusch hören läßt, das im Laufe des Herbstes erst ein Saugen und nach der Tagundnachtgleiche ein Seufzen wird, in das

Ende Oktober der Wind sich einmischt, der im Kamin heult. Ihre Wintersprache beschränkt sich auf ein unwilliges Knarren und Knurren. Sollte jemandem einfallen, die schafgraue, die kaltblaue Schneewüste durch die Lamellen der Läden betrachten zu wollen, welche die im bröckelnden Kitt klirrenden Scheiben des Estrichfensters zu schützen vorgeben, macht sich die vergessene Türe Luft in einem Schrei, der durch das Treppenhaus hallt.

*

In der finstersten Ecke steht, vollbepackt mit alten Schuhen und Briefen, der hochrädrige Korbwagen, in welchem ich, von Vater oder Mutter geschoben, auf den Wegen des Lindenbergs die ersten Fahrten machte in eine Landschaft, die mir zeitlebens lieb bleiben würde. (Bevor wir in das eine Gehstunde entfernte Hügelhaus umzogen, bewohnten Mutter, Vater und ich im Dorf M. einige Monate ein kleines Haus, von dem aus die Tobel und Gehölze des langgestreckten, in seinen höhern Regionen bewaldeten Berges auf heckengesäumten Wegen zu erreichen waren.)

Ein Foto hat das aus einem Häubchen lächelnde Kleinkind festgehalten, das den einen Arm (Händchen im Fäustling) über den Rand der »Chaise« baumeln läßt, deren Wachstuchverdeck zurückgeschlagen ist; Vaters Schatten schneidet das Bild, im Hintergrund graue Schneeflecke und kahle Bäume, noch ist Winter, das im Wassermann geborene Kind, dessen Lächeln seinen Eltern galt, lacht heute mich an. Die Briefe im Korbwagen sind während des Ersten Weltkrieges von Südamerika nach Irland gereist. Viele, meint die Mutter, gingen verloren. »Wie ich auf diese Briefe gewartet habe. Fünf Jahre waren wir getrennt. In einem irischen Schloß unterrichtete ich drei Kinder. Die Hauslehrerin gehörte weder zur Diener- noch zur Herrschaft, auch Walter war einsam, er jagte in den Sümpfen, die Briefe schrieb er meist im Zelt. Eine traurige, eine schöne Brautzeit. Keine Wirklichkeit kann den Vorstellungen genügen, die man sich macht, dies- und jenseits des Meeres in langen, sehnsüchtigen Jahren.«

Die schmale, mit schwarzem Tuch bespannte Schachtel auf dem Waschtisch, dessen Marmorplatte gespalten ist, enthält Vaters Ausschuß-Reiherfedern. Die edlen Exemplare verwahrt er in der Jagdstube. »Edel.« Auch so ein Vaterwort. Was er damit meint, veranschaulichen die zu Büscheln gebundenen Feinfedern im Geheimfach des Jagdspinds. Trauerschleier die einen, aus der Starrheit gelöste Eisblumen die andern. Unter Vaters Anhauch vibrieren sie wie Haare, die ein nur von ihnen wahrgenommener Wind erreicht. Niemand würde vermuten, daß der Pfeifenschmaucher, Stumpenraucher so subtil den Mund spitzen kann.

Das in einen Jugendstilrahmen gefaßte Bronzerelief über den gestapelten Bettgerüsten stellt die drei Parzen dar; Klotho spinnt den Lebensfaden, Lachesis bestimmt dessen Länge, Atropos schneidet ihn ab. Im dürftigen Licht, das die halbgeschlossenen Lamellen der Jalousie in die Winde filtern, stehe ich vor dem Erzbild, über das ich in der Schule einen Freiaufsatz schreiben werde, nachdem ich bei der Mutter Bescheid eingeholt habe über die drei in wallende Gewänder gekleideten Frauen.

Durch eine Öffnung in der Estrichdecke führt eine Leiter unters Dach. Dort oben, ich habe es, auf der obersten Sprosse stehend, selber gesehen, ist nochmals ein Haus, ein von Sparren und Balken getragenes Ziegelzelt. Dort hängen die Fledermäuse im verrußten Spinnweb, rennen und raspeln die Mäuse, rumort der Marder, horsten die Dohlen in zugigen struppigen Nestern. Wer den Wind verstehen will, muß unter das Dach steigen.

Hört ihr den Wind?

»Ich komme, wenn keiner mich erwartet, bin da und dort zugleich, ich spreche die Sprache, die sie nie verstehen werden, die Menschen, die in der Nacht wach liegen und auf mich lauschen, als könnten sie von mir lernen, in Worte zu fassen, was sie umtreibt, Tag und Nacht, Tag und Nacht, ich bin die Sprache ihrer Verworrenheit, das reißende Leben, das unabwendbare Verhängnis...«

»Du beschäftigst dich mit dem Tod?« Der Lehrer, der am Tisch, auf dem die tote Taube lag, ein Käsebrot ißt, schaut mich eindringlich an. Der Aufsatz über die Parzen ist ihm nicht geheuer. Jetzt möchte ich ihm vom Wind erzählen unter dem Dach, ich mag Fragen nicht, denen man gegenübersteht wie einer Pistole. Erwachsene fragen häufig so, direkt, sagen sie, mir verschlägt es die Sprache.

★

»Trotzwinkel« nennen die Großen die Orte, wohin die von ihnen verletzten Kleinen sich zurückziehn. Ich habe von Kindern gehört, die sich in Schränken versteckten, im Heu, unter der Stiege, in der Rumpelkammer, die Schutz suchten bei Bäumen und Trost bei Tieren. Im Märchen verschwinden bedrohte Kinder im Wald, wo ihnen erst Furcht-, dann Wunderbares geschieht.

Alt genug, Mutters Sorge um mein Verschwinden zu begreifen, ging ich nicht in den Wald. In der Regel suchte ich Verstecke auf, die sich in Rufweite befanden. Daß ich mich, unabgemeldet, wenige Male in die Nähe von Waldos Haus begab, gehört auf ein anderes Blatt. Die Liebe hat ihre eigenen Gesetze. Ließe sie die üblichen Schuldgefühle aufkommen, gäbe es die unsterblichen Liebespaare nicht, deren ruchloser Mut sich aus der kalten und chaotischen Welt jenes Feuer holte, an dem weniger Kühne sich wärmen, heut und morgen, Liebesschuld lohnt sich.

★

Waldos Felder grenzen ans »Giriz«. Giriz nennt man bei uns ein sumpfiges Gelände, durch das ein Bach oder Fluß fließt. Aus Gräben und Schlammlöchern steigen in der Nacht die feurigen Männer, die jeden, dem sie begegnen, auffordern, sie ans andere Ufer zu bringen, denn die flakkernden Sumpfgeister sind nichts anderes als ruhelose Verstorbene. Von der Fahrt hinüber versprechen sie sich Ruhe für ihre arme Seele. Dem Fährmann, der ihrem Wunsch nachkommt, brennen sie ein Loch ins Ruder, wenn er ihnen bei der Entlöhnung dieses anstelle der Hand hinhält.

Zwischen den grauen Erlenstammen sah ich Waldo zum Fluß reiten. Sein Pferd vor und hinter den Stämmen. Es sei gefährlich, im Wald zu reiten, Pferde sind nervös, erschrecken ob einem Knacken, einer Schattenschranke, reißen aus, der Reiter rennt mit der Stirn gegen einen Aststumpf an, wie Absalom könnte er hängenbleiben im Geäst. (Das Bild in der Schulbibel. Da zappelt er, der Abtrünnige. Das Pferd auf und davon.) Waldos wehende Haare. Er trug sie, was Mut brauchte für einen Landwirt, ungebührlich lang.

Durch ein Gitter von Weidenzweigen verfolgte ich den Ritt. Hoffentlich stand Waldo davon ab, über den Kanal zu setzen. Ich wollte nicht gesehen werden von ihm. Was mich bewegte, wenn ich über seine Felder und durch seinen Wald ging, wollte ich mit niemandem teilen. Auch nicht mit ihm.

Sein Gras, sein Lilienried, sein Maisfeld, seine Bäume, der Stein mit dem Gesicht unter der Erle, die Eiche am Akkerrand, eine Sense, die wartete in einem Haselbusch, seine Maschinen. Unter einem kupferbraunen Tuch, das der Abschein der Sonne rötete, verbarg sich die Mähmaschine. Früher als den Hügelbewohnern ging den Leuten im Tiefland die Sonne unter. Über Waldos Maiswald weg gesehen, versank sie im Mittsommer hinter dem Kronwall der Bäume, die unser Haus umragten.

Die von ihrem Meister der Nacht und sich selbst überlassenen Großwerkzeuge gemahnten an ruhende Tiere. Ich strich um sie herum, sah das Dunkel zwischen den Radspeichen sich verdichten, fühlerhaft tasteten Griffe und Sterzen, die Pflugschar reflektierte den letzten Schimmer, das spinnenbeinige Schleuderrad schien sich zu drehen im lautlosen Wind, der über die Gräser wischte. Kreisend an Ort, mahlte es Dunkelheit. Aschenflocken wirbelten vor dem irritierten Blick, der das Gewimmel zu durchdringen trachtete. Auf einer Wiese schwammen weiße Blumen, von einem Baum fiel eine Frucht, ein Fuchs querte den Tollkirschenschlag, ein Reh verhielt auf dem Holzweg, im Haus am Fluß gingen die Lichter an, und mich traf die Kühle, die vom Wasser her in die Schilfsümpfe kroch, bis ins Herz.

*

Selbst im zersiedelten Mittelland gibt es Ödhöfe. Obwohl man sie bewohnt weiß, wirken sie, allein schon durch ihre Lage, wie Geisterhäuser, und schon zu Lebzeiten gehen die Menschen in Sagen ein, die sich der Schwermut ausufernder Abendröten nicht entziehen und der Finsternis einer Nacht, die noch Sternbilder hat, aber auch Stürme. Sowohl in Stern- wie in Sturmnächten kann die Angst aufkommen, die seit Gilgamesch dieselbe ist: daß man allein sei, wo immer, am Tag, in der Nacht, besonders zur Stunde des Wolfs, wenn sich Dinge und Farben zersetzen. Unstabile Materie, auch sie, auch wir, die wir uns die Welt anzueignen glauben, indem wir ihre Teile benennen. – *Zur Kürze*, mahnt die Inschrift über der Türe des einsiedlerischen Fluh-Hofs, dem der Onkel Pfarrer das Notwendige abtrotzt im Schweiße seines Angesichts.

Der Melancholie, die Inwohner von Geisterhäusern um- und zueinander treibt, sind Zwischenjahreszeiten günstig, in denen Zuendegehendes bald gewalttätig durchschossen, bald sanft unterspült wird von Kommendem. Tage der Unruhe. Vögel pfeilen in spiegelnde Fensterscheiben und brechen sich das Genick, rasch welken die Rosen, zur selben Stunde sind unzählige Mücken ausgeschlüpft, der Föhn verschleppt Gedanken und Gerüche, die ihrerseits beunruhigen. Das Gedächtnis des Einsamen versucht Ort und Zeit aufzustöbern, da man diesen und jenen Duft zum erstenmal wahrnam: den aufreizenden Geruch des Flusses, den beizenden schwarzer Nußblätter und den von Katzen, Nesseln und Staub ausgangs August...

*

Unter dem Vordach unsrer Scheune überwintern und übersömmern in einem Wald von Nesseln, Flohkraut, Nelkenwurz, Hohlzahn und Lauch einer frühern Generation dienstbare Landwirtschaftsmaschinen, die nur noch selten zum Einsatz kommen: die steinerne Walze (ihr Dröhnen auf der Straße, wenn sie vom Pferd zum Bestimmungsort gezogen wird), der mit zappelnden Höllengabeln bewehrte Heuwender, die stachlige Egge, man denkt an Fakire, und die Säuberungsegge, deren Ketten aus ineinander verhängten Eisenringen sich heimtückisch schlingen unter den Nesseln.

An der staubigen Straße, Grasbord und Gartenmauer gegenüber, sitze ich auf der Steinwalze, elf Jahre und sechs Monate alt, erfüllt von einem ausschweifenden Heimweh nach nicht zu Benennendem. Aus der Uhrzeit fallende, zu Viertelstunden sich summierende Augenblicke diffuser Trauer; erst wenn irgendwo eine Kirchturmuhr schlägt, merke ich, daß Zeit vergangen ist. Das traurige Kind fühlt sich uralt, obwohl es doch alles vor sich hat, das Leben, sagen die Alten. »Sei froh, daß du es noch nicht kennst.« Weder zu den Großen noch zu den Kleinen gehörend, trauert das halbwüchsige Mädchen. Zwischen ihm und den Erwachsenen (Doktor Allwissend) weitet sich ein Moor von Einsamkeit. Es bleibt ihm nichts anderes übrig, als in die Liebes-, Tier- und Pflanzenreiche seiner Phantasie auszuwandern. Das Veilchenbord, zur Zeit von Dost überblüht, ist das Revier des Kaisermantels. Merkwürdig gravitätisch wirkt der Flug des großen kupfergoldenen Falters, scheint er doch seine üppig überpuderten, mit schwarzen Punkten und Wellenlinien durchsetzten Samtflügel nicht ohne Beschwer zu regen. In Vaters Sammlung hat es ihn nie gegeben, weshalb der bedächtig schaukelnde, der langsamste aller Falter, für mich der lebendigste ist. Auch die Linkshänderin ist langsam, verheddert sich in den Eggenringen, verletzt sich an der Schneideschar, stolpert in die Nesseln, deren Berührung schmerzt, nachhaltig, noch am nächsten Tag spürt man ein Brennen und Prickeln. Eine aktive Pflanze, sie reagiert auf mich, sie nimmt mich zur Kenntnis, ich liebe sie, kein Wunder, daß die haarigen höckrigen Raupen sich von ihr nähren, bevor sie in bizarren Sacklarven ihrer Verwandlung entgegenschlafen. Auch die Katzen fürchten sich nicht vor ihr.

Dem Heunest im unzugänglichsten Winkel der Scheune entschlüpft, tappen im Frühsommer junge Kätzchen zwischen den Zinken der Egge, schleichen um die Schlangenketten, verlangen kläglich nach der Mutter, wimmern, wenn sie nicht kommt, sperren die veronikablauen Augen auf. Noch gelingt es ihnen nicht, den Körper im Gleichgewicht zu halten, der große Kinderkopf wackelt, karottenartig läuft der Schwanz aus, schon jetzt ein Organ, das über die Befindlichkeit eines Wesens orientiert, das helles Entzücken auslöst. Hebt man eines der Katzenkinder hoch, verhaken sich die Rosadornen der Krällchen ins Kleid, unter dem Pelz das Pulsieren: Herzschläge, kreatürliche Wärme.

Durch die Kätzchen, die es als Einschlupf benutzen, bin ich auf das von Gestrüpp getarnte Loch in der Gartenmauer aufmerksam geworden. Ein Loch mehr. Auch im Vordach der Scheune. Bedrückt sammle ich die Ziegelbrocken in einen Korb und schütte sie in die nicht mehr benutzte, ausgetrocknete Jauchegrube. Jedesmal, wenn das wilde Heer durch die Scheune braust, fallen die Ziegel zu Dutzenden, und jene, die nicht stürzen und zerschellen, sträuben sich, Schuppen gleich, im morschen Gebälk. Man sollte, wagt die Mutter vorzubringen, den Dachdecker anrufen. Sie tut es selbst, aber der Dachdecker kommt nicht, liegt doch die Rechnung für die letztjährigen Dachreparaturen unbezahlt in Vaters Waschtischschublade beim Rasiermesser. Da ist auch der blutstillende Bimsstein, und da sind die Späne, die zum Verstopfen von Mäusestollen dienen. (Ein Loch mehr ... eines der vielen allerorts klaffenden, saugenden Löcher in meiner Kindheit, durch die das Vertrauen ausrann, die Welt eindrang, bedrohlich und manchmal beklemmend schön, Stürme und Sterne.)

Ein fremder grauer Kater hascht nach den fahlen Faltern an den Disteln, die um die Sterzen eines Pflugs blühn, dessen Räder bei Platzregen im Schlamm der Delle versinken, in die sich der Überlauf der Dachtraufe ergießt.

Seit zwei Wochen hat es nicht geregnet. Der rote trockkene Abend bringt keine Abkühlung. Die erste Fledermaus zackt durch die staubige Röte. Es ist die Stunde, da die abgestoßenen, von Blatt zu Blatt träufelnden Blütenhauben der Jungfernrebe den Tag ausläuten. Wer Zeit hat, horcht einen Moment auf. (»Wieder ein Tag vorbei«, seufzt Elfi, wenn sie abends das Fenster öffnet, um das Rieseln besser zu hören. – Ist sie froh, ist sie traurig, daß der Tag vorbei ist?)

Ein Falke klagte, ein Hund bellte. Über den Wäldern des Lindenbergs brannte der Himmel, die Spiegel der Moorteiche trübten fieberrote Dünste, von einer fernen Straße wirbelte Staub auf, der graue Kater strich jetzt durch die Wiese. Namenlose silberne Insekten zogen im Spätlicht vorbei, ich schaute ihnen nach und vergaß sie. Vom Kreuz her näherte sich ein Radfahrer. Andrea Spina. Bei der Treppe stieg er ab, das Rad ließ er am Bord liegen, verlegen lachend trat er auf mich zu, stand er vor mir, die Daumen unter die gekrümmten Finger geklemmt. »Es ist heiß«, sagte er, auf seine ausgetretenen Turnschuhe guckend, »jeden Abend muß man jetzt gießen.« Ob er das gerne mache. »Nein.« Ob ein Gewitter zu erwarten sei. »Nein.« Warum er das so genau wisse. »Der Vater hat es gesagt.« – Schweigen. Wir blickten zwei Raubvögeln nach, die ins Moor hinüberflogen. Andreas Hände öffneten sich, ein nervöses Zucken unterlief sein gebräuntes Gesicht, er lachte krampfhaft, ein anderer hätte geweint. Ich fragte ihn, ob man den Granatapfel essen könne.

»Du kannst ihn essen.«

»Ich werde ihn aber nicht essen. Ich werde ihn aufbewahren. Elfi hat einen alten Granatapfel, der aussieht wie ein Totenkopf. Von Lenhard. – Beinhart, doch leicht wie ein Ball, mit Augenlöchern und Backenhöhlen, es fehlen ihm bloß die Zähne.«

»Darf ich dich küssen?«

Ein Zug von steinerner Entschlossenheit härtete Andreas Gesicht. Den Schüchternen hielt ein finsterer Wille besetzt, unter der dunklen Haut war er bleich.

Ich hatte mich erhoben. Beide standen wir in den Nesseln.

»Nein, Andrea.«

Daß ich auswich, hielt ihn nicht zurück. Er war rascher; stärker.

Die Straße, auf der er sich entfernte, lief abwärts. Der besessene Fahrer verlor sich in der Dämmerung. Das Licht hatte er nicht eingeschaltet.

*

Bis unters Dach wachsen die Nesseln; in einem Dschungel von Nesseln und Disteln tappe ich in die Kreuz und Quer, nirgends ein Ausgang. Heere, Staffeln von Nachtfaltern lassen sich auf das vermooste Dach nieder, setzen sich in mein Haar, klammern sich an meine Kleider, kribbeln über die Hände, saugen am Gesicht, schlürfen das Feuchte im Auge. Verpuppt in eine Wolke von stiebenden, knisternden Spinnern, schlage ich um mich, verwerfe die Arme, wische den Mund; kein Wort brächte ich über die Lippen, es ist etwas geschehen, das man verschweigen, versiegelt wegschließen wird.

Waldo! Andrea hat mir ein Leid getan.

*

Eines Abends erzählte der Vater seinen Töchtern, zur Zeit, da sein Vater, der Pfarrer, ein Bub gewesen sei, sollen in der wasserreichen französischen Sologne, wo in jedem Wald ein Schloß stehe, Schleierbahnen von weißen Faltern gesehen worden sein, die sich wie Schnee niederließen auf die roten Bruyère-Heiden. Die Mutter hatte sich zu uns gesetzt und wußte ihrerseits von einem Wandervolk smaragdgrüner Schmetterlinge, das, laut Bericht einer alten Irin, um die Jahrhundertwende den irischen Seen nachgezogen sei, grüne Schatten auf die silbernen Seen werfend. »Jedem Volk seine Schwärmer und jeder Seele ihren Falter.« Wer hatte das gesagt, der Vater oder die Mutter? Wer sagte es an jenem denkwürdigen Abend, da der Vater mit seiner Familie Worte wechselte?

Ein Glas vor sich, blickte er an uns vorbei. Dorthin, wo in den Kronen turmhoher Bäume enorme Schmetterlinge auf Schlingranken gereihte, in Büscheln hängende Blüten beflogen. Blumen mit dämonischen Masken, rätselhaften Gesichtern. Auf die ihnen in Gestalt und Farbenwahnsinn verwandten Falter bezogen, äugen sie in die tropische Walddämmerung, fremder als die Tiere, deren Blick, so der Vater, der Jäger sucht, bevor er ihn löscht.

Wiederum wagte ich nicht, ihn zu bitten, keinen weiteren Falter zu veräußern.

★

Unerwartet standen sie am Himmel, die Ufos meiner Kindheit, Freiballone, bunte Blasen, vom Wind ausgehaucht, dessen Gesicht ein Gestrüpp blauer gesträußter Haare umflatterte. Aufschauend aus einem Spiel, das den Blick gänzlich auf sich gezogen hatte, erblickte man einen über dem Horizont schwebenden Erzengel und entdeckte, die Augen im dunstigen Blau, weitere Luftfahrer oder vielmehr die *Fremdkörper* ihrer Vehikel. Fern und nah, höher und tiefer blähten sich die Quallen des Luftmeers, verharrten, Klarheit um sich, doch das war Täuschung. In der Windstille ihres Standorts gewahrten die Kinder der Erde erst nach ausdauerndem Hinstarren, daß die Ufos sich bewegten. Luftströmungen, die uns nicht erreichten, trieben sie durch den Äther, bedrohlich langsam, ein Flug war das nicht, vielmehr ein zuwartendes Innestehn unverhofften Orts. Nur wer die Geduld aufbrachte, ein bestimmtes Objekt im Auge zu behalten, konnte dessen kontinuierliches Vorrücken im Raum ausmachen.

Durch das grimmige Bellen des Nachbarhunds aufgeschreckt aus einem Buch, das ich draußen las, sah ich eines Samstag nachmittags in den Laubhecken, die das Längsgeviert des Gartens umbuschten, bunte Kuppeln hereinstehn. Mit Pavillons aus Gondwana war die grüne Umfriedung durchsetzt.

Da ich, vertieft in die Lektüre, lange nicht aufgeschaut hatte, war mir der Anflug der fünf, sieben, elf – kaum hatte ich sie gezählt, kamen weitere hinzu – Ballone entgangen. Die Zweige streifend, glitten sie der Hecke entlang, flogen so niedrig, wie ich im Traum flog: auf Baumhöhe, und tiefer. Das eine Lusthaus schwebte über den Garten. Ihm folgte ein zweites, regenbogenfarbenes. Beide waren mit weithin lesbaren Lettern beschriftet, fliegenden Wörtern, die ich auf Reklameplakaten gelesen und gleich wieder vergessen hatte. Betrachtet von unten, schrieben sie sich ein wie Menetekel.

Die über dem Garten hängenden Riesenlampions waren ungeheuer viel voluminöser, als man sie einschätzte, wenn sie am Horizont oder in der Himmelslandschaft auftauchten, größenmäßig erinnernd an Sonne und Mond. »Ein Wettfliegen«, erklärte Roth, ob wir es nicht in der Zeitung gelesen hätten. Auf die lautlos herandringenden Giganten weisend, hatte er sich vom Tisch erhoben, wo er mit seinen Kollegen Karten gespielt hatte. Alle standen sie nun auf, die Partie wurde abgebrochen, vier Kartenfächer blieben, die Rückseite oben, auf dem Tisch liegen.

Wie Kinder, die sich, zwei Meter über den Köpfen, auf einem Turm glauben, verfolgen sie vom Betondach des hinter dem Haus einer Aufschüttung eingebauten Reservoirs aus das sportliche Ereignis und tun sich, wenn sie Gestalten ausmachen in einem Korb, kund mit schneidenden Pfiffen. Am Haselbusch haben sie sich hochgehangelt und wollen Elfi dazu bewegen, ein Gleiches zu tun. Da sie sich weigert, springt Pfister vom Dach. An den Lüftungsschacht gelehnt, duldet sie, dem Wasserrauschen in der Brunnenstube lauschend, daß Pfister den Arm um ihre Taille legt. Ihr Kopf neigt sich gegen seine Schulter, ein Liebespaar, möchte man denken, die beiden von rückwärts betrachtend, Pfister und Elfriede, Elfi, die Len liebt, ohne Hoffnung, deshalb die Neigung des Kopfs, der gleichsam geknickte Hals: Die Trauernde sucht einen Halt. Ihr rotblonder krauser, sein filziger, indianisch dunkler Haarschopf. Seit Elvira auf unbestimmte Zeit verreist ist, bemüht sich Pfister um Elfi.

Ich weiß wenig von Pfister, Graphikerlehrling, schweigsam, verschlossen, aquamarinblaue Augen, über die er beim Sprechen die Pechwimpern senkt. Er malt und zeichnet, vor allem Schmetterlinge: Vaters Falter; die schönsten Exemplare sind an ihn gegangen. Auch den königlichen Antimachos hat er sich zugelegt. Die fotogenauen Zeichnungen schenkt er Elfi. Abbilder. Sie erinnern bloß, bringen nichts zurück, und die Erinnerung schmerzt.

Gelängen ihm statt der Abbilder Bilder, erwachten die Falter aus ihrem Scheinleben, Scheintod zu Zeichen, die ihrerseits ein Eigenleben hätten. Aber das weiß man erst später, wenn man gelernt hat, aus Abstraktionen auf das Vor- und Urbild zu schließen.

*

Ein Ballon, dessen düster bordeauxrot-graues, die Hülle in Zickzackbändern umgürtendes Muster mir mißfällt, geht auf einer gemähten Wiese unterhalb des Feldkreuzes nieder. Der Riese taumelt, der Korb setzt auf, und ihm entsteigen Männer eines andern Sterns, vermummte, behelmte, wie Ritter sehen sie aus, hoffentlich lösen sie sich nicht in Luft auf, bevor die paar von den umliegenden Feldern herbeigelaufenen Zeugen einen Augenschein nehmen können. Auch die Schwärmer sind losgerannt, alle, außer Waldo, ihnen voran Pfister und Elfi. Rolfs zinnoberrotes Hemd, Elfis schwarze Bluse. Einmal möchte man die Aeronauten, Korb und Netz, Schleppseil und Ballastsäcke, von nahe sehen.

Die Außerirdischen schleifen, schleißen ihr Gefährt. Über Erwarten rasch gibt der Ballonkörper die Luft ab, legt sich an die Erde, verliert weiterhin an Volumen, gleicht einem niedergestreckten Gespenst, veratmet, ein großes sterbendes Tier, von dem nichts als die Haut übrigbleibt.

»Würdest du einen Ballon besteigen?«

Waldo verneint. Ihm komme der Ballonspektakel vor wie ein Traum. Dabei solle es bleiben. »Was man im Traum sieht, soll man nicht in die Wirklichkeit herüberholen, sonst stirbt der Schmetterling, und dir bleibt nichts als Staub. – Welcher Ballon gefällt dir am besten?«

»Der Morpho.«

Waldo versteht. Keiner der heraldisch bunten oder in grelle Farbschnitze segmentierten Ballons hält sich so leicht im Himmel wie die von Füllansatz und Korb scheinbar abgelöste Türkiskugel. Fernoben schwebt sie, eine Flocke Äthergrün, der Morpho wird nicht landen, Paradiesvögel fliegen vorüber, man wird ihn nie wiedersehn.

»Du weißt, wie ein Schmetterlingsflügel sich anfühlt, Meitli?«

»Nachher hat man ein schlechtes Gewissen.«

»Was einen nicht abhält.«

Wir gingen in den Garten zurück, aus dessen Hecken nun keine Kuppeln und Kugeln mehr emporstiegen. Wie rasch man einer Sache überdrüssig wurde, die an einem Ort sich abspielte, den man seiner Abgeschiedenheit wegen liebte. Betriebsamkeiten, die ihn erniedrigten zur Szenerie, widersetzte sich der Garten, indem er verödete. Freudlos blühten die Blumen, die Tiere verkrochen sich, die Bäume standen teilnahmslos. Damit einer vom andern wußte und jede Kreatur bei sich war, freier Teil einer Ganzheit, bedurfte es der verbindenden, versammelnden Stille. Bei einem Steinhaufen blieben wir stehn. Gleichzeitig, als würde uns Einhalt geboten.

Zu einem Kegelstumpf geschichtete Steine beeindrucken auch große Kinder. Sie fühlen sich angesprochen, ein Steinhaufen ist ein Vermächtnis, ein Mal, vornehmlich an einem Ort, zu dem kein Weg führt. Der eine denkt an ein Hünengrab, ein andrer an die Zeit, da er Burgen baute.

Waldos morphogrüne Augen ruhten auf den Steinen, die der Vater im Frühling eingesammelt hatte, unwillig, da diese Arbeit jedes Frühjahr wiederholt werden mußte. »Auf Moränen«, sagte Waldo, »kollern sie hervor, als ob sie sich unter der Erde teilten wie Knollen.« Auf einem Stein, der schon Moos angesetzt hatte, saß ein C-Falter, formklar, kein abgestoßener Rand, die Stäubung dicht, C-Falter schlüpfen auch im August.

Unverbrauchten Glanz auf den gezackten Flügeln, saß er am höchsten Stein des besonnten Kegels, die ausgebreiteten Flügel wirkten als Lichtträger. Wie lange saß er schon dort? Wie lange standen wir schon hier?

Zusammengeflossen rückten die Schatten vor, bestürzend stetig. Nurmehr ein Grasstreifen trennte das Steinmal, den Falter und uns von dem schwarzen Wasser. Alle Wärme, alles Licht versammelte der Falter auf sich.

★

Heute, 13. März 1990, während die ersten Stare fliegen mit dem Schneesturm, erinnere ich mich seiner als des Schmetterlings, den der fernöstliche Dichter erblickte, krank auf der Flucht, als er rastete bei einem Wasser. Die Flügelschuppen reflektierten unvergängliches Licht.

Im Haiku, in das er einging, ist der Falter Träger der Emanation. Der Siebzehnsilber hütet das Schimmern der Flügel und dessen Ursprung. Vieles würde für immer zugeschüttet, nähme sich nicht Sprache seiner an, durchstoßend zu tiefern Schichten, Visionen, Wünschen, innern Vorgängen. Was auf dieser Suche gefördert wird, verlangt nach einer Darstellung, die sich nur teilweise deckt mit nackten Fakten. Dichtung als Wahrheit, Wahrheit als Mythos, vom Punkt der persönlichsten Gegenwart aus nicht nacherzählt, sondern neu und immer anders gelesen.

*

Die Karten, mit denen gegenwärtig gespielt wird, unterscheiden sich nicht von jenen, die Waldo David Donath vor Jahrzehnten in der Hand hielt beim Kreuzjaß, der durch das Ballonfliegen unterbrochen wurde.

Ein mit Faltern vieler Arten bebildertes Kartenspiel könnte das zentrale Motiv eines Traumes sein. Dickpelzige Eulen stellen die Asse, grazile Tropenflügler die Banner dar, die Spieler trügen Masken. Hermann Burger, der Dichter und Magier, hätte sich geweigert, diese Blätter beim Vorführen seiner Tricks zu verwenden. Dem Illusionisten, der stets ein Kartenspiel auf sich trug, grauste vor Nachtfaltern. Ein Trauma das behaarte Dreieck des Nachtschwärmers! Signum der Weiblichkeit, erinnernd die traurige Mutter, den verbotenen Wald. Das Aufflattern eines Nachtfalters aus einer Vorhangfalte verjagte ihn aus dem Zimmer. »Grauenhaft, das staubig trockene Knistern!«

Die Streifung lähme, die Berührung treffe ihn wie ein elektrischer Schlag.

Die Vorstellung vom geträumten Phalänen-Kartenspiel hätte Hermann außer sich gebracht. »Wollt ihr mich töten!« fuhr er auf, verwirrte sich ein Nachtfalter ins Gespräch.

Dem deutschen zog H. B. das französische Kartenspiel vor, schon der Dame wegen. In Waldos Spiel gibt es keine Dame. Die Karten auffächernd, dahinter er sein Gesicht verbarg, versuche ich zu ergründen, weshalb Jasskarten das Kind verzauberten, lange bevor es sich für Männer interessierte, die damit umzugehen wußten: die vier Könige und ihre Diener hatten aus den Kartenhäusern der Fünfjährigen geschaut, lächelnd nur der Schilten- und der Schellen-Under, sowie der Rosen-König, schon damals eine meiner bevorzugten Karten.

In der Wiederkehr der Motive versteckte sich Magie. Eichel, Rose, Schelle, Schild. Vier Sippen zu je neun Angehörigen. Das von Karte zu Karte abgewandelte Motiv gibt Aufschluß über den Rang des Mitglieds innerhalb der Kartenfamilie. Der Jass ist ein Machtspiel zwischen Geschlechtern, die sich sowohl gegenseitig wie stammesintern bekämpfen. Der Stärkere sackt den Schwächern ein. Die Jassregel entscheidet, ob Wahl oder Zufall den Trumpf bestimmen.

Getrennt durch ein weißes Querstäbchen, das die Körper entzweischneidet gleich einer in Jahrmarktbuden verwendeten Illusionswaffe, präsentieren sich die Figuren in Doppelgestalt, Herren ohne Unterleib. Spiegelbild oder siamesischer Zwilling? Under, Ober und König sind übereck verwachsen mit einem Gesellen, der ihnen auf ein Haar gleicht, dieselbe Tracht, Miene, Gebärde, alles darauf ausgerichtet, Farbe zu bekennen. Anstelle eines Wappens, welches das Abbild eines zum Emblem erklärten Gegenstands trüge, zeigen sie das originale Ding vor, eine Rose, einen Schild, eine Schelle. Der Eichel-Ober indes hält keine Eichel, sondern eine Pfeife in der Hand, unbehändigt die schräg diametral angebrachten zwei Eck-Eicheln. Wie der über Tod oder Leben bestimmende Daumen des Kaisers weist die eine Frucht nach oben, die andre, spiegelbildgetreu, nach unten.

Auch Schild- und Schellen-Ober, Schellen- und Rosen-Under schmauchen eine Pfeife, zwei Könige tragen Bärte und alle vier Kronen. Mutiger junger Schildkönig, der, regelwidrig, keinen Schild, sondern einen Becher hochhält.

Über die Schwäche des schmucken, von mir überschätzten Banners, wurde ich mir erst spielend klar. Einer, der nur zählt, wenn er das Glück hat, zur Familie Trumpf zu gehören. Schon ein Under reißt ihn an sich, unterjocht ihn.

Gefürchteter, begehrter Under, der, hat seine Sippe das Sagen, zum allgewaltigen Bauernfürst aufsteigt.

Daß ein Untergebener mächtig werden kann, wenn er im richtigen Wind steht, würde man später bestätigt finden in Zeitungen und Geschichtsbüchern: ein Rosen-As erliegt einer Eichel-Sechs, und warum sind Asse stärker als Könige?

Asse sind mir verdächtig. Übergewichtige Protzen; dem schnauzbärtigen, kreuzäugigen Schild-As traue ich nicht; vehaßt ist ihm die Sippe der Rosen, der Rosenkönig, mein Freund.

Manches wäre zu erfragen über rätselhafte Varianten innerhalb der stereotypen Grundmotive.

Die Rückseite jeder der handfreundlichen Karten, die sich reibungslos mischen lassen, zeigt dasselbe keltische, von einer Bordüre gerahmte Flechtmuster. Sie alle, Asse, Könige, Ober, Under, Banner und anonyme, mit nichts als einer Ziffer bezeichnete Söldner verbergen sich beim Spiel hinter einem Schild, dessen verschlungenes Dekor ohne

Bedeutung ist für die Jasser. Damit sie beim auftrumpfenden Auswerfen der Karten – sie hauen sie auf den Tisch – die Hände nicht verletzen, liegt ein Teppich aus, eben der Jass-Teppich, auch er labyrinthisch verfremdet, jedoch durch Motive, die orientalisch anmuten. »Spiele sind Vor-Spiele zum Leben«, pflegte Lenhard zu sagen. Roth darauf: »Unser Student philosophiert wieder. Ein Spiel ist ein Spiel. Daß du, Len, einen Sinn suchst hinter allem, könnte einem lästig werden, vor allem beim Jassen.«

»Wenn du über einen Friedhof gehst«, mischte Elfi sich ein, »siehst du durch die Erde hindurch die Toten wie Figuren eines Kartenspiels im Grund liegen.« – Betretenes Schweigen, dem Waldo ein Ende setzte: »Machen wir weiter!« Nachdem er das Glas in einem Zug geleert hatte, spielte er den Bauern aus.

*

Früh habe ich gelernt, mit dem Unerklärlichen zu leben, Situationen auszuhalten, auf sich beruhen zu lassen, bis sich der Schlüssel von selbst fand. Viele Türen haben sich nie geöffnet. Vor einigen habe ich gewartet, von andern mich abgewandt, um weiter zu gehn. Es kam die Zeit, da man keine Schlüssel mehr brauchte, weil die Türen zugewachsen waren oder offen standen. Man ging an ihnen vorüber, hatte keine Lust mehr einzutreten und verzog sich ins Grüne Zimmer. Der Ort der Rückkehr war ein guter Ort. Gewartet hatten ein Tisch und ein Stuhl, ein Stift und ein Heft. Die Silberpappel vor dem Fenster drehte mir die weißen Seiten ihrer Blattsterne zu.

*

Zwischen Gläserbuffet und Theke stehend, bürste ich Asche aus dem Jaßteppich und wünsche, das vollzählige Kartenspiel zu einem Rad auffächernd, eine Wahrsagerin herbei.

»Sagen Sie mir, ob Waldo David Donath...« Die Aussichtslosigkeit einer Sache bestätigt zu hören kann auch eine Genugtuung sein. Trotz wird sie genannt, die Bitternis der Kinder, die sie lehrt, Menschen und Dinge aus dem Hinterhalt zu betrachten. Die menschenleere Gästestube, in der nichts als das Ticken der Uhr zu hören ist, bleibt – mit sechs Tischen, Theke, Spültisch, Buffet, zwei Eckbänken, einundzwanzig Stühlen und drei Reservestühlen – ausgerichtet auf das elektrische Klavier an der Südwand. Ein Monument; es beherrscht, auch wenn es stumm ist wie ein Riesensarkophag, den öden, nach kaltem Rauch und Trester riechenden Raum. – Unten, in der üppig mit Plüschsofa, Federboa, Palmblatt, Indianerrock, Waffen und Bücherschrank, Königsvögeln und Urgetier ausgestatteten Jagdstube werben sie Vater die vorletzten Falter ab.

★

Mir ist unheimlich, wenn Vater mit Gruner zusammensitzt, den er einen Bekannten, den er nie einen Freund nennt, obwohl dieser ihn zuweilen zum Fischen einlädt: ins Hohlmoos, wo Gruner einen Weiher gepachtet hat samt einem nicht mehr benutzten Schützenunterstand, den er in der warmen Jahreszeit tagweise bewohnt.

In der Wirtsstube setzt sich der Fischer stets an denselben Platz. Gegenüber der Türe, die er auch während des Kartenspiels im Auge behält, sitzt der Sommergast am Tisch, der die Mitte der Beiz einnimmt. Von diesem seinem Beobachtungsposten aus kann er sehn, wer hereinkommt, wer hinausgeht, und alle sehen ihn, den Großen Gruner:

klein, untersetzt, lässig gekleidet, wie es sich für einen Pensionisten schickt, den keine Geldsorgen plagen. Seine prahlerisch auftrumpfende Stimme fordert heraus, reizt zu Tätlichkeiten. Auf die Falterer, die ihn nicht ernst nehmen, ist er schlecht zu sprechen, Gruner der Große am Zentraltisch, das lehmgraue Gesicht im Schatten der Schirmmütze, die er während des Spiels nicht ablegt. Angegrauter Vollbart. Peinlich nackt die spöttischen Lippen.

Der lauthals politisierende Mann, der sich bei jeder Unterhaltung als Menschenverächter aufspielt, reagiert auf Meinungen, die von den seinen abweichen, mit lauerndem Verstummen, das jäh in eifernden Haß oder Sentimentalität umschlagen kann. Der Menschenfeind rühmt sich, ein Naturfreund zu sein. Bevor er im schwarzen Ford ins Moor fährt zum Fischen, lädt er seine welsche Frau, die ein sympathisch gebrochenes Deutsch spricht, bei uns ab.

Eine umständliche, eine gutherzige Frau, die der Mutter eigenhändig gestickte Kissen schenkt und nicht versteht, wovon der »Herr Gemahl«, wie sie den dominierenden Gatten nennt, am Wirtshaustisch schwatzt, vom Teufel, sagt der Vater, und seinen Gesellen. Fasziniert höre ich zu, wenn Frau Gruner beim Tee auf ihre Heimatstadt zu sprechen kommt.

La Chaux-de-Fonds. Eine wunderbare Stadt muß das sein, wo im Winter Bälle stattfinden, wie ich sie aus Großmamas Marlitt-Romanen und Musäus' Volksmärchen kenne. In der weißen Nacht leuchten Lüster, »gedämpfte« Musik dringt durch den verschneiten Park. Schöne wortkarge Männer in Abendanzügen führen scheue Mädchen und verführerische Frauen zum Tanz. In weißen Kleidern, die beim großen Walzer ausschwingen zu fliegenden Glocken, schweben sie über ihrem Spiegelbild im Parkett im Arm des (heimlich) Geliebten durch den schimmernden Saal und veratmen unter Kübelpalmen eines immerblühenden Wintergartens, derweil vor Glaswänden in großen Flocken ewiger Schnee fällt.

An die Scheiben hoher Fenster gepreßt, suchen erhitzte Gesichter Kühlung, blind für das, was draußen geschieht: Jenseits abseits unter den schneevermummten Astflügeln königlicher Bäume ducken sich, »ausgestoßen«, ungebetene Gäste und starren in den Glanz, während der endlose Schneefall sie zuschneit.

*

Eingeladen von Frau Gruner zu einer Besichtigung des Teiches und der Höhlenwohnung, machten meine Schwester und ich uns eines Sonntag morgens auf den Weg, der quer durch das Moor zu einem Eichen-Buchenwald führte, in dessen Nähe ich noch nie gelangt war. Er nahm die Anhöhe der gegen Gruners Domäne auslaufenden Moräne ein. Daß Wildkirschen das Gehölz säumten, erkannte man im Frühling von weitem, wenn die Blütenwolken der alten mächtigen Bäume in der Fernsicht überquollen ins geballte Gewölk eines Aprilgewitters, das mit Schnee abging, der das ergrünte Land verfremdete und auch Bäume, die keine Blüten hervorbrachten, den paradiesischen, in Blust schwebenden Spiräen, Kirsch- und Birnbäumen anglich.

Ein langer, ein weiter Weg. Unter den Sonnenhüten hervor schauten wir aus. Flimmernde Hitzewellen und Staub, den ein Motorrad aufgewirbelt hatte. Zackige Risse durchzogen die trockenen Torffelder, die einen moorig säuerlichen Geruch ausschieden, den ich im Erinnern zeitlebends würde abrufen können. Als Speise, als Trunk, wenn ich Durst hatte nach dem Sommer, in dem ich mich aus der Puppe schälte.

Libellen pfeilten über die braunen Moorwasser, darin sich Rohrkolben spiegelten, Weidenbüsche und Schicht um Schicht abgeteufte Torfstiche. Im Schlamm tapsten Knochenmänner: fossile Wurzeln; man wußte es und fürchtete sich dennoch. Um die Stämme der mit offenen Augen schlafenden Birken blühte das Heidekraut, lila im Schatten und rot im Licht. Die im federnden Moorgrund verankerten Zwergsträucher wurden überragt von den Horsten des Pfeifengrases, um die sich die gelben Sternblüten der Blutwurz scharten. Nach allen Seiten gingen wir vom Weg ab, der sich zwischen Torffeldern, Erikaheiden, Birkenhainen und Föhrengruppen annähernd gerade, mit Schwankungen, wie sie der Gang eines Betrunkenen aufweist, ziellos hinzog. Die Birkenaugen blickten durch einen hindurch, als wäre man Luft. Jedesmal, wenn ich mich umwandte, war das Elternhaus kleiner geworden und der Weg zu ihm länger, indes die vor uns liegende Strecke sich nicht zu verkürzen schien. Bisher war der Hofersche Seerosenteich unser Ziel gewesen. Weiter waren wir nie gelangt. – Gruners Teich, hatte man uns erklärt, verbarg sich hinter dem Kirschbaumwald. Die geheime Erwartung auf einen Punkt in der Landschaft, von dem aus das Elternhaus nicht mehr zu sehen wäre, wurde beeinträchtigt durch Bangnis. *Angst* begleitete einen in die Freiheit. Warum hatte Vater nie Angst gehabt in den Sümpfen des Gran Chaco, gingen die furchtbaren Gewitter nieder, die den von Kaimanen Bedrohten zwangen, sich von seiner blitzanziehenden Waffe zu trennen?

Zu jedem Mooracker gehörte eine Hütte und zu dieser eine windschiefe Föhre. Auf den Pultdächern der meist unverschlossenen Hütten, wo die zum Torfabbau notwendigen Geräte aufbewahrt wurden, wo aber auch wacklige Wandbänke sich fanden, rohe Tische und verrußte Herdlöcher, war das Moos eingetrocknet. Am Bord des Sumpfgrabens blühte der Wasserdost, ein trübroter Schaum, beflogen von Schwärmen brauner Schmetterlinge. Fünf weiße, schwarz umringte Punkte zeichneten die Unterseite der Flügel, die diese Falter sofort zuklappten, wenn sie sich nach einem kurzen taumelnden Flug niederließen. Die Moosgeister setzten sich auf unsere Hände und saßen im verfilzten Haar des irren Heid-Emils. Nackt bis auf einen Lendenfetzen, döste er auf einer Hüttenbank, vor der in handtuchkleinen schiefen Beeten Kohl sich auswuchs zu blauen Rosen. Neben der Hüttentür blühte eine gelbe Dahlie. Vor Heid-Emil fürchteten wir uns nicht. Wir kannten ihn; auch er gehörte zu den Sommergästen. Sein feistes Gesicht glänzte in der Sonne. Als er uns bemerkte, grinste und blinzelte er. Stotternd erwiderte er unseren Gruß.

An einem Tümpelrand, der wulstartig vorkragte über der braunen Brühe, sonnten sich Frösche. Lurche; uraltes Gewächs aus dem Schlammschlund des Chaos. Wie versteinert hockten sie auf den bleichen Wurzelrelikten, schnellten jedoch in die Tiefe, sobald man ihnen zu nahe kam. Im Schilf verengte sich der Tümpel zu einem von Erlen und Kopfweiden gesäumten Graben. Durch Binsen und scharfe Schwertgräser watend, folgten wir dem schwarzen, streckenweise unter wuchernder Wasserpest verborgenen Wasser zu einem weiten Weiher, der, umgürtet von Schilf, Föhren und undurchdringbaren Weiden, die Form eines großen Auges hatte. Die tief tauchenden Schatten der Weiden verdunkelten den Teich, den wir auf einem Trampelpfad umgingen. Über uns blitzten die Nadelbüschel wie wirkliche Nadeln. Geriffelt von einem Windhauch, den nur sie verspürten, bogen Wellchen die ins Wasser hängenden Ufergräser. Draußen schwamm ein Schwan.

Vom Schatten ins Licht fuhr der Schwan, statisch in sich ruhend, fremdgesteuert, als wäre er kein wirklicher, sondern ein geträumter Vogel, der sich augenblicks in Schnee auflösen oder als eine Maschinerie entpuppen konnte, ein

Kunstschwan, den sein Spiegelbild begleitete, wobei er die Farbe wechselte. Aus dem blauen wurde ein grünes, ein goldenes, ein schneeweißes Gefieder. In einem Ring von gleißendem Silber verhielt der Vogel und war nun wieder ein wirklicher Schwan. »Vielleicht schwimmt er zu uns her? Ich warte auf ihn.« Die Schwester kauerte sich nieder und lockte ihn mit den Tönen der urverbindlichen Grundsprache eines Wesens, das sich der Kreatur näher fühlte als den Menschen. Ich wollte sie nicht stören und entfernte mich. Daß wir bei Gruners zum Mittagessen erwartet wurden, hatte auch ich vergessen. Im Moor veränderte sich das Zeitgefühl. Man lebte, zuweilen bis ins Herz verdunkelt vom Vorüberzug einer Wolke, welche die Sonne verschluckt hatte, mit der Erde, die einmal ein Wald, dem Wald, der Wasser, dem Wasser, das ein Gletscher gewesen war. Der Flug des Graureihers über dem Moor zog einen mit in die Weite des Himmels und die Tiefe der Zeit.

★

An einem dem Schwanenteich benachbarten, seiner weißen und roten Seerosen wegen beliebten Weiher kniete er, Andrea, den Oberkörper weit vorgebeugt, und versuchte, den ausgestreckten Arm unter Wasser, eine Blume zu erlangen, die sich für weniger kühne Moorgänger außer Reichweite befand. Andrea gelang es, sie zu brechen. Fest, als sollte sie ihm wieder entrissen werden, hielt er den Stengel umfaßt und blickte, immer noch kniend, auf die voll aufgeblühte Wasserrose. Getarnt von einem Weidengebüsch, beobachtete das Mädchen im grünen Kleid den Jungen, seine einsame Entzückung, und ihm schien, er gliche, wie er dort am Wasser kniete und in die Rose schaute, dem Buddha unter dem Palmfächer. Über seinen nackten Oberkörper und das geneigte Gesicht huschten, Tropenfaltern gleich, die Schatten des Sumpfgekräuts, das ihn nestartig barg.

Als ich mich wegschlich, stellte ich mir das Kugelglas neben seinem Bett vor, darin die dunkle Knospe der geraubten Nixenblume im Lichtkreis der Taschenlampe, über ihr Andreas angeleuchtetes Gesicht. Sie muß es gewesen sein, die auf mich zuschwamm unter Wasser, ein saugender Stern in einem Traum, der sich wiederholte.

★

Verspätet trafen wir im Hohlmoos ein. Da sich die umständliche Frau Gruner jedoch auch nicht an die vereinbarte Zeit gehalten hatte, ließ man die Sache auf sich beruhen. Unsere Um- und Abwege brauchten nicht erläutert zu werden, und ohne Hast kochte Frau Gruner das auf ein Uhr angesagte Essen – es ging gegen zwei – auf einem mit Torf beheizten Herd, der einen starken Rauch entwickelte in der Schützenhöhle. Nur eine der zwei in die Oberwelt führenden Treppen war benutzbar. Latten und Kartonwände verstellten die andere Stiege. Eingenebelt von den Kochdämpfen, sah Frau Gruner, die schwabbligen Rundungen in eine auf dem Rücken durchknöpfbare knöchellange Schürze gezwängt, wie eine Moorhexe aus, eine wohlwollende, vor der den Kindern nicht graute. Auf ausrangierten, mit Roßdecken wohnlich aufgemöbelten Autosesseln sitzend, sahen wir Madame Joséphines Hantierungen zu; sahen wir uns, obwohl eingeschüchtert von der unterirdischen, mit »heimeligem« Kleinbürgerschnickschnack ausstaffierten Behausung, neugierig um. An der Bunkerwand, wo sich auch Gruners »Büro«, ein mit Kalendern, Jagdbüchern und »Anleitungen für den klugen Fischer« überhäufter Waschtisch befand, hing die Fotografie eines Mannes, dem man häufig in Zeitungen begegnete.

Abgebrannte Streichhölzer die bohrenden Augen. Unter dem Nasenerker die schwarze Spinne des Schnurrbarts; eine Gangstermütze die schief in die Stirn frisierten Haare. – Ein Mann in Uniform, ein eingeknöpfter. Rechtsscheitel, Augensäcke, knochige Wangen, Täterkinn, ein harter Mund, der laut reden konnte durch die mit groben Noppen besetzte braune Tuchlamelle unseres *Philips*-Radios. »Ausschalten!« gebot der Vater, wenn der bejubelte Politiker brüllte, daß man glaubte, der Kasten müsse bersten, »der Mann lügt«, und zu seinem Freund, dem Wachtmeister: »Fatal, dieser Volksfreund. Einmal oben, wird er nicht ruhn, bis alles um ihn herum hin ist. Wie Ungeziefer. Der Tyrann als Biedermann. Wer dem traut, hat im Sumpf gebaut. Es gibt auch hier welche, die dem Rattenfänger nachlaufen.«

Als der Gemahl eintrat, wurde sofort aufgetischt. Forellen. Die Gräte schleuderte Gruner in einen Kübel, die Köpfe lagen auf dem Tranchierbrett. »Für die Fische«, sagte er, ein hinterhältiges Lachen im Bart.

Unter der Erde hatte ich noch nie gegessen. Es war beklemmend, zumal der mürrische Gastgeber kaum einen Satz mit uns wechselte und die Gastgeberin sich umsonst bemühte, ein Gespräch in Gang zu bringen. Jedes Wort aus der fraglose Überlegenheit mimenden Wildmannli-Maske zielte darauf hin, die Mit-Esser ihrer Nichtigkeit zu überführen. Noch bevor wir den letzten Bissen hinuntergewürgt hatten, zündete sich Gruner eine Zigarre an und zog sich ins Schilf zurück. Den ganzen Nachmittag sah man ihn im Boot sitzen, unbewegt, einen an eine Angelrute gefesselten Mann, das Gesicht von der Schirmmütze verschattet.

*

Im *Hirschen* wie auch im *Löwen* hätten Einheimische Gruner verprügelt: wenige Monate später wurde es ruchbar. Kein Gerücht; denn fortan mied Gruner öffentliche Gaststätten.

Ein Nazi! Ihm blieb nichts anderes übrig, als sich in den Bunker zurückzuziehn, wo er, nach Kriegsende des Landes verwiesen, seinem mißratenen Leben ein Ende setzte.

*

Gruners Weiher ist verschwunden. Ein wildwüchsiges Gehölz nimmt das abgeteufte Gelände ein. Daß es hier ein Gewässer gab, bezeugen vereinzelte Schilfhalme.

Der Schützenunterstand wurde saniert. Zielscheiben blecken aus dem Hang über dem Bunker. Sechs Stufen führen hinab in die Höhle des finstern Fischers. Ich habe die Treppe in Augenschein genommen und kein zweites Mal betreten.

*

Der Höhenzug Wagen- oder Wackenrain ist eine Endmoräne und trägt außer kleinen Dörfern, Weilern, vereinzelten Häusern und Höfen erratische Blöcke auf seinem von Wiesen und Äckern bekleideten, teilweise bewaldeten Rücken. Die Felsbrocken sind Zeugen der Würmeiszeit, hergebracht hat sie der Gletscher. Verirrte, Fremdlinge, wo immer sie, getarnt von Gebüsch, sich versteckt halten, im Wald, am Moränenhang, oder freistehn, aufragen, aus der Erde stoßen, daliegen, weithin sichtbar im offenen Feld. Als ich entdeckte, daß sich im Feldgehölz, zu dem kein Pfad führte, ein mächtiger Stein verbarg, war mein Leben um ein bewegendes Geheimnis reicher. Durch hüfthohes Gras war ich auf die Buschinsel zugewatet, unwissend ahnungsvoll, und hatte eine Burg erobert, ein Land gefunden, Neuland, das den Namen von seiner Entdeckerin nehmen würde. Elfen- oder Elbstein nannte ich den Findling, den es in meiner persönlichen Topographie noch heute gibt, obwohl er, von den Planern der Güterregulierung gestrichen aus dem Gelände, das seine (wenn auch verborgene) Anwesenheit zur Landschaft erhöht hatte, verschwunden ist. Erst bei weitern Besuchen wagte ich es, die Büsche auseinanderzubiegen, dem steinernen Tier näher zu treten und, sein Moosfell berührend, die Knochen darunter zu ertasten, den in einen Stein verzauberten Körper, den Haselbüsche und Weißdorn vor Zudringlingen schützte, der einen Baum nährte. Mit was, fragte man sich, genügten der Lärche die zu Nestern verklumpten Altblätter, Nadeln, Gewölle, die sich in moosigen Mulden fanden, in die gelegt die Hand den Puls des verwandelten Tieres suchte? Bei einer Wurzel lag ein Teller aus Goldblech. Wer hatte hier gespeist? Wer speiste hier?

Über dem Elfenstein, in der Lärche aus den Rippen des Urtiers, schrie nachts das Käuzchen; durch Mark und Bein ging der Ruf des Totenvogels, zu hören im November, wenn alte Leute starben, die man im Sommer vor diesem und jenem Haus hatte sitzen sehn, im Schatten des Vordachs, die dürren Hände wie zum Gebet ineinander.

Der alte Landvermesser, einer von Vaters Freunden, fabelte von einem Stein, unter dem ein Klosterschatz vergraben liege. Der noch gehtüchtige Mann, ein Wanderer, den kein Sturm schreckte, trug stets eine schwarze Pelerine und einen breitrandigen Hut. Der Alte erschien einem im Wald, wo dieser am dunkelsten war, oder er saß in einer Kiesgrube auf einem umgekippten Schubkarren, über einen Notizblock gebeugt, zeichnend, rechnend, während sich die über den Boden verstreuten Geräte zu einem allegorischen Bild absonderten und befremdende Bindungen eingingen, weil dasselbe Licht sie unter seiner durchsichtigen Folie versammelte und barg, was ihnen das Aussehen verlieh von Werkzeug, das niemandem gehörte. Einer, der schon lange gestorben war, hatte es liegenlassen.

Wolfinger zeichnete Karten, auf der sämtliche Findlinge, auch geringe, des Wackenrains vermerkt waren. Von einigen behauptete er, es handle sich um Ritualsetzungen, eigentliche »Erd-Werke« eines Volkes, das Sonne und Mond verehrt habe. Was der Vater ihm glattweg auszureden versuchte. Vergeblich. Seit seinem Dreiundsiebzigsten verzeichnete der verrückte Vermesser auch Dolendeckel, Ackersteinhaufen, Mauerrelikte und simple Marksteine. Die »Profanblöcke«, wie er die mindern Steine nannte, unterschied er von Karte zu Karte weniger von den »Sakralen«, alle bezog er sie endlich in sein spinnenfädiges Liniennetz, sein magisches Haargitter ein. »Eine subtile Hand«, lobte der Vater, »Wolfinger, du bist ein Narr.«

Der Gläubige nahm es ihm nicht übel und redete, bereits etwas angetrunken, von Sonnenkalendern, Himmelssteinen, Visieranlagen, Megalithgräbern, Menhiren, Toten- und Fruchtbarkeitsriten. Ein Eingeweihter. Ihm war nicht zu helfen.

Auf seinen Geheimblättern (plante er eine Wiedereinführung heidnischer Kulte?) fand sich auch der Findling, zu dem es keinen Pfad gab. »Der Kinderstein«, erläuterte er, diesmal augenzwinkernd, dort hätte man früher die Babys geholt.

*

Mein liebster Stein stand in einer sanft ansteigenden Wiese, die ein Fußweg vom Hochmoor trennte, das am Rande des Ackers, darin es eingebettet lag, einen von Buchen und Kirschbäumen stellenweise erhellten Nadelwald hinter sich hatte. In der durch kein Bauwerk denaturierten Landschaft nahm der kanzelartige Findling den ihm angemessenen Ort ein: als hätten Naturgesetz und Zufall sich raumkünstlerisch betätigt. Der Stein »saß« und schaffte es, daß Moor und Wald, Weg, Wiese und Acker sich orientierten nach einem Objekt von mäßiger Größe. Noch bevor ich zur Schule mußte, hatte ich auf seinem Rücken, den an jenem Frühlingsmorgen ein blühender Schwarzdorn beflügelte, eine Fasanenfeder gefunden. Das Szepter vor der Brust, war ich so langsam nach Hause gegangen, als trüge ich ein Kleinod aus Rauhreifkristall.

Verwunschene Orte. Die magnetische Kraft des Fasanensteins wurde verstärkt durch seine nachbarliche Nähe zum Hochmoor, und vom Kinderstein aus konnte ich Waldos Haus sehn im Flußtal, die Fenstervierecke in der vom Abendschein angeröteten Mauer und das finstere Ochsenauge im Giebel.

An einem Septemberabend bin ich Waldo beim Kinderstein begegnet. Wie aus weitester Ferne blickten wir auf sein, mein Elternhaus: als lebten wir nicht dort und würden niemanden kennen, der unter diesem, jenem Dach wohnte. Das Uralter des Steins, den wir umgingen, tilgte die uns trennenden Jahre, der Stein ließ uns teilhaben an der mythischen Dauer seines Da-Seins, er nahm uns auf in die Erdzeit.

Über dem Gletscher stehen wir auf einem Nunatak. Es ist kalt, wir frieren nicht; es dunkelt, wir sehen. Niemand kann uns vertreiben aus dem Paradies von Eis und Sternen. Da stehn wir, ausgesetzt, abgeschrieben, ein Mann und ein Kind, die letzten Menschen, die ersten.

*

Von den Zweigbasen aufwärts bis in die Spitzen der obersten Verzweigungen hatten sich die maßliebchenartigen

Blüten der Staude »Herbstschnee« der Sonne geöffnet, die jeden Tag etwas später aus dem Nebel kroch. Weiße Wimpernkränze um ein gelbes, im Verblühen sich bräunendes Auge. Wer die Spätblüher in den Nachsommergärten mit Schleiern verglich, frühem Schnee oder Blust, der sich in der Jahreszeit geirrt hatte, dachte nicht daran, daß sie alle miteinander verschwinden würden, um als Allerseelensträuße die Gräber zu schmücken.

Eingestellt auf die Sonnenuhr, flogen, sobald das Licht durchkam, regelmäßig drei Pfauenaugen ein, die sich nicht stören ließen durch mich und die Invasion von Insekten, deren Habitus den der Bienen imitierte: Schwebefliegen mit glasklaren Flügeln, stachellos. Nahe unter meinem Blick gaben sich die drei Sylphen der Lust des Saugens hin. An den flaumigen Körpern, die sich gleichsam festgesaugt hatten, vibrierten die ausgebreiteten Flügel. Der eine Falter rotierte beim Trinken, wobei die den Blütenboden tretenden Beinchen verborgen blieben unter den Flügeldecken. Die wie auf eine Kreiselmechanik montierte Kreatur fesselte mich. Klarer denn je sah ich die samtschwarz gerahmten Schreckaugen, deren Blau mit dem Höhenblau der Lufteiche korrespondierte, die sich am Himmel geöffnet hatten und zusehends erweiterten, während der Nebel verflog.

*

Mit Menschen, Tieren und Dingen tauschen wir Blicke und wissen meist erst nachher, daß es letzte Begegnungen waren. Der Blick ins Schreckaugenblau war ein Abschiedsblick gewesen. Die Falter kehrten nicht wieder, Spinnennetze hingen in den Immortellen. Im Wipfeltotholz der Robinien lärmten die Stare. Um den mit korallenroten Beeren geschmückten Weißdorn flog der blaßgelbe

Segelfalter seine Kreise, so hoch, daß er sich am besten durch eines der Fenster im zweiten Geschoß beobachten ließ. Er taumelte, er »gaukelte« nicht, erschien, wie alles Großartige, allein, ein Einsamer, eine Einsame, segelnd auf dem Atem des Windes. Im Unterschied zu andern Falterflugarten erinnerte in seiner Fortbewegung nichts an das Zickzackgeflatter der Fledermäuse. Einem gespannten Bogen gleich sein schön geschwungener Bug. Blaumonde blinkten auf, schwebte er am Fenster vorüber, körpergewordenes Licht, das im angewelkten Laub der Traubenkirsche erlosch.

Am Haus rötete sich die Jungfernrebe. Bereits Ende August hatten sich an den Jungblättern der Rankenspitzen flamingorote Ränder gezeigt. Flammen gleich griff die Röte über. Ich hörte es nicht gern, wenn die Leute sagten, von weitem möchte man glauben, das Haus stehe in Brand.

Glut-, Fieber-, Blut-, Scharlachrot: Die Tinten flossen ineinander. Die erste kalte Sternennacht fleckte die burgunderroten, zu Ledertatzen entarteten, noch vor kurzem saftgrünen Blätter mit Schlagmalen. Ein Windstoß genügte, um erst einzelne, dann Schwärme von Blättern aus der Schuppenwand zu lösen. Den Scheinblüten des »Weihnachtssterns« ähnlich, flackerten rote Blumen. Früh dämmerte die Wiese ein. In der ebenerdigen Gartenkammer brannte Licht. Eine kahle Birne an einem Draht. Auf dem Kies lag ein verzerrtes gelbes Rechteck, ein scheinbar aus der Tiefe erleuchteter, mit kleinsten Steinen samengleich bedeckter Fleck Erde vom Ausmaß eines Grabes.

An seinem Rand stehend, blicke ich durch die vergitterten Scheiben auf das Sims, das die Fensternische einnimmt: Gießkannen, halbvolle Düngersäcke, Tüten, das Spargelmesser und der Wetzstein, die Fuchsschwanzsäge und das Beil. Vor Jahren, fällt mir ein, haben meine kleine Schwester, das Kindermädchen und ich in dieser Kammer einen

Kranz gewunden, groß wie ein Rad, eine Woche vor Allerseelen.

Schon mit elf hat man Erinnerungen. Sie liegen weit zurück, da die Zeit langsam vergeht im ersten Jahrzehnt. Ein Jahr ist der Umlauf eines Sterns um die Sonne, und jeder Tag die Drehung einer ungeheuern Kugel auf die Sonne zu, in ihr Verweilen und von ihr weg durch die Schatten des Abends in die Finsternis. Nachts stehen die Uhren still, aus Zeit wird Urzeit, es herrscht die vom Funkeln der Sterne durchschossene Weltnacht. Der Mond gehört zur Erde. Er ist das Licht in der Finsternis, bald schmal wie eine vom Wind gekrümmte Kerzenflamme, bald rund wie ein Lampion.

Um die Drehung der Erde wahrzunehmen, hat das Kind, im Gehen innehaltend, die Augen geschlossen: da, dort an einer stillen Stelle in der Landschaft, wenn es allein war. Es wartete darauf, vornüber zu kippen in einen Abgrund von Bläue, von Schwärze. Es fiel aber nicht, es stand, blieb stehn, und wenn es die Augen auftat, war es die Sonne, die sich bewegte, ihm entgegen oder von ihm weg. Schöne, schwierige Welt. Das Beil glänzt, das Beil hat einen geglätteten Griff aus hartem Holz. Ohne Beil, sagt der Vater, komme kein Mann aus. Wenn der Vater mit dem Beil arbeitet, verstecke ich mich.

Der Kranz war für den Großvater bestimmt, Mutters Vater, der in einem andern Landesteil begraben lag. In der Holz- und Gerätekammer saßen wir auf Bierharassen, Anna, das Kindermädchen, zwischen der Schwester und mir, einen drahtenen Doppelring im Schoß, den sie mit Schneeastern bekleidete. Eine Schachtel enthielt ein Schlangennest von Schnüren, die erst entwirrt, dann verknüpft werden mußten. Das Blütengestöber der Herbstschnee-Astern um Füße und Knie, reichten wir der Kranzbinderin die zu Sträußchen gebüschelten Zweige. Um den vollendeten Kranz ohne Anfang und Ende wand Anna ein rosa Band.

Meine Freude am Kranz wurde zur Freude des Großvaters, eines silberhaarigen Herrn in weißer Arztschürze, dessen Foto auf Mutters Nähtisch stand. »Herr Doktor, ein Kranz für Sie.« Der Gärtner kannte seine Toten. Mit Leuten, denen er zu ihren Lebzeiten begegnet war, unterhielt er sich mündlich. Per Post würde das Geschenk den Großvater rechtzeitig erreichen. An Allerseelen, wenn die Lebendigen und Toten auf Gräbern zusammen speisen beim Flackerschein vom Nachtwind zerzauster Kerzenflammen. Die Eltern hatten es gesagt. Elternworte ließen keine Zweifel offen.

Versteckt unter einem Sack habe ich den Kranz im Advent in einem Kellerwinkel gefunden: verdorrt, das rosa Band zerdrückt und beschmutzt, die einst gelben Blütenaugen sahen aus wie tote Fliegen.

Ach ja, den Kranz hätten sie vergessen. Der Milchzahltag. Die Militäreinquartierung. Die Not der Mutter, als ich vor ihr stand, betrogen, trostlos, das tote Gewinde in den Armen. Arme Mutter, armer Großvater. Freundlich lächelnd hätte er die Gabe entgegengenommen, wir hätten seine Stimme gehört, keine Grabesstimme, unter den Friedhofbäumen wäre er gestanden, leibhaft, im engelweißen Mantel, einer, dem geschah, woran er glaubte.

Das Grab ist leer. Unter dem Kranz, der nicht darauf liegt, wird die Grabplatte schwer; wo ist er nun, der »heimgegangene«, der »auferstandene«, der gestorbene, der lächelnde Großvater?

Ob er weiß, daß ich ihn liebe?

★

Noch einmal waren die hochlehnigen weißen Korbstühle vor das Haus getragen worden. Elfi nähte an einem blauen Kleid, auch die Mutter beugte sich über eine Handarbeit. Für meine Schwester und mich strickte sie schwanenweiße Pullover, auf unsern Wunsch mit Puffärmeln und Stehkragen, in die Wollfasern war eine Seidensträhne gezwirnt. Den ersten Schnee, so hatte die Mutter es sich ausgedacht, sollten wir feiern dürfen in den Schwanensweaters. Oft strickte sie auch nachts, ohne Kneifer, da sie kurzsichtig war, unter der Lampe, die einen runden Schein auf die früh ergrauten krausen Haare warf. Neben Mutti saß die Frau Pfarrer, Vaters Mutter, unsere Großmama, die jeden Herbst auf Besuch weilte und darüber wachte, daß auch die schorfigste Birne eingemacht wurde. Aus den zerfledderten, von ihr gehorteten »Fliegenden Blättern« schnitt sie Illustrationen. Ihre kleinen welken Hände bedienten sich dabei einer Struwwelpeter-Schere; lang und spitz, erweckte das Instrument furchterregende Vorstellungen. Die »Helgen« wurden in stockfleckige Bücher gekleistert, die als Bilderbücher an die Enkel gingen. Ihre skurrilen Helden waren verwickelt in Mißgeschicke, die mir kein Lachen abnötigten. Ich fand es nicht komisch, wenn sich der Schneider im Schaffenseifer eine Fingerbeere abschnitt. Großmamas lustige Blätter und Bücher betrübten mich, indes Andersens trauriges Märchen von der Seejungfrau Gefühle eines Glücks auslöste, wie es uns in einem Traum befällt, in dem ein fremder Nächster uns liebt, den es im realen Leben nicht gibt.

Drei Stühle. Drei Frauen. Schweigsame Parzen. Die Staubfäden von Elfis gesenkten Wimpern, Mutters Augen, die die meinen suchen, an Großmamas Hinterhaupt der lose Chignon aus Waldrebenflaum. Die wenigen Worte, die fallen (wie Steine in einen Brunnen), sind Fragmente von Monologen. Frau Pfarrer duldet nicht, daß während der Arbeit getratscht wird. Das Graugeblümte kleidet sie gut: »Wer, in meinem Alter, wagt es, ein geblümtes Gewand zu tragen! Meinem Mann hätte es gefallen. Als er starb, dachte ich daran, mich aus einem Flugzeug zu stürzen. Es war die Zeit der ersten Flugzeuge. Einer dieser Todesvögel hätte mich wohl mitgenommen ...« (Unvergeßliche, authentische Worte, Atropos, deine Enkelin hat sie bewahrt.)

Sie hat es dann aber doch nicht getan. Für ihre vier Söhne und zehn Enkel nähte sie Barchenthemden, strickte sie Socken, buk Linzertorten und Quittenkrapfen, las die Romane der Marlitt, konnte es, geheiligter Gast, nicht lassen, aus dem Hintergrund zu wirken, nicht ohne Taktik, unterstützt von Elise, der hagern alten Magd, die als Verbindungsoffizier und Geheimagent über fünfzig Dienstjahre durchhielt. Söhne und Schwiegertöchter zollten sowohl Herrin wie Dienerin Ehrfurcht. So hieß das Wort, das ausdrückte, daß man jemanden, dessen Natur dem Liebenden Zurückhaltung gebot, auch fürchtete.

Auch Großmütter haben einen Vor-Namen. Da alle Leute gestorben sind, die sie bei diesem nannten, kenne ich ihn nur aus Elterngesprächen. Alma heißt sie, Alma klingt wie ein Nachtfaltername: Apamea, Oligia, Acherontia... Das Graugeblümte ist ein Nachtfalterkleid. Das schwarze Samtcape, das Elise der Herrin um die fröstelnden Schultern legt, vervollständigt den Habitus gramvoller Anmut. Auf dem Flugbrett der Schaukel sitzend – die Hände umgreifen die rauhen Taue –, präge ich mir das Bild der Frau ein, die mir lieb ist, weil sie aus Liebe sterben wollte.

*

Eines Abends saß ich auf der Treppe, die von der Hintertüre in den Grasgarten führte, wo an Schönwettersonntagen die Gäste an langen Tischen bewirtet wurden. Ich war allein, in der bis auf zählbare Blätter gelichteten Silberpappel ging der Oktobermond auf, groß und rund wie der Schild eines Helden. Als er freistand, suchte in den Mann und die Frau, ein Liebespaar, hatte Elfi gesagt, und fand dieses im obern rechten Quadranten. Der Mann beugt sich über Mund und Augen der Frau, die zu ihm aufsieht, hingerissen, schien mir, Mann und Frau im Profil, in eine magnetische Münze geprägt.

In Krater und Wüsten projizierte ich ein Urbild der Liebe. Ich saß auf der obersten Treppenstufe, und es durchdrang mich ein Vorgefühl des Lebens, schneidend und heiß, nie, wußte ich, würde ich diese Minuten vergessen, nie den Geruch dieses Abends, der aus der taunassen Erde stieg und den welken Blättern entströmte, die im Spätwind flappten, berieselt vom Mondlicht, das sie belebte und in ein Sein und Wissen einbezog, dessen Botschaft seit Jahrtausenden unterwegs ist, um uns zu erreichen, urplötzlich.

Altes Glänzen durch die Zeit: Ich dachte es nicht, ahnte aber, daß fortan vieles anders sein würde, war mir doch kurz, ich hätte immer gelebt und alles gehöre zusammen, die vom Mond mit weißen Tüchern verhüllten Tische, die vibrierenden Blätterfalter und die einsamen Leuchtsplitter einiger aus ihren Bildern gefallener Sterne, denn das geborgte Licht des Trabanten überstrahlte den Glanz der tieferen Ferne.

*

Sub specie papilionis: In jenem Sommer sah ich vieles, was einem auch anders hätte erscheinen können, im Zusammenhang mit den gefährdeten Faltern. Der Verlust ihrer Artgenossen hatte die Verbliebenen geschwächt. In immer kürzern Zeitabständen wurden die Glasdeckel verschoben und weggehoben über den einst pharaonengleich Schlummernden. Könige erstarrten zu Mumien: In den an Rändern und Zacken abgestoßenen, des Samtstaubs beraubten Schwingen war die spannende Energie zusammengebrochen.

Die von der Mauer abstehenden Stiele der bereits gefallenen Blätter streifend, taumelten die letzten, tote Vögel, auf die Laubwoge unter den vergitterten Fenstern, hinter denen die Falter schliefen. Klarer schimmerten die Voralpen im erweiterten Luftraum. Mit scharfen Winden fuhr der Spätherbst ein. In einen Wirbel gesogen, jagten die Blätter über den bekiesten Vorplatz, drehten Spiralen, bis ein machtvoll einfallender Sturmstoß die Totentänzer emporriß und zerstreute auf der Höhe der Vogelflüge, ein Blatt da-, eins dorthin. Einige Blätter blieben in den Tannen hängen, exotische Blumen vortäuschend im finsteren Genadel, während die ihrer Wimpernkränze beraubten Fenster der Arche in den abgeräumten Garten starrten.

Abends erstreckte sich der Schatten des Wegkreuzes mehrere Steinwürfe weit den Osthang hinab. Wo der Querschatten die dunkle, durch Unebenheiten des Bodens gebrochene Bahn kreuzte, überflockten filigrane Kreuzblüten das noch saftgrüne Gras. Höhen- und Schattenkreuz im Rücken, ging ich den Hang hinab nach Westen bis zur nächsten Station des einstigen Prozessionswegs. Zu Füßen des Talkreuzes sitzend, blickte ich auf das Moor, aus dem dünne Nebel aufstiegen, die mich auf dem Heimweg einholten und Krete und Hügelkreuz vor mir erreichten. Überhöht stand es im entgrenzten Raum über dem von welkem Thymian und fahlen Halmen dürftig bewachsenen Bord, eine Gestalt ganz allein, gelbe Flechten am Leib, auf die eine Krähe einhackte.

Unter der rostigen Eisenstange, die Sockel und Stamm verklammerte, steckten ein paar vertrocknete Feldblumen.

Im Acker war eine Sonnenblume stehengeblieben, eine blumenfreundliche Bäuerin hatte sie zwischen die Kartoffeln gepflanzt und mit einem Pfahl gestützt. Noch vor kurzem hatte sie der gegenüberstehenden Sonne ins Antlitz geschaut. (Antlitz. Welch ein Wort, dem Kind bekannt aus Geschichten, die man heute nicht mehr liest. Mit ihnen ist das Wort verlorengegangen. Müde der Gesichter, möchte man in ein Antlitz schauen.)

Der Pfahl steht schief. In den Lumpen ihrer verschrumpelten Blätter beugt sich die alte Sonnenblume über die Furche. Bevor sie weggezogen sind, haben Vögel das schwarze Tellergesicht verletzt. Die blinde Bettlerin tritt in den Nebel zurück, ihr *Antlitz* hat sich mir eingeprägt, ebenbildlich den Mienen von Kreaturen, deren Gesichter ein Leiden, oder, unheilbar tief, die Grausamkeit der Menschen verstümmelte.

Der Nebel bringt es fertig, ein großes Haus vom Erdboden verschwinden zu lassen. Nichts, auch keine Bäume, alles untergegangen im Herbstmeer. Wäre nicht der Weg, ich verirrte mich, zweihundert Schritte vom Elternhaus entfernt. Auch an diesem Abend versuche ich auszumachen, ab welchem Stein, welcher Delle Schattierungen sichtbar zu werden beginnen im monochromen Grau, Umrisse sich andeuten im Nebelgespinst; der Giebel, die knöchernen Gabelgeweihe der von Krähen besetzten Totwipfel der Robinien.

Hügel aus Hauch, Nachtfalterschloß. Fledermausartige Sphyngiden entflattern ihm; der ziehende Nebel gaukelt sie vor. Sonnenfernes limbisches Treiben; schwer vorstellbar, daß das Hades-Haus sich wieder verfestigen und einwurzeln könnte, daß es Menschen aus Fleisch und Blut beherbergt und daß ich einer von ihnen bin.

Am Fuß der Treppe, die von der Straße in den westlichen, von Tannen verdunkelten Vorgarten führt, halte ich ein und schaue durch das Tor hinauf zum steinernen Wappen des Abts Gerold Haimb über der Türe (noch immer, schon wieder die Angst des Kindes, dieses Haus zu betreten, zu dem es nach einsamen Gängen zurückkehrt als Fremdling). Zögernd, sichernd wie ein vorüberziehender Wanderer, der bloß »einen Blick werfen möchte«, ersteige ich die zwölf Stufen und gehe, von niederhängenden Zweigen betastet, auf das Licht zu, das über der Türe im Küchenfenster brennt. Darunter, einem Siegel gleich, das Wappen: Steigbügel, Sporen und Bischofsstab als umrankende Zugaben, das Schild selbst trägt drei Mauerzinnen.

Am Fenstertisch bereitet die Mutter das Nachtessen vor. Unauslöschliches brennendes Bild, gerahmt von der Nacht, aus der ich zum erleuchteten Fenster emporschaue, manchmal blickt sie auf, scheint zu lauschen – das eine ihrer Kinder ist noch nicht zu Hause.

Um das Mutterlicht herum verfestigt sich das soeben noch in einen geistigen Dunst aufgelöste Haus, setzt zu an Substanz, Konturen werden erkennbar, der Bau faßt Boden, die in der Verkürzung von mir wegragende, abweisende Mauerfront richtet sich auf, lotrecht. In fester Erde fußt, was Schale wäre, befände sich darin nicht die Mutter. Sie ist der stabile Kern der verwitterten Fluchtburg. Selbst Katzen merken das. Ohne Ungeduld warten sie auf Einlaß, eine weiße und eine steingraue Katze. Schlafen sie, wachen sie, eingewachsen in ihre Felle wie Götter in das Kultbild, das sie vertritt? Ihre Zeit ist eine andere. Hinter geschlossenen Augen ist der Körper hellwach, »auf dem Sprung« und, unbewußt, bereit, richtig zu reagieren auf Impulse von außen. Daß sie den dulden, der die Türe des Hauses öffnet, das ihnen gehört, bekunden sie durch wohlwollendes Schnurren und Zärtlichkeiten, wie sie einem nur zuteil werden von Geschöpfen, deren (störbares) Insichruhn die Unruhe beschwichtigt, die uns um- und antreibt, auch zur Schuld an ihres- und unseresgleichen.

*

Das Hirschgeweih, Vaters letzter Schuß drüben, stößt aus der Wand hervor, als wäre der Geweihte durch die Mauer gebrochen, ein ungeheures Tier, auf dessen Kopf ein Baum wächst, kahlästig, höckerig am Ansatz, unter der Rinde glatt, an den Zweigspitzen könnte man sich blutig stechen.

Das Tier, das die zackige Krone trug, läuft durch meine Träume, es tritt aus dem Urwald, der im Traum ein Schneewald ist. Die Eisfittiche der Tannen streifen seinen Rücken, unter bleichem Himmel läuft es über eine schneegraue Ebene, die erst nachts, wenn die Sterne aufgehen, zu atmen beginnt. Kein Funkeln auf den flachen Schneedünen, es ist nur ein blasser Schein, der Bewegung vortäuscht: als regten sich unabsehbare Schlangenleiber unter der Schneedecke, Leiber mit Eigenlicht, es schimmert nicht, es scheint herauf durch trübes Glas, das Schneeland ist ein Land aus Glas. Der Hirsch steht am Horizont, Sterne im Geweih, ein Königtier ohne Herde... Wer in die Jagdstube will, muß unter dem Geweih durch.

Auf der Schwelle stehend, sah ich, der Glassarg, wo Morpho, schon seit Wochen ohne Gesinde, seiner Auferstehung entgegengeschlafen hatte, war leer. Obwohl kein Zweifel bestand, daß Morpho fehlte, ging ich auf den leeren Kasten zu, schleppend, Zeit verstreicht beim Langsamgehen, mit der Zeit verändert sich alles, ein Wunder könnte geschehen in der durch zögernde Schritte gewonnenen Zeit.

Es geschah kein Wunder. An Morphos Stelle bleichte ein farbloser Schatten die vergilbte Samthaut.

Wer hatte Morpho entwendet?
Wem hatte der Jäger meine Seele verkauft?

*

So hoch und steil hatte ich mir den Hügel nicht vorgestellt. Bis hinauf zur Weißdornhecke stieg ich, welche die Silhouette der Anhöhe bestimmte. Immer steigend ging ich dem Heckenkamm entlang und gewahrte, angekommen beim höchsten Dorn, einen gläsernen Sarg. Ich beugte mich über den Kristall und war nicht verwundert, mich selbst zu sehen. Die Tote war eingekleidet in Vaters weißen Tropenanzug. Das faustgroße Blutmal über dem Herzen näßte den zerknitterten Stoff. Ich setzte mich neben den Sarg, der Herbst kam und mit ihm, vorzeitig, die Stunde *Umbra*, wußte der Traum, Umbra, der lange Abend. Der Westen troff von schleimigem Rot, schwarzes Gewölk staute sich im Osten, die Hecke war von froststarren Spinner-Faltern verschneit. Alle miteinander fielen sie von den Zweigen, als auch die rote Hälfte eingeholt wurde von Schwärze. Ich konnte nicht gehen und nicht sprechen und merkte nach einiger Zeit, die ich vom Zifferblatt einer Sonnenblume ablas, daß der Hügel zu schimmern begann: von innen, als brenne dort eine Lampe, deren Licht die Erde durchleuchtete und die Oberfläche transparent erscheinen ließ. Hinter mir stand der Mond, und ich sah, daß ich einen Schatten warf, der sich über die leeren Äcker bis zum Moor hinabzog. Ich wandte ihm den Rücken, verließ den Sarg und die Tote und ging fort, dem Mond entgegen, zum Fluß hinunter, wo, unerreichbar weit draußen, Waldos Haus auf dem Wasser trieb.

*

Wo es mir weh tue? – Überall. – Fröstelnd lag ich in Mutters Bett, das Thermometer unter den Arm geklemmt. Nachdem die Mutter den Messer nach einer langen Viertelstunde wieder an sich genommen und in der Fensternische vor die kurzsichtigen Augen gehalten hatte, setzte sie sich auf den Bettrand. Sie ergriff meine Hand und fühlte mir den Puls. Lautlos die Lippen bewegend, zählte sie die Schläge, schwieg, ging, die Türe leise hinter sich zuziehend, in die Nebenstube. Ich hörte sie telefonieren.

Der herbeigerufene Arzt befahl Bettruhe. Die erste Blutung. »Ein frühreifes Kind«, sagte er, zur Mutter gewandt, dann, zu mir, die ich erhoffte, er befreie mich von dem befremdlichen Übel: »Keine Angst. Das ist keine Krankheit.« – »Was denn?« – »Eine Veränderung. Nichts zum Schämen.« – Ich wolle nicht verändert werden. Nein nein. Sterben wolle ich. – Daß ich mich furchtbar schämte, behielt ich für mich. Selbst der Vater trat an mein Bett, um mich zu trösten. Im kaffeebraunen Anzug; er erwartete die Herren der Wasserversorgung, in welcher er als Protokollführer amtierte.

Ich starb nicht. Nach zwei Tagen sank das Fieber. In der anstoßenden Wohnstube wurde ich auf die warme Steinbank der dreistöckigen Ofenkunst gebettet. Wochenlang, schien mir, war ich fort gewesen. In den drei Tagen meiner Veränderung hatte sich auch die Stubenlandschaft verändert. Sie zeigte sich so, wie ich sie zu sehen pflegte, wenn ich aus den Ferien heimkehrte, flüchtig, doch nicht ohne Nachhaltigkeit umgewöhnt auf die neuzeitlichen Strukturen und Maße von Häusern, die sich von grundauf unterschieden vom barocken Hügelhaus, wo es keinen akkurat rechten Winkel, kein fehlerfreies Fensterscheibenglas gab, nicht *eine* Stufe der acht vom Keller in die Winde führenden Treppen hatte einen Zwilling, beschwichtigender Staub dämpfte Glanz und Glätte der alten Möbel, die Böden lagen schief, und die Gipsdecken waren bewölkt infolge des Sinterwassers, das bei heftigen Niederschlägen den Dachboden näßte, in die Zwischenböden einsickerte und auf Möbel und Köpfe tropfte. Die Eimer, die unter den Lücken den Regen aufzufangen hatten, trug man meist erst dann in die mit Unrat vollgestopften Stollen unter den Dachschrägen, wenn sich das schummrige Wasserzeichen an der Decke zur Gewitterwolke verfinsterte.

Im wohlig matten Gefühl, eine Gefahr überstanden zu haben, überblickte ich von der Ofenburg aus die verwandelten, die altvertrauten Dinge. Ausgebrochen aus der üblichen Ordnung, schienen sie unter sich übereingekommen, das entfremdete Kind heimholen zu wollen, ohne ihm auf den wunden Leib zu rücken. Das Novemberlicht zaubert Tigerflecken auf den Teppich, zwischen denen Schwesterchen und Hannes, der vierjährige Nachbarsbub, den Bauernhof aufgebaut und ausgelegt haben.

Feierabendlich breiten die geöffneten Stalltore des Buffets, das unsre Spielzeuge enthält, ihre Flügel aus. Über die von Streufunken durchsternte, von Lichtlachen überschwemmte Teppichmatte weiden Kühe, Pferde, Schafe, Schweine und Ziegen. Die eisengrauen Beine des Kachelofens stützen das mit Farbstiften bemalte Kartonbauernhaus, aus der Röhre des Ziehbrunnens, Aluminium, lindengrün lackiert, fließt wahrhaftes Wasser, wenn der Bub am Schwengel zieht. Eimer um Eimer pumpt er voll, die Kühtränke befindet sich am Fuß der Ofenbank, unter der sich die Schublade verbirgt, darin Nüsse dörren und Mäuse nagen – noch ist kein Geraspel zu hören, die grauen Laren kommen erst, wenn die Menschen im Schlaf sich entfernen.

Ein mit Gußeisentürlein verschließbarer Tunnel höhlt die Kachelofenburg auf halber Höhe. Durch ihn kann man telefonieren, Geheimnisse austauschen, die man, Auge in

Auge, nicht preisgäbe. Ein großes Ohr ist das Ofenloch, ein verschwiegener Mund. Daß im Winter, wenn es die ganze Nacht schneit, Äpfel gebraten werden im finstern Eisenkasten, riecht man auch sommersüber. Eindringlicher macht sich der Geruch bemerkbar im Herbst, sobald der Ofen wieder eingeheizt wird: mit einer Reiswelle, die der Vater von der Küche aus einschiebt.

Hannes, der zu mir auf das mit Roßhaarkissen gepolsterte Steinbett geklettert ist, schnuppert. Diesen Geruch kennt er von zu Hause.

»Schwesterchen«, sagt er, bereits wieder unter den Tieren, »die Hexe soll kommen«, worauf die Bäuerin im Elternschlafzimmer verschwindet. Einen Strumpf über dem Gesicht, ein dunkles Tuch um die Schultern, tritt aus dem Raum, der ohnehin voller Heimlichkeiten ist, die Fremde; wer ist sie? Schwesterchen, seine Bäuerin, weiß der Bauer Hannes. Das Kind aber, das sich das Hexenspiel gewünscht hat, zweifelt. In schaudernder Bewunderung blickt es auf die allmächtige Gespielin, die jede Gestalt annehmen kann.

Oder hat Hannes wirklich Angst? Ahnen wir schon als Kind, daß sich hinter Masken Moira zu verbergen pflegt? Kostet er es unbewußt aus, im erregten Gemüt auf ein neues, uraltes Gefühl zu stoßen? Bei einem kleinen Kind weiß man das nie. Lachen und Weinen kommen bei ihm noch aus derselben Quelle. Unter dem Druck andrängender Tränen haben seine Augen sich schreckhaft geweitet, der Mund zuckt, verzieht sich – weiter darf das Spiel nicht gehen. Die Zauberin tritt ab, Schwesterlein kehrt zurück, sie wenden sich wieder den Tieren zu, eine Kuh muß verarztet werden.

Schwer bepackt mit Broschüren und Informationszetteln, wird die Schwester ein halbes Jahrhundert später von Haus zu Haus gehn, um für eine von vornherein verlorene Sache zu werben. »Stellen Sie sich vor, daß *Sie* im Namen der Wissenschaft gefoltert werden. Auch Tiere leiden. Es entlastet den Menschen nicht, wenn er die Tiere zu Forschungsobjekten erklärt.« – Achselzucken, zuweilen Verlegenheit. Einige blättern in den Broschüren. So, sagen sie, hätten sie sich das nicht vorgestellt. Einen abgezehrten, in eine Maschine gefesselten, von Schmerzen irren Hund vor Augen, hält eine junge Frau ihr Kind davon ab, in die Flugschrift zu gucken.

★

Während ich geschlafen habe, hat die Mutter Licht gemacht. Über dem Tisch brennt die Hängelampe. Im Lichtkreis hüpfen, von je drei Fingern geführt, die blauen und grünen Männchen des Eile-mit-Weile-Spiels vor- und rückwärts. In den Fenstern wird es Nacht. Die westlichen Wälder zacken ins Nachglühn der Abendröte aus. Wie fern die Lampe brennt, unter der keines der Männchen ans Ziel kommt. Der purpurne, dann amethystene Nachschein über dem Wald erweckt Sehnsucht nach den Polarlichtern in *Meyers Universallexikon*. Die Abbildungen in den sechsundzwanzig bibelschwarzen, in der Jagdstube unter Verschluß gehaltenen Bänden sind Fenster in die Welt, am weitesten offen, wenn man krank ist und, halb sitzend, halb liegend, reist, wiedersehn und entdecken will, Bild um Bild; Tiefseefauna und Flaggen, den Albatros, das Tipi, den Südseeinsulaner, die Tropenfalter, die Pyramiden, das Polarlicht. Die Mutter legt das backsteinschwere Buch auf die Decke, rückt die Kissen zurecht, während ich bereits zu blättern beginne.

Transparente Folien verhindern, daß die buntfarbigen Öldrucke an den Schriftseiten festhaften. Vom Transparent bedeckt, sehen die Illustrationen unenthüllten Abziehbildern ähnlich. In die freiliegenden dringe ich ein wie in eine durchlässige Materie, Fluidum der Ferne, die Krankheit beflügelt. Unter vierstrahligen Sonnen fliege ich durch kobaltblaue Strahlenkränze, Leuchtbaldachine wehen, vom Zenith bis zur flachen Kimm rollen sich kaltgrüne Bänder auf. Das Nordmeer. Die Eisfelder der Schneekönigin. In der Wärme der Ofenkunst geborgen, verliere ich mich in die saugenden Bilder hinein, stelle mir die Sternfiguren der hohen Breitengrade vor, es sind nicht die unsrigen, auch nicht jene der südlichen Hemisphäre. Der Himmel der äußersten Welt hat seine eigenen Bilderrätsel.

In den der zentralen Lampe fernen Nischen und Winkeln kriechen die Farben in die Dinge hinein, oder rinnen sie aus? Das offene Buch im Schoß, verliere ich mich im Strom der innerlichen Nachbilder, die Lider fallen zu, unter ihnen strömt es weiter, Lava der tätigen Tiefe.

Während, von niemand beachtet, der letzte Nachtfalter des Jahres an der erleuchteten Scheibe klebt, ein rotäugig Süchtiger, der morgen tot im Spinnennetz hängt, flüstern Schwesterchen und Hannes die Tiere in Schlaf. Vaters Tropenholz duftet, mit der Dunkelheit nimmt auch der Duft zu. Durch Türen und Wände dringt der verzaubernde Geruch und läßt im Treppenhaus, wo die Katze wachschlafend auf Mäuse lauert, einen Urwald wachsen, denn in der Jagdstube schreibt der Vater ein Buch. Er schreibt es in Gegenwart des Totenschädels, der den Ruf seines Besitzers gründlicher untergräbt als des Jägerwirts berüchtigte Gewalttätigkeit. (Ein Totenkopf ist ein Objekt der Verdrängung.) Daß der fahle Grinser aus Kunststoff bestand, merkte ich erst, als ich ihn, drei Jahrzehnte später, nach Vaters Tod in ein novemberliches Gartenabfallfeuer warf, aus welchem er mich, Flammenrot in den Augenhöhlen, ein letztes Mal anblickte, bevor er, widerstandslos, in der Glut zerschmolz, was ich, betroffen und auch befreit, zur

Kenntnis nahm (Knochen sind resistenter), das Kinn auf Vaters gebrechlichen Rechen gestützt.

*

Reliefs von Orchideen und Lianen schmückten die schilfgrünen Tonkacheln des Ofens, über dessen Gußeisengitter die austretenden Warmluftwellen das Rauschholz zum »Schwitzen« und das ausgeschiedene Harz zum Duften brachten. Das flüssige Harz leimte den Klotz fest. Um vorzuführen, wie Pech sich verwandelt in Gold, hob Vater das Holz an: Goldene Fäden, »Frauenhaar«, kommentierte er galant, verbanden Holz und Harzlache. Wer das Feengespinst berührte, kriegte die klebrigen Finger erst nach vielen Waschungen rein.

Hart ist das Leben im Wald, wo der Harzbaum wuchs, und härter im Sumpf. Von diesem seinem Leben *drüben* berichtet der Vater im Buch *Der Reiherjäger*. Befragt von Gästen, ob er nicht Angst empfunden habe, Tag und Nacht gefährlich lebend – Schlangen, Jaguare, krasse Gewitter, Fieber, Giftpfeile aus dem Hinterhalt, Einsamkeit –, pflegt er zu antworten: »Weder vor Kaimanen noch vor wilden Indios habe ich mich gefürchtet. Wenn mir aber zu Ohren kam, daß sich ein Weißer im Umkreis von dreißig Kilometern herumtreibe, hatte ich Angst. Dann wohl.«

»Mein älterer Jagdgenosse und ich verließen mit dem Boot das Lager, um uns für einige Tage mit Tauben zu verproviantieren. Nach zwei Stunden ruderten wir, reich mit Beute beladen, zurück. Zwischen Blockhaus und Landungsplatz, etwa acht Meter vom Ufer entfernt, stand, die Hände in den Hosentaschen, unser dritter Gefährte. Während wir dem Ufer zuruderten, meinte er, laut lachend, heute gehe die Jagd gut aus. In diesem Augenblick berührte unser Kanu das Land, gleichzeitig ertönte ein Schuß, und mein Gefährte vorn im Kanu sank mit einem Schrei von der Ruderbank. Aufblickend sah ich noch die rauchende Büchse auf mich angeschlagen und stürzte mich blitzschnell über Bord ins Wasser. Unter Wasser schwamm ich einer Uferböschung mit schützendem Gebüsch entgegen, sagte mir aber, nun ist dein Leben dahin. Denn bald geriet ich in ein Gewirr von Wasserpflanzen, das mir Hände und Füße lähmte; ich war dem Ersticken nahe und mußte Luft schöpfen. Doch schon sah ich den Mörder mit schußbereiter Waffe gebückt am Ufer daherschleichen, nach mir spähend.

Nur mit der größten Anstrengung konnte ich mich von den tückischen Schlinggewächsen befreien und freies Wasser gewinnen. Ich wollte so weit wie möglich unter Wasser schwimmen, dann wieder Luft holen und so versuchen, trotz der vielen Kaimane, das andere Ufer des Sees zu erreichen. Wie ich zum ersten Mal wieder auftauche, sehe ich, wie sich der Schwerverwundete im Boote langsam auf den Knien aufrichtet, nach dem Gewehr greift und entsichert. Tödlich erschrocken schaut der Mörder auf sein totgeglaubtes Opfer nieder, unfähig, die Waffe ein zweites Mal zu erheben, und flüchtet mit langen Sprüngen hinter das Blockhaus.

Den zu Tode Getroffenen verlassen die Kräfte, er sinkt in sich zusammen. Ich mache kehrt und schwimme um mein Leben. Als ich am Rande des Bootes anlange und, bis am Hals im Wasser stehend, meine Jagdflinte ergreife, schleicht auch schon der Mörder wieder daher, seinen Körper zum Schutze in dichte Wolldecken gehüllt. Da sieht er meine Flintenläufe auf sein Gesicht gerichtet, und mein Ruf: ›Hände hoch, oder du stirbst‹, nimmt ihm die Fassung; feige läßt er seine mit zehn Winchesterkugeln geladene Büchse zur Erde fallen. Ich mußte mir Gewalt antun, um nicht auf diesen verruchten Menschen abzudrücken. Während er mit erhobenen Händen stehenbleiben mußte, entlud ich sämtliche Waffen und schloß die Munition ein. Ich bewehrte mich nur mit meinem Revolver, dessen Kugeln mit dem furchtbaren Curare vergiftet waren ...«

Der Vater hat die Geschichte niedergeschrieben, die Mutter hat sie erzählt. Letzten Dezember, als der Vater betrunken von der »Weihnachtsjagd« heimkehrte. So nannte der Tannenbaum-Fanatiker, der alljährlich darauf bestand, die Kerzen eigenhändig anzuzünden, das mitleidlose Wintertreiben, das jeweils am 24. Zwölften stattfand.

»Er ist unglücklich. Im Dezember hat er drüben etwas Schreckliches erlebt. Er kann es nicht vergessen, die Erinnerung plagt ihn, er denkt daran, auch wenn er nicht davon spricht.« Die Versuche der Mutter, Widersprüchliches zu erklären, erweckten in mir ein von Furcht durchsäuertes Mitleid. Weihnachten, insbesonders, bescherte Unvereinbares. Am »Heiligen Abend« kulminierte das Bangen vor dem Mann, der von seinen einen gespaltenen Kern verschließenden Hüllen bald die, bald jene Schale zeigte. Wie richten Kinder sich ein mit einem Vater, der ein depressiver Wirt, leidenschaftlicher Jäger, ein arbeitsunwilliger Tyrann und fesselnder Erzähler ist? Eine Überlebensfrage. Mir blieb nichts anderes übrig, als ihn zu lieben.

★

Das duftende Hartholz, ein Stamm- oder Astfragment mit längsrissiger Rinde, hat die Form jener tausend Tafelberge von Venezuela, aus deren Flanken Wasserfälle in Nebel brauende Dschungel stürzen, wo in Höhlen Berglöwen thronen und stockwerkartig Pflanzen auseinander emporwuchern, die es andernorts auf Erden nicht gibt, Relikte einer ausgestorbenen Flora und ausgerotteten Fauna. Allein dem Vater steht es zu, das Holz zu erhitzen. Ein Ritual. Die teilnehmen an der sakralen Handlung erachtet er für eingeweiht. Sorgfältig muß das Feuer gewartet werden, es gilt, die Flammen niederzuhalten, weder eine lodernde Lohe noch ein träges Motten bekommt dem Holz, das seine ätherischen Öle am wirkungsvollsten über sanfter Dauerglut abgibt.

Ob der Harzduft in den glasumsargten Schlaf der Falter drang? Den begierigen Zugriffen waren nur die geringsten entgangen, und auch diese zerfielen, da ihre Seelen-Ruhe stets aufs neue gestört wurde. Daß sie übersehen worden waren, würde sie nicht retten. Unbedeutende Weißlinge, Wickler und Zünsler: Was bleibt, wenn die Elfen Oberons Lüfte und Titanias Blumen verlassen haben. – Seit der Morpho fehlte, mied ich die Jagdstube.

*

Die frühen Jahre sind so lang, weil jeden Tag etwas geschieht, das es zu fassen, in der Grundschicht zu verankern gilt. Ärmste Kinder, denen es verwehrt ist, in dieser Zeit Wurzeln zu schlagen. Ihnen, die in liebloser Umgebung aufwachsen mußten, fehlen oft die Nahrung beschaffenden Organe; eine Pflanze, die im Frühling keine Sprosse treibt, wird dies selten im Herbst tun. Alles hat seine Zeit.

*

Eine Landschaft hat auch ihren Klang. Ihn bestimmen mit die Glocken in weithin sichtbaren Türmen.

Das kurzatmige Elfuhrglöcklein bestürzte. Daß es schon so spät sei, hatte man nicht gedacht. Den Bauern rief es heim vom Feld und mahnte die Kinder, das Spiel abzubrechen. Indes stotterte es seine Mahnung so rasch ab, daß man ihr selten Folge leistete.

Geläutet vom Sigristen Franz, der am Seil zog, das von der Kapellendecke herunterhing, erschallte abends dasselbe Glöcklein, bedächtiger, da sich der Glöckner mehr Zeit nahm als am Morgen. Kanonartig fielen die Glocken von M. und B. ein. (Warum stets einen Atemzug später? Vernahm man der Entfernung wegen die ersten Anschläge nicht?) Der Klang der Geläute jenseits des Moors war deutlicher zu hören, wenn der Westwind wehte. Was da hertönte, mischte sich mit den Farben des Abendhimmels. Rotviolette Klänge führten den Schäfer Moll und seine Schafe zur Scheune am Moränenfuß. An Nebeltagen vernahm die fernen Stimmen nur, wer auf sie gewartet hatte. Am besten gesenkten Kopfs, eine Hand in der andern, wie Elfi, die alle paar Wochen zur Frühmesse ging. Sie brauche das, sagte sie, den Fußweg zur Kirche im Morgendunkel, wenn das erste Grau hinter dem Horizont aufsteige, wie ein anderes Land – und niemand unterwegs sei als Füchse und ein paar Betmummeln.

Eintöniges Bimmeln skandierte die Stunden zwischen Frühmette- und Aveläuten. Warum das Geschell um 9, 10, 2, 3, 4 Uhr? Wem hatte die letzte Stunde geschlagen? War Hagel zu befürchten? Bußpredigte ein Wanderkapuziner?

Klangfluten – »sie läuten mit allen Glocken« – luden dörferweit zu Hochzeit und Beerdigung. Botschaften, die heute anachronistisch anmuten. Eine Lärmquelle mehr. Fiele sie aus, beklagten sich just jene, die ein Ohr für die Stille haben, ihr Läuten unter den Sternen.

Da ich auf sie gewartet hatte, waren mir die ersten, noch zählbaren Sterne im Geleit des vierstrahligen Abendsterns besonders lieb. Wenn ich beim Nachbarbauern die Milch holen ging, leuchtete er am eisgrünen Himmel über den erlöschenden Feldern.

Aus dem klaren Herbstabend trat ich in die braune Stalldämmerung. Auf den Rücken der Kühe ruhte, sie rundend, das schummrige Licht der Stall-Laterne; ein Dunst von Dung und lauer Wärme verwob Kreaturen und Gegenstände zu einer einheitlichen Welt von urbildlicher Dichte. Es war nichts zu hören als das Schnaufen der Kühe. Zuweilen scharrte eine Kuh oder ließ Wasser, einen scharfen Strahl, der sich in die Rinne ergoß, darin von Mist verklebtes Stroh noch immer einen Goldschimmer abgab. Wo aber war der Bauer? Er molk und erwiderte meinen Gruß mit einem Murmeln, das ebensogut aus dem Maul oder dem Bauch der Kuh hätte dringen können. Langsam kam er auf mich zu, schlurfend, da der Melkstuhl, den er sich an den Hintern geschnallt hatte, ihn behinderte. Das blau emaillierte Kesselchen in der Linken, wartete ich neben der silbrigen Milchtanse in der braunen Stalldämmerung, die einen einer Geborgenheit versicherte, der wir heute mißtrauen. Zweimal tauchte der Bauer das am Rand der Tanse hängende Litermaß in die schäumende, vom Leben der Tiere noch lauwarme Milch und schöpfte ein weniges nach. »Der Schaum täuscht.« 3. Nov. 2 L. trug er ins blaue Milchheft ein, das er aus der Fensternische über der Tanse hervorgeholt hatte. Er sprach noch dies und das, wünschte mir einen guten Abend und verschwand wieder hinter einem der massigen Körper, die ihre Schatten an die getünchte Wand warfen.

Beim Weggehen bemerkte ich den kleinen Sohn des Bauern. Auf einem Melkstühlchen kauernd, schmiegte er den Kopf an den mächtigen gewölbten Leib der Kuh, als horchte er. Zärtlichkeit, schien es, kam ihm vom Fell, vom Geheimnis der pochenden Ader darunter, Tröstliches, das ihn wach halten mochte, während seine selbsttätigen Hände die Milch aus den Zitzen zogen und preßten.

Vor der Stalltüre lag die Hofkatze, angezogen von der Wärme und dem Milchgeruch. Ich kannte ihn wohl, den Tigerkater Benedikt, der zu gewissen Zeiten des Jahres in unserm Garten der roten und der weißen Katze nachstrich. Auf der Stirn trug er das heiligende Madonna-M; sein Schwanz, der Gradmesser seines Befindens, zuckte oft wie eine Wünschelrute, und die Fußkissen, darin sich die Krallen verbargen, glichen Kaffeebohnen. Als ein Wagen vorbeifuhr, der unter unserm Scheunendach parkierte, blitzten seine Pyritaugen auf. Nachdem er aus siderischer Ferne eine Sekunde lang in den Scheinwerferstrahl gestarrt hatte, schloß er sie wieder, rollte sich zu einer Spirale ein und verschmolz mit dem Dunkel, aus dem er sich, die Glieder dehnend wie Elastikbänder, mitten in der Nacht erheben würde, sprungbereit, scharfsichtig, scharfhörig, als das durstige Bête, das nachts mordete und tagsüber, ein Kavalier, entzückte durch lässige Eleganz.

Aus den geschnittenen Wiesen und umgebrochenen Äkkern rauchte der Nebel. Ein einzelnes Nebelwölkchen kreuzte meinen Weg, der am Bord entlang führte, das unsere Gartenmauer stützte. In den überhängenden, bis auf ein paar lahme Lappen entlaubten Büschen waren die Nester leer. Über den straffen Saiten der Leitungsdrähte, die der Bodennebel nicht erreichte, funkelte da, dort ein Stern. Aufeinander bezogen, erzeugten Drähte und Sterne eine Art von Klang. Ob Harfen so klangen, gespielt von irischen Barden? Auf dem Umschlag des Buches, das ihre Lieder enthielt, war die *Irische Harfe* zu sehen, ein Flügel, die Sehnen, Saiten in einen goldenen Rahmen gespannt.

In der Lache unter der Traufe, wo das Wasser oft lange nicht versickerte, zitterte noch ein wenig Licht. Auf der Pfütze schwamm eines jener Papierboote, wie Andrea sie zu falten und auszusetzen pflegte: als wäre da ein Falter gelandet, um das letzte Licht zu saugen – und plötzlich wußte ich, woran das weiße Rund in meinem deckellosen Kessel mich erinnerte: an den Mond, den die Nixe in den Teich gelockt hatte.

Beim Ausziehn eines Dorns fiel mir noch am selben Abend auf, daß die Linien in meiner Hand ein Dreieck bildeten, in welchem ich das Segel von Andreas Gnomenschiff wiedererkannte.

*

Am 11. November fand im Bezirkshauptort Muri jenseits des Waldes der Sankt Martinimarkt statt. An Markttagen, hatte ich Onkel Johann, den Pfarrer und Historiker, zu Vater, seinem jüngern Bruder, sagen hören, glaube man sich hierzulande ins Mittelalter zurückversetzt. »Die Marktfahrer kleiden sich fastnachtlich altertümlich, um Kunden auf sich aufmerksam zu machen.« Der Marktgänger vernehme Mundarten, wie sie nur noch in entlegensten Weilern gesprochen würden, man frage sich, wie sich im raschen Verschleiß der Neuzeit soviel originelles und originales Sprachgut erhalten habe in der Landschaft draußen, wo Alte getroffen würden, die einen nicht blöde anstarrten, wenn man sich nach den Flurnamen und Sagen ihrer Heimat erkundige. In Marktrechten und den damit verbundenen Bräuchen sei manches bewahrt worden, was auf die Vergangenheit verweise. Unbewußt fänden sich Käufer und Verkäufer zur Absolvierung eines einst kirchlichen, heute profanen Ritus zusammen, dessen Sinn und Herkunft längst vergessen seien, weshalb das Markttreiben ihn oft sonderbar gespenstisch anmute. Mein Vater, der Fremdling, dem vor Massenansammlungen mehr graute als vor dem Teufel, nickte zustimmend. Nachdem er umständlich einen Rio-Grande-Stumpen angezündet hatte, entgegnete er: »Du glaubst dich in Samarkand oder Vineta, nur an sagenhaften Orten wimmelt es so von seltsam zusammengewürfelten Menschen in Trachten, Zigeunerröcken, Begräbnisanzügen, Handwerkerschürzen, liederlichem Dirnenfirlefanz, struppigen Pelzen, Kosakenstiefeln. Diese Leute, denkst du, sind alle maskiert und vielleicht schon lange tot. In den Kostümen sind Skelette versteckt...«

»Muri, ein Flecken«: Der Onkel erzählte weiterhin vom Grafen Radebot von Habsburg und seiner Gemahlin Ita von Lothringen, die mit Hilfe ihres Bruders, des Bischofs von Straßburg, im Jahre 1027 das Kloster Muri gegründet hatte. Märkte, vermute er, hätten schon damals stattgefunden. »Selber kam man nicht in die Welt. Die Welt kam zu einem und breitete ihre Schätze aus.« Wie der Kaufmann auf dem Schiff, dachte ich, das die Königstochter entführte. Beim Betrachten und Betasten der fremden Kostbarkeiten hatte sie nicht bemerkt, daß das Schiff ausgefahren, daß es schon lange auf hoher See war.

★

Zu beiden Seiten der Zentralstraße, die parallel zum Haupttrakt des ehemaligen Klosters verläuft und einen direkten Zugang zur Kirche hat, sind an den Vortagen Buden aufgeschlagen worden. Vom Leontiusbrunnen bis zum Klosterrain, den nordseits hohe Pappeln säumen, reihen sich überdachte Brettertische: der Schürzen-, der Kissen-, der Spielzeug- und Zuckerwattestand, die Butike des Billigen Jakob, der Schirm-, der Werkzeugbazar ... Bei der Trachtenfrau, die künstliche Blumen und Halsketten feilbietet, bekommt man auch Heiligenbilder. Mein Marktbatzen reicht für einen Schutzengelhelgen und fünf Kornblumen. Es bleibt ein Fünfziger Retourgeld, den ich einknüpfe in einen Zipfel des Taschentuchs. Im Geruch von würzigem Magenbrot, von Pfeifenrauch und gerösteten Kastanien schlendere ich in der Menge den Buden entlang, den Markt hinauf, den Markt hinab, soeben sind die Strassenlampen angegangen, alle miteinander, durch einen Zauber, und zauberhaft erscheinen mir die festlich brennenden Augen, die unzähligen Gesichter, offen in Lust und Neugier, keines dem andern gleich, doch jedes jedem verwandt, da sie alle im selben Nebel treiben. Zwischen ihnen schwimmen die bunten Budenlichter und, über Leuten und Laternen, auf Dächerhöhe, in perlmuttern schimmernden Schleiern die Strassenleuchten, durch deren Aureolen ein Sprühregen von Nebeltröpfchen sickert. Alle sind sie da, die Leute vom Berg, vom Tal, manche sind zu Fuss gekommen, haben den schlechten, oft weiten Weg nicht gescheut, Männer, Frauen, Kinder, Greise und lebenssüchtiges Jungvolk, denn am Abend wird in den Gaststätten zum Tanz aufgespielt.

Merkwürdige Menschen sah ich auf dem Markt. Madame Rose, eine hochbusige Frau in Pelzstiefeln, verkaufte ausschliesslich Messer. Männer jeden Alters drängten sich vor dem Stand, hinter dem die rote Haarmähne flammte. Madame Rose klappte blitzende Sackmesserklingen auf und zu, liess Mechanismen spielen, gestikulierte mit Tafelmessern und riss, von der Budenampel grell beschienen, sogenannte Sportmesser aus der Scheide, die sie Jägern und Fischern empfahl. Auch Buben und alte Bauern bestarrten die Frau im scheckigen Allerleihrauhmantel, »ein tolles Weib«! Der Bursche, der es gesagt hatte, drängte sich rücksichtslos durch die Anstehenden. Pfister. Die Messerfrau winkte mit einem gezähnten Sportmesser.

Der Mann, der Hüte anbot, trug einen verstaubten Samtanzug und auf dem grossen Kopf einen kobaltblauen Turban. Nie hörte man ihn seine Ware ausrufen, und wenn ein Kaufwilliger sich einstellte, unterliess er es, sich nach dessen Wünschen zu erkundigen. Bleich und stumm sass er hinter seinen hundert Hüten. Guten Abend, sagte ich, um ihn zu erheitern. Aus schwarzen Augen traf mich ein grenzenlos erstaunter Blick. »Geh heim Kind, es ist kalt.« Die heisere, leise, fast weibliche Stimme des hohlwangigen Fremdlings bestürzte mich. Zustimmung nickend, wich ich zurück. Ich stellte mich abseits neben einen Hirtenhut und sah zur Kirchturmspitze hinauf, wo ein Erzengel, der auf einer Kugel tanzte, Trompete blies.

Der kleine Mann rauchte lange Zigaretten, eine an der andern anbrennend. Vom Sombrero bis zur Jockeymütze lag vieles aus, das keinen Käufer fand. Die Damenhüte schwebten auf Stangen. In einem düstern Spiegel tauchten maskenhaft die Gesichter der anprobierenden Frauen auf. Ich klaubte den Fünfziger hervor und ließ mir von einer Rolle sechzig Centimeter weißes Haarband abschneiden. Für mehr reichte es nicht. Gern hätte ich dem traurigen Prinzen den Hirtenhut abgekauft.

Nicht selten sah man auch Invalide hinter den Ständen. Über die derben Witze der Krüppel lachten die vorbeischiebenden Marktgänger am lautesten. Der lustige war auch ein trauriger Markt. Auf dem Gehsteig, der mit Mandarinenschalen überstreut war, saß ein kleiner Junge, der weinte, weil er die Schwester verloren hatte. Heillos einsam fühlte ich mich auf einmal unter den vielen Leuten und sehnte mich nach der Mutter. Von einer Traube von Ballonen waren drei giftgrüne Blasen übriggeblieben. Den Engel in der Höhe hatte der Nebel verschluckt.

*

Der ausladende Kastanienbaum vor dem Tuchwarengeschäft und das magisch illuminierte Karussell, das in seiner Obhut kreist, bilden bis heute eine Einheit im Erinnern. Jeden 11. Nov. hatte ich eines der weißen galoppierenden Pferdchen oder eine mit Purpurplüsch ausgeschlagene

Kutsche bestiegen. Daß einem auf dem Karussell übel wurde, hatte man im Laufe des Jahres vergessen.

Holpernd ruckte es an, die Mutter unter dem Kastanienbaum winkte. Wie fern sie war. Die Angst, man könnte sie nicht wiederfinden, stellte sich ein mit dem ersten Ruck. Das um eine rätselhafte Mitte kreisende kleine Welttheater begann sich zu drehen. Musik dröhnte aus dem mit Nixen, Palmen und Schneebergen bemalten, in einer überkragenden Harlekinkrone endenden Zylinder, dem ein langhaariger olivhäutiger Mann in violettem Rollkragentricot entschlüpfte. Wie schaffte er es, plötzlich vor einem zu stehn mit heischender Hand, da man doch keine Türe wahrgenommen hatte? Um das Fahrgeld einzuziehn, hangelte er sich, linke Hand, rechte Hand, tierhaft geschmeidig von Stange zu Stange, denn der Karussellhimmel wurde von einem Metallgerüst getragen.

Zwei Batzen kostete eine Rundfahrt. Wenn die Rößlispielorgel dreimal das Stück *Wo Berge sich erheben* gespielt hatte, verlangsamte sich der Rhythmus wie bei einer Spieldose, die abläuft. Stolpern und Stocken; es zuckte in den Eingeweiden der Maschinerie, die Drehbühne rollte aus, die Welt stand still.

Benommen von der Lust des Kreisens um und um hatte ich es verpaßt, zu zählen, wie oft meine Schwester und ich an der Mutter vorbeigeritten waren. Am Rand der schiefen Scheibe wartete sie auf die Kinder, die ihr schwindlig und dem Erbrechen nah entgegenschwankten.

★

»Willst du fahren?« fragt Waldo. »Ich zahle dir eine Runde.«

Ich lehne ab. Unter der Laterne wirft der fast entlaubte Kastanienbaum einen breiten Netzschatten.

Wo Berge sich erheben: Schon zu seiner Zeit habe das Karussell dieses Stück gespielt, bemerkt Waldo. (Ist eine gemeinsame Erinnerung ein Grund, tiefer in den Schatten zurückzutreten?)

Ob man einst, im aufgemalten Sattel sitzend wie ein siegreicher König, ebenso traumselig in den sich drehenden Raum äugte wie die Kinder, die, keinen halben Meter über dem Boden, in den phantastischen Sphären eines Reiches nicht von dieser Welt an uns vorüberziehn?

*

Mit einer Freundin, die mich gaßauf, gaßab gesucht hatte, verließ ich den Markt. Das Feld, das Pappeln begrenzten, uferte aus in die Nacht. In den Pappeln rauchte der Nebel. Den nördlichen Klosterrain hinab ging es sich leicht. Eine Straße, um sich freizulaufen, fast leer lag sie vor uns, die Rufe der Marktschreier verhallten, länger vernahm ich die Karussellweise, die ich noch in den Ohren zu haben glaubte, als sie schon im Erinnern war. Nur wenige der tausend Klosterfenster waren erhellt. Hinter diesen saßen keine Mönche mehr über Büchern. Alte kranke Leute wohnten im Pflegeheim. Vielleicht waren sie schon zu Bett gegangen, vielleicht saßen sie in den schauerlich langen Klostergängen, den Rosenkranz oder ein Strickzeug in den verknöcherten zitternden Händen. Strümpfe strickten sie, die alten Frauen, stellte ich mir vor, die nie fertig wurden. Strickend erinnern sie sich. Lückenhaft. Und manchmal bringen sie alles durcheinander, die rechten und die linken Maschen, die Jahre und die Leute. Fallmaschen, Löcher; man werde nicht jünger, seufzen sie.

In sechs schmalen, über zwei Stockwerke bis zum Dachgeschoß reichenden Fenstern brannte festliches Licht. Ich stellte mir einen ungemein hohen und weiten Saal vor, wo freudig erregte Leute darauf warteten, daß die Leuchter gelöscht würden und der Vorhang sich öffne auf eine Szenerie, die jedermann ein Ah! des Staunens entlockte: Bis ans Ende der Welt stufen sich Berge, über denen Sterne zersprühen. So tief in die Welt haben sie noch nie gesehn, die Gäste jener Ferne, die Imagination ist die weiteste Bühne. Ein Korridor? – und vermutlich leer. Der Glanz leerer Räume ist kein Blendwerk. Er kommt von den Feen und erhellt die innere Nacht, wenn alle andern Lichter erloschen sind.

Im Gehen schaute ich hinauf zu der schwebenden Kathedrale, unbewegt standen die Pappeltürme. Dort oben, in der von der Hoheit der Bäume gewahrten Stille, hielt etwas ein auf seiner Wanderung von Stern zu Stern, das mir Leben zuteilte aus der Fülle des Ganzen, einige Schritte lang, während ich begierig die nach Schnee riechende Luft einatmete, Atemwolken ausstieß, während ich, gehend, riechend, schauend, durch die Handschuhe einen Gegenstand befühle am Grund der Manteltasche: Waldo hat mir ein Lebkuchenherz geschenkt, unter der Kastanie, wo wir, vom Spürsinn der Falter zusammengeführt, außerhalb des Lichthofs standen, gefesselt vom Schattennetz, Auge in Auge im Irrsal der Liebe.

*

In einer der vielen Fensternischen des Korridors der Bezirksschule, einem ehemaligen Klostertrakt, wartete ich jeden zweiten Mittwoch gegen 5 Uhr auf den Klavierlehrer. Ich schaute hinauf zum Kirchenhügel und horchte zugleich aus meinem von einer Straßenlaterne erleuchteten Versteck den langen, schon dunklen Gang ab; Schlag fünf widerhallte er von den zielstrebigen Schritten des Lehrers, dem ein Schatten entgegentrat. Herr H. schloß den Musiksaal auf, machte Licht, rückte die Klavierlampe zurecht, zündete sie an und löschte die kugelförmigen Leuchtkörper, unter welchen die Bankreihen das Aussehen von sektiererischen Betbänken annahmen. Auf dem Podest wurde der wie ein Nachtwasser schimmernde Flügel zum einsamen Monument, das den mit robustem Schulmobiliar bestückten, zu jener Spätherbststunde höhlenhaften Saal schwebend beherrschte. Wir arbeiteten an einem *Lied ohne Worte* von Mendelssohn, einer melancholischen Weise, zu welcher, spürte ich hinter dem Rücken, im Hof die letzten Blätter durch das nebelnasse Geäst der Platanen taumelten. Nachdem ich gespielt hatte, nahm der Lehrer meinen Platz am Flügel ein und holte nach denselben Noten eine gänzlich andere Melodie aus den Tasten. Das schimmernde Monument tönte und rauschte, im Hof, stellte ich mir vor, hielten die Blätter inne im Fall und lauschten, die Bäume lauschten, und in den hohen Fenstern glühte die Nacht.

»Ein Seemanns-, ein Wasserlied. Wir hören das Element, die Worte sind verlorengegangen.«

Neben dem Lehrer stehend, schaute ich auf die Noten, die das Spiel des Musikers in magische Zeichen verwandelt hatte. Wellen die Bindebögen, schwarze Ähren die Akkorde – und manchmal das transparente Kristallei einer ganzen Note.

Während ich durch den finstern Wald nach Hause fuhr, ertasteten die Hände an den Griffen der Radlenkstange das Meerlied. – Wer dazu die Worte wüßte!

*

Auf einen Lattenzaun gestützt, konnte man von der Straße am Westfuß des Wagenrains auf die mit Gestrüpp durchsetzte Müllhalde hinuntersehn. Vormals ein lehmführender Moränenaufschluß, war letztere zusehends zum Altwarenchaos entartet. Im falben Wildgras moderten Matratzen, verrottete und rostete Ausgeschaubtes, angehäuft von Namenlosen, die sich in stockfinstern Nächten des Plunders entledigten, dem es nicht an Interessenten fehlte. Die besessenen Schatzgräber ließen sich durch nichts und niemanden stören. Wie Maulwürfe wühlten die einen in blinder Sucht, andere stocherten bedächtig. Offenbar war es nicht nur für Kinder fesselnd, sich Dinge anzueignen, die in der verfremdenden Umgebung zu Schätzen wurden.

Vor mir schüttere Kerbelstauden im Gegenlicht, war ich eines Abends auf die Rauchsäule zugegangen, die im Westen aufstieg, vermutlich aus der vom Hang verdeckten Grube. Es kam vor, daß jemand das dürre Gras oder eine Matratze in Brand steckte.

Die Nachtkerzen, die an schwülen Abenden, wenn im Moor draußen die Frösche quakten, den düstern Ort erleuchteten, hatten ausgeblüht. Kapselartige Früchte zierten die erloschenen Kandelaber; längs des Zauns lockten sich die ausgesamten Weidenröschen zu filigranen Spiralen. Am Grubentümpel, auf welchem ein Kanister schwamm, stand ein Zigeunerwagen. Um das Feuer saßen fünf Gestalten, deren Rücken schwarz, deren Gesichter rot waren. Auch der Wald unweit der Grube, über dem der Sichelmond sank, war schon schwarz. Ein Mann spielte Geige. Ich hatte sagen hören, daß Zigeuner Geige spielen können, diese Aussage jedoch für etwas gehalten, das man den Fahrenden grundlos nachsagt. Wie anderes mehr. Ich lauschte. Als der Mann zu spielen aufhörte, ging ich heim, verwirrt und überwältigt. Damals kamen einem die Tränen so leicht. Vor allem, wenn sich unerwartet ein Wunder ereignete, flossen sie – wo hielt sich das Wasser verborgen? – ungehemmt.

Auf dem Schulweg bat ich eine Freundin, mir ihre Geige für einen Tag und eine Nacht auszuleihen. Mit dem Instrument schloß ich mich in mein kaltes Schlafzimmer ein und versuchte, den Bogen über die Saiten zu führen. Es entstanden Töne, doch keine Weisen, aus den Kratz- und Fieplauten wurde keine Melodie, so inbrünstig ich auch den Kopf neigte und in den Geigenkörper hineinhorchte.

Die Zigeuner verschwanden über Nacht. Nichts als verkohlte Äste waren auf der Feuerstelle geblieben und tiefe Radspuren im schlammigen Boden. Im Winter, sagte der Vater, bezögen sie feste Quartiere. An mir nagte die Reue, nicht in die Grube gestiegen zu sein, um mit ihnen ins Gespräch zu kommen. Niemand hatte mir verboten, mit Zigeunern zu sprechen. Meine weitgereisten Eltern hatten keine Vorurteile. Offizieren und Hausierern, Arbeitern und Fabrikherren kochte die Mutter dieselbe gute Suppe.

★

Fünf Jahre alt sei ich gewesen, erzählt die Mutter, als sie mit meiner Schwester und mir nach Bern gefahren sei, um dort ihre Schwester zu treffen, die in Begleitung eines erwachsenen Sohnes aus Spanien hergereist war. Wir alle wohnten in einem prächtigen Haus, in dessen unterirdischen Geschossen ein Cousin der Mutter die Gastwirtschaft *Zum Kornhauskeller* führte. »Ein Restaurateur von Rang«, meinte Vater. Ob er sich selbst für einen solchen hielt?

Ich glaube mich zu erinnern, daß nachts das Licht einer Straßenlaterne auf das fremde Bett schien. Mir ungewohnte Geräusche drangen von der Straße herauf, Streiflichter blitzten über die Wände, in der Tiefe des unbekannten Raums sprachen die Mutter und die Tante, die Stimmen dämpfend, da sie die Schwester und mich schlafend glaubten. Immer leiser sprechend, wachten sie über den Schlaf der Kinder im fremden Haus.

Lange hatten sie sich nicht gesehen. Weil es Tollkirschen

gegessen hatte, war das Töchterchen Eva mit sechs Jahren gestorben. Die Tante weinte. Obwohl es lange her war. Eine solche Wunde, sagte sie, heile nie. Ein totes Kind. Auch Kinder konnten sterben. Gab es in Spanien keine Medikamente? In ihrem schwarzen Kostüm ging die Tante durch das von flatternden Lichtern wie von Flammen beleckte Zimmer. Es war eine traurige Nacht.

Am nächsten Tag speisten wir im Kornhauskeller, der mir erschien wie der Keller einer Kirche. (Sieben Jahre später, bei einer Begehung der Klosterkirche, würde man das Wort Krypta lernen.) Da von außen kein Licht hereinkam, wurde er künstlich erleuchtet. Mittags um zwölf Uhr brannten viele Lampen. Hoch im Gewölbe wie nahe Sterne. Fässer, größer als Moorhütten, füllten düstere Winkel. Wer trank soviel Wein? Flaschen und Gläser funkelten auf den über den Köpfen schwebenden Tabletten. Die Servierinnen schienen zu fliegen; schwarzweiße Vögel. Sie brachten uns eine Bernerplatte. Im Nebel von Speisedünsten und Zigarrenrauch saßen, gedrängt wie in einem Festzelt, Menschen, die aufeinander ein- und gegeneinander anredeten.

Gewittergleich brach es herein, das Handorgeln, Baßgeigen, Jodeln, der Keller dröhnte vom Musizieren der Sennen auf der Bühne, der hölzerne Himmel verwandelte sich in ein Theater.

Zu diesem gehörten wohl auch die steinernen Gassen, durch die wir dann gingen. Bildeten sie ein System von Höhlengängen, die endlich alle im Kornhauskeller mündeten? Tief verunsichert ging ich an der Hand des schönen spanischen Vetters in den Felsengängen, die Lauben hießen, obwohl da kein Wein und kein Geißblatt wuchs. Durch die steinernen Bögen sah man die Straße und, wenn man hinaustrat, die Häuserreihen zu beiden Seiten der Straße, die an einem Brunnen vorbei in ein dunkles Tor hineinlief. Die Häuser, eins am andern, bildeten je eine Mauer mit vielen Fenstern. Alle paar Schritte kam man an einer Türe vorbei, die in einen Laden führte. Broschen und Ringe funkelten in den Vitrinen, und in einem Schaufenster, vor dem ich gerne stehengeblieben wäre, trabte in einem Lebkuchenwald ein Rudel von weißen Zuckerbären.

Doch nichts verwirrte mich so sehr wie die Schaufensterpuppen, die ich von lebendigen Leuten nicht unterscheiden konnte, hatten sie doch nichts gemein mit dem einen steifen Herrn, der einen geisterhaften Dame im Murianer Kaufhaus. Die Berner Kleiderfiguren gingen und saßen; einige waren in Tätigkeiten begriffen, die zu erraten schwierig war, da die Utensilien fehlten und der Glaskasten, darin die Darsteller einer Pantomime wie auf ein Zauberwort erstarrt waren, keinerlei Anhaltspunkte bot. Nach wem oder was streckte die Fee im perlweißen Schleppenkleid die behandschuhten Hände aus?

Nachdem die Tante Postkarten gekauft hatte, die sie nach Spanien schicken wollte, erstiegen wir auf einer Wendeltreppe, die sich über den Dächern in den Himmel schraubte, den Münsterturm. Als wir schon lange, sehr lange gestiegen waren und immer häufiger anhalten mußten, begann über uns ein Hund zu bellen. Ich erschrak furchtbar und wollte sofort treppab zurück die wie um eine Schneckenspindel gesetzten Stufen, gelangte aber dann doch, stets an der Hand des Vetters, in das Turmgeschoß, von dem aus man durch Luken auf eine Baukastenstadt mit steilen Ziegeldächern und spitzen Giebeln sah. Zum erstenmal in meinem Leben befand ich mich auf einem Turm und in einer Stadt. Freude und Bangigkeit stritten sich in mir. (So würde es immer wieder sein, war es jedesmal, wenn ich mich, entwurzelt und zugleich durchdrungen von Neuem, mit einer unbekannten Umgebung auseinanderzusetzen hatte. Auch ein Funken Stolz würde beigemischt sein, da ich mich nur schweren Herzens vom Vertrauten löste, dies aber doch tat von Zeit zu Zeit in der Sehnsucht, meine irdische Heimat zu erweitern, innen, wo die Bilder sich sammeln, die über das Gedächtnis, das sie speichert, verliert und wiederfindet, in den Blutkreislauf eingehn, Menschen, Landschaften, Farben, Töne und Gerüche.)

Der Hund des Turmwarts hatte sich beruhigt. Er lag in einem Korb, den Kopf zwischen den Pfoten, Schwesterchen kauerte neben ihm. Das kleine Mädchen und der große Hund hatten sich auf den ersten Blick angenommen in franziskanischem Einverständnis. Die Schwestern, Mama und Tante Berta, deren Vater einst in Bern als Arzt praktiziert hatte, wiesen durch die Luken auf dieses und jenes Haus. Dort unten, in der Nähe der Brücke, sei der Bärengraben. Auch nannten sie Namen von Bergen, die marmorweiß am Horizont standen, Wolken oder Pyramiden? Ich hielt mich an den Vetter, der nur wenige deutsche Worte sprach. Wir mußten uns durch Blicke und Gesten verständigen.

José war meine erste Liebe. Ich habe ihn nicht wiedergesehen. Er starb jung. In Algier, beim Versuch, einen Ingenieurkollegen zu retten, der aus einem von Giftgasen verpesteten Schacht nicht zurückgekehrt war.

*

»Ich weiß alles«, sagt der Straßenwärter, »alles, was in dieser Gemeinde geschieht, weiß der Moser Gottfried. Ich beobachte, wer in dieses Haus geht, aus jenem kommt. Ich denke mir meine Sache dabei. Geschichten, sage ich immer, muß man nicht lesen, sehen muß man sie, mit den eigenen Augen, und tun, als sähe man nichts, als verrichte man bloß seine Arbeit, bald oben, bald unten im Dorf, ein

Straßenwärter ist unterwegs. Ich verstopfe die Löcher, kehre die dürren Blätter zusammen, schneide Gestrüpp, räume den toten Igel aus dem Weg, nichts entgeht meiner Aufmerksamkeit; wenn die wüßten, was ich weiß, wenn die gesehen hätten, daß ich sie gesehen habe, Sie wissen, wen ich meine, ich will nichts gesagt haben, ich kann schweigen wie ein Grab, ich weiß, was ich meiner Gemeinde schuldig bin, nicht vom Fleck kämen sie im Winter, kehrte ich den verdammten Schnee nicht weg, im Finstern, wenn noch keiner aus den Federn ist als ich, der Moser Gottfried, ein hartes Stück Arbeit, auch mit dem Pflug, und was mache ich mit dem Kerl, beinahe hätte ich ihn überfahren, der steifgefroren vor der Pinte liegt!«

Seit zwei Stunden redet der Straßenwärter, pausenlos, atemlos, er leiert, in ein Glas Rotwein starrend, an dem er selten nippt, die Dorflitanei – und merkt nicht, daß die Mutter über der Näharbeit eingenickt ist. Gottfrieds Selbstgespräche dauern halbe Nächte lang und lassen sich nicht unterbrechen, Zwischenfragen überhört er. Ein Straßenwärter weiß vieles, zu vieles, da er alles sieht und manches loswerden möchte am Feierabend, bevor er durch die kalte Nacht heimwärts stapft zu Frau und Kindern, vor sich hinmurmelnd, um Mitternacht, nachdem die Mutter, abwesend in einer Müdigkeit, die entfremdet, kurz die Augen geöffnet und ihn auf die Polizeistunde aufmerksam gemacht hat.

*

In einem Dorf geschehen Dinge, die wie Märchen beginnen.

Hinter dem Wald lebte ein junger Mann, der so krank war, daß er weder gehen noch stehen konnte. Von seinem Stuhl aus, auf dem er, sobald die Schwalben zurückkehrten, tagein, tagaus in einem Gärtchen über der Straße saß, sah er die Leute vorbeigehn, die er grüßte, um weniger allein zu sein. Auch wenn ein Auto vorüberfuhr, nickte oder salutierte er, eingehüllt in eine Wolke von Staub.

Von Frühling zu Frühling saß er kleiner, blasser und wie um Jahre gealtert in seinem Stuhl. Er grüßte seltener und zählte die Wagen nicht mehr, die immer rascher fuhren und immer dickere Staubwolken aufwirbelten.

Überdrüssig dieses Lebens, bat er eines Sonntag morgens, während die Kirchenglocken läuteten, seinen Vater, er möchte dem Elend ein Ende machen. (So die Vermutung der Angehörigen, die in der Messe weilten, während zu Hause das Unglück geschah.) Worauf der sieche Alte das Militärgewehr aus dem Schrankwinkel holte. Die Lokalzeitung meldete, Vater und Sohn seien tot aufgefunden worden.

Nicht jede Geschichte, die Gottfried erzählte, endete tragisch. Manchmal, meinte die Mutter, müsse man lachen. Er selbst lache nicht. Lustige und traurige Geschichten bringe er im gleichen Ton, mit derselben unbewegten Miene vor, schnurrend sozusagen, an erläuternden, heftig ausfahrenden Gesten fehle es nicht, Gestik und Mienenspiel stimmten nicht überein.

»... Ich komme auch in die Stuben. Ich muß die Leute orientieren, daß ich ihre Bäume stutze, jene, die zu weit übergreifen und ihre Blätter auf die Straße abwerfen. Da komme ich kürzlich zu Frau Hartmann in die Küche. Im Bottich sitzt ihr Kleiner in einer weißen Brühe. Ob sie den Junior in Anisschnaps bade, frage ich. Sie habe Milch ins Wasser gegossen, meint Frau Hartmann, des Schamgefühls wegen. ›Damit er's nicht sieht.‹ Der Kaplan habe ihr zu dieser Maßnahme geraten. Ich tippe mit dem Finger an die Stirn. ›Frau Hartmann‹, sage ich, ›man kann den Teufel auch zu früh austreiben wollen. Ich habe von welchen gehört, die Wasser in die Milch schütten, das Umgekehrte ist mir bis anhin noch nicht begegnet ...‹«

Ein Vielbeschäftigter, der jeden Tag alles sieht, hat keine Augen für die Zukunft. Er übersieht, was auf ihn zukommt, ahnt nicht, daß man seine Schwester auffinden wird, in der Küche auf einer Wolldecke liegend, festlich gekleidet, neben ihr die Kinder, tot, Mutter und Kinder, Gasvergiftung, nachdem die Frau erfahren hatte, daß ihr Mann sich anderswo umtrieb.

Medea auf dem Dorfe.

Traurige Dinge geschehen auf dem Lande. Erleichtern die Erwachsenen ihr Herz, wenn sie von ihrem und vom Unglück anderer reden? In seinem Lesewinkel hört das Kind ihnen zu und merkt, daß sie leiser sprechen, Mutter und Elfi, Mutter und Vater, wenn sie merken, daß ich aufhorche.

Auch wenn die Eltern das Gespräch abbrechen, bekommt man mit, was, sagen sie, nicht für Kinderohren bestimmt ist. Schon unter den Schulkindern gehen sie um, die bösen Märchen, und auf der Straße erzählt sie der Straßenwärter. Gerne möchte man sie gleich wieder vergessen, doch sie bleiben stecken in einem wie der giftige Apfelgrütz in Schneewittchens Kehle.

Nachts, beim Einschlafen in der Dunkelheit, die einen unter ihre weiten Vogel-Rock-Flügel nimmt, fährt der Wind mit Erzählen fort. Er setzt dort ein, wo die Leute verstummen, weil ihnen graut. Den Wind hemmen weder Scham noch Grausen, ihm macht es nichts aus, wenn man ihn wimmern und stöhnen, wehklagen und weinen hört. Aber auch er weiß das Ende der Geschichten nicht, denn die Geschichten enden nie; jedem, der erzählt – Meer, Mensch, Wind, Kind – ist nur ein Satz gestattet, und dem Dichter verschlägt es den Atem beim Versuch, die Geschehnisse eines Lebens, auch des seinen, in Zusammenhänge zu bringen, die einen Sinn ergäben. Jeder Satz könnte der Anfang einer neuen Geschichte sein, und jedes Geschehen Anlaß zu Vorkommnissen, die eine Kette bilden, unlösbar geschlungen durch die Verknotungen anderer zahlloser Ketten ... Nie werden wir wissen, in wieviel Ketten, in welche Kette und in welches Kettenglied wir im Moment verstrickt sind, weil die Vergangenheit ein dunkler Keller und die Zukunft ein unzugänglicher Turm ist.

*

In einem Haus gibt es heimliche und unheimliche Bezirke. Je weiter ab sie von Küche und Wohnstube liegen, die das Zentrum des Hügelhauses bilden, desto schauerlicher sind sie. Sie befinden sich unter der Erde und nahe den Wolken gegenüber dem Mond, in welchem das Liebespaar vertrieben wird vom Mann mit dem Beil.

Die peripheren Geschoße haben ihr eigenes Leben. Dohlen flattern im Ziegelzelt über dem Estrich. Nur wenn Ziegel ersetzt werden müssen, begibt sich, der Not gehorchend, jemand in diesen finstern, winddurchschossenen Raum. Monatelang vergißt man ihn und begreift erst nicht, daß die vom langen Firstbalken geschiedelten Zeltschrägen identisch sind mit dem Dach, das aus den Baumwipfeln ragt. Kopfunter hängen Fledermäuse im Gebälk, der Marder schreckt auf. Im Grus von Säge- und Ziegelmehl tappt man durch den vorzeitlichen Windsaal. So stellt man sich den Rat-Saal barbarischer Völker vor, sucht die Herdstelle, die greise Amme, den Priester und seinen verdüsterten König.

Im Keller laufen Mäuse auf den schiefen Hurden. Lange Schwänze wachsen aus den Keimaugen der Kartoffeln; wie seltsam die alten Äpfel lachen mit ihren Runzeln, und unter einem verschimmelten Stein, von dem niemand weiß, wie er zu den Fässern, Hurden und Flaschen gekommen ist, wuseln Asseln, grausige vielbeinige Knöpfe von keiner Farbe – ob die Augen haben?

Verläßt man den Keller, blicken die Mauersteine einem nach. Durch das schielende Fenster im Kellerhals fällt trauriges Licht auf die grob gezimmerte Treppe. Beilschläge. Noch glaubt man sie zu hören. Stufen aus Saurierknochen. Ihr totes Mergelgrau. Von der obersten Stufe der Unterweltstreppe ist man mit einem Schritt in der Jagdstube.

*

Auch den Braunen Waldvogel haben sie verschmäht. »Häufig bis gemein«, vermerkt der Naturführer. »Wenn er sich niederläßt, klappt er sofort die Flügel zu.« Schwer fällt die Vorstellung, daß seine »Augen« Feinden Schreck einjagen könnten. Spielzeugrädchen. Ein haselnußbrauner, unregelmäßiger Ring rahmt den dunklen, eine weiße Nabe umschließenden Kern. Haben die Schwärmer ihn übersehen? Ist er ihnen zu vulgär, keinen Batzen wert, da man ihm an allen Wegborden, allen Waldrändern begegnet, ihm und seinesgleichen, liebt er es doch, im Schwarm zu fliegen, taumelig bedächtig, leicht zu haschen. – Nun ist er allein.

In dem erdfarbenen, an den Flügelrändern weiß ausflaumenden Falter sehe ich wie in keinem andern seiner Spezies *den Sommer-Vogel*. Um ihn ist Juliglut, schwermütige Augusthitze, selbst jetzt noch, in der gläsernen Einsamkeit des Kastens, den im November kein Sonnenstrahl mehr erreicht. Wenn der Vater das Schreiben unterläßt, die Jagdstube ungeheizt bleibt, kühlt sie in zwei Frostnächten zur Totenkammer aus. Die präparierten Tiere, deren Federn und Felle die warme Jahreszeit aufzufrischen, mit Lebenshauch zu durchpulsen scheint, sind nochmals gestorben, jeden Winter sterben sie aufs neue, einen immer endgültigeren Tod.

*

Dost, Zickzackklee, Roß-Minze. Rotes, blaues Violett. Gewürz- und Honig-Blumen, ich sehe es ihnen an, ich rieche es, ein Majoranblatt zwischen den Fingern zerreibend. Die Glockenblumen, einen Schritt weiter vom Weg ab, nicken unter Haselästen hervor, hinter ihnen, verkrallt ins Wurzelgeflecht der Tannen und Buchen, durchwachsen sich Himbeer- und Brombeersträucher. Auch die Auge und Leib nährenden Beeren, die im Märchen ausgestoßene Kinder vor dem Hungertod retten, ruft der *Waldvogel* in Erinnerung. Insbesonders aber die Glockenblumen, nesselblättrige und feingliedrige, die »läuten« im Gehör närrischer Leute, weil diese die Blaulilaglocken den Elfen zudenken, jenen florbeschwingten Menschenfaltern, Sylphiden genannt, die in Mutters irischen Bilderbüchern zwischen den Luftwurzeln des Regenbogens schweben.

Der Wald über dem Bord ist durchschossen von den Strahlen der Abendsonne. Zwischen den Stämmen verflechten sich Schatten und rieselndes Licht zum Gewebe, darunter der Erdgeist sich regt. Funken springen im Moos. Inseln von haardünnem Waldgras schimmern auf. Dort schläft die Waldfrau, das grüne Haar ausgebreitet über einen Strunk. Diese Inseln sieht man zum erstenmal; Witterung und Sonnenstand bestimmen ihr Erscheinen. Vor einem sowohl meditativ schauenden wie rational erkennenden Auge verändert sich ein Ort von Minute zu Minute. Uralte heimliche Waldstücke nimmt es wahr, nicht größer als eine Wasserlache nach einem Gewitterregen, ebenso hell, unergründlich tief und vergänglich, denn sie entgleiten oder erlöschen. Noch ein Atemzug, und es ist wieder dunkel unter den Bäumen, das Licht ist weitergeflossen, die bis zu den Quellen reichenden Wurzeln hüten die Krone von Ur.

Im letzten Licht, wie in Bernstein, der Braune Waldvogel, Leere um ihn, der Buddha lächelt, mitwissend außer der Zeit, in der Menschen sterben und Tiere.

Im Samtpolster des Waldvogelkastens ist eine Nadel steckengeblieben. Zum erstenmal wird mir bewußt – ein Stich –, daß es eine menschliche Hand war, die die gepanzerte Brust der Flügelwesen durchbohrt hat.

Der Versuchung, nach Faltern zu haschen, hatte ich früher nicht widerstehen können. Falls es dem kleinen Mädchen gelang, einen Schmetterling zu fangen, ließ es ihn jedoch bald wieder fliegen, verängstigt durch dessen Angst, die sich erst durch verzweifeltes Auf-und-Zu der knisternden Flügel, dann durch Erstarren im Scheintod bekundete. Des Falters Befreiung war auch die seine, und es tat Abbitte, wenn er sich, arglos unbekümmert, bald wieder in seiner Nähe auf einer hohen Blume niederließ.

Da mir von den Faltern, so wie ich sie kannte, Leben kam, das tief in das meine wirkte, dachte ich selten daran, daß sie gefangen und *getötet* worden waren, bevor sie, präpariert auf das Spannbrett geheftet, ihre letzte Metamorphose durchschliefen. Erst ihr Verschwinden kam dem Tod gleich, Absenz war Tod, Präsenz überdauernder Anmut jedoch ein Grund, die Mumifizierten noch immer zu lieben in der diffusen Hoffnung, es sei auch dieser Zustand ein wandelbarer.

*

Sie fand nicht mehr statt, hatte schon lange nicht mehr stattgefunden und würde nie mehr vollzogen werden, hier, im Haus auf dem Hügel, die sogenannte Haus-Schlachtung (wie Haus-Konzert und Haus-Taufe), bei welcher das Schwein, das »Säuli«, das den Kindern liebgeworden war, sein kurzes Leben lassen mußte. – Bewohner einer separaten Koje innerhalb des einstigen Kuhstalls, hielt es gute Nachbarschaft mit Kaninchen und Hühnern, ein Haustier, das dem Ernährer anhing, ihn kannte und wiedererkannte, dessen drollige Ohren sich als Lauscher erwiesen, ein Tier mit blauen Augen!

Ein zwinkerndes Einverständnis herrschte an diesem blutfinstern Tag zwischen dem Vater und dem Metzger, bald hatte der eine, bald der andere zu gehorchen. Sie arbeiteten sich, wie sie sagten, »in die Hand«. In die haarigen Tatzen, die troffen von Blut und Fett. Wenn Männer die Ärmel hochkrempeln, gilt es ernst. Nur der Meister trug eine Schürze. Im Verlauf seiner Tätigkeiten wurde aus der weißen eine rote Schürze. Auf die grüne Gärtnerschürze (mit Metallkette als Umhänger), die in der Werkzeugkammer an einem Nagel hing, verzichtete der Vater auch am Schlachttag. Weiber trugen Schürzen. Der Jäger schnallte den Gürtel enger, band die Schnürsenkel straffer, prüfte die Schärfe der Messer, indem er mit der Schneide über die Daumenbeere fuhr.

Das gehälftete Schwein hing am Riegelbalken des offenen Scheunentors, das mit einem Holzklotz fixiert war, damit der Wind, der durch das entgegengesetzte Westtor einfuhr, die Flügel der Einfahrt nicht anstoßen und in Schwingung bringen konnte. An der einen der kahlgeschabten fettweißen, innen fleischroten Hälften ringelte sich das Schwänzlein.

Die Hände auf dem Rücken, hielten die zwei kleinen Mädchen sich abseits, angezogen und abgestoßen. Kreatürliche Neugier, makabre Faszination und nacktes Entsetzen bestimmten die wechselnde Distanz. Als das Schwein geschrien hatte, war ich in den Estrich geflüchtet. Tiere riechen den Schlächter, ahnen, daß der Mann, der sie aus dem Stall zerrt, Ungutes vorhat. Hinter einer Bücherkiste versteckt, hatte ich das Schutzengelgebet gestammelt.

Wohin immer man sich an diesem Tag wandte, lief man in Hämmer und Messer jeden Kalibers. Eine scharfzähnige Säge lag auf der Schwelle der Jagdstube. In der Nische zur Hintertüre hatte der Mörder eine Keule deponiert. Wetzstahl und Fleischwolf wurden am Tatort benötigt: in der Gerätekammer, die auch als Waschküche diente, denn hier befand sich ein festgemauerter Herd, auf welchem die Mönche während ihrer Sommervakanz gekocht hatten. In einem Kessel dampfte gewürztes Blut. Das schwappende Gekröse schleuderte der Schlachtmeister in eine Wanne. Brät und Leberbrei wurden in Därme eingefüllt, es entstanden Würste, auch einige kurze, »für euch, Kinder«, sagte der leutselige Mann, »speziell für euch«. Der Kopf des Schweins, das uns lieb gewesen war, präsentierte sich auf dem steinernen Fenstersims der ebenerdigen Kammer. Vor dem Haus stehend, konnte man ihn durch das vergitterte Fenster sehen und mit ihm reden wie mit Falladas Haupt.

Was verhindert, daß ein Kind, in genannter Konfrontation, nicht irr wird?

In der Küche schmolz der Vater in rußigen Pfannen, unter denen höllenrote Flammen loderten, Fettbrocken zu siedendem Öl, das in feuerfeste Töpfe abgefüllt wurde, darin es zu Schmalz gerann.

Die Mutter, die sich erst mit neunundsiebzig für krank erklären würde, drei Monate vor ihrem Tod, hatte sich ins Elternschlafzimmer zurückgezogen. Ihr sei übel, hatte sie gesagt; sterbensübel war ihr geworden vom Fett- und Blutgestank, der aus dem Vaterhaus ein Schlachthaus machte. An dem liegenden Körper wirkte die von den Schultern bis zu den Waden reichende Schürze, die sie nicht abgelegt hatte, wie eine Bandage. Die Leckerbissen, mit denen der Vater seiner kranken Frau aufwartete, wies sie zurück, was den Angeheiterten kränkte. Meine Schwester und ich klammerten uns an ihr Bett. Die blauen Augen zur Decke gerichtet, überließ sie uns ihre Hände, in welche das Leben zurückkehrte, als die unsrigen, hilfeheischenden, sie ergriffen. Der Zwicker auf der Etagère des Nachttisches, Glas auf Glas, glich auch damals einem Schmetterling, einem nichtsnutzigen Gaukler mit runden Flügeln, wie kleine Kinder ihn malen.

Entblößt, unterschieden sich die tiefen roten Klemm-Male an der Nasenwurzel nicht von Wunden. Lippen und Mundhöhle waren geschwärzt von Kohletabletten. So bleich hatte ich Mama noch nie gesehen. Endlich konnten wir weinen, da auch die Mutter weinte, geschüttelt von Festtagselend und Todesgraus.

*

Der Fischkalender hing hinter der Theke, herausgegeben und übersandt von der Druckerei einer Lokalzeitung im Auftrag des Fischervereins, zu dessen Ehrenmitgliedern unser Vater gehörte, der nichts von Vereinen hielt. Der Mann aus der Wildnis hatte seine eigenen Statuten, die nicht zu befolgen ihm freistand. Jeder Art von Geselligkeit zog er den Umgang mit der eigenen Person vor, Muße wollte er haben, um in Erinnerungen zu leben, die Schollenhockern und Schildbürgern, sagte er, ohnehin ein verschlossenes Buch seien. »Die einen sehen nicht über ihre Kühe, die andern nicht über ihren Kassenschrank hinaus. Ich muß allein sein beim Fischen und Jagen«, einem guten Jäger gehe es nicht um die Beute.

»Um was denn?« – Wer so frage, habe keine Ahnung von diesem Beruf, dem nachzugehen nur berechtigt sei, wer ihn als Berufung ausübe, ein Sport sei das nicht, auch kein Zeitvertreib. »Ein berufener Jäger ist ein Mann, der sich bewußt ist, daß seine Handlungen fatale Eingriffe sind in ein Geschehen, das ursprünglich von Naturgesetzen geregelt wurde. Die Verantwortung eines Jägers und Fischers ist so groß, daß letztlich keiner sie tragen kann, auch der nicht, der wie ein Philosoph über Tod und Leben nachdenkt. Wer gibt uns das Recht zu töten, was, auf einer andern Stufe der Entwicklung, unseresgleichen ist? Der Staat. Das Gesetz. Aber wer ist das? – Einen Schnaps, Elfi, den Wievielten haben wir heut?«

»Wie meinen Sie das?«

Elfi schaute auf dem Kalender nach. Die am obern Rand perforierten Blätter des Fischkalenders durften nicht abgerissen werden, und das Umschlagen am Monatsersten blieb Vater vorbehalten.

Alle vier Wochen schob sich ein anderer Fisch ins Blickfeld. Eine Schleie, ein Barsch, eine Forelle. Die Fische schwammen nicht, sie lagen in der Luft, im trockenen Schmutzigweiß des Papiers. Kein Fisch kommt ohne Wasser aus, weshalb die Kalenderfische, obwohl frisch in Farbe und schnittig wie Torpedos, ohne Leben waren.

Ich haßte die toten Fische. Zu oft hatte ich tote Fische gesehen, in der Metzgerei, auf Gemälden, Speisezetteln und Tellern. Tote Fische sind stinkende Artefakte, lebendige Fische sind Symbole des Lebens. Für ihr Element sind sie gemacht, fehlerlos, von einem Meister, der sich Zeit ließ. Die Körper hochschnellender Fische biegen sich zu Mondsicheln. Im Morgenlicht, das die Fische zu Nixentänzen anregt, blitzen die Diamantschuppen. Ein Fisch ist's, der im Bauch den Ring des Königs bewahrt. Fische fressen fast alles; weshalb auch lebendige Fische nicht zu meinen Lieblingstieren gehörten, in diesem Punkt glichen sie, Fisch frisst Fisch, den Menschen. Dennoch waren sie schön, die lebendigen Menschen, die lebendigen Fische. Tot erstarrten sie zu Anklägern der Töter und des Todes. Ihr Schweigen war der Schrei mundtoter Opfer, auch menschlicher. Peinvoll berührt blickte ich auf die Fischbilder: So würde ich später vor allegorischen Darstellungen stehn, deren Rätsel quält, weil das Geheimnis des Lebens für immer aus ihm entwichen ist.

Mein Vater wurde im Zeichen der Fische geboren. Auf teilnehmenden Feinsinn, wie er den Fischen nachgesagt wird, bin ich bei ihm selten gestossen. Sein Grundzug war elementarer Unmut, ein dunkles Wasser, das aufwallte und zu strömen begann, wenn ein Freund sich einstellte, mit dem er von *Drüben* sprechen konnte, nachts, wenn in den Fenstern, an welchen er keine Vorhänge duldete, die Sterne standen.

Ich stehe unter dem Novemberfisch. Ein fahler Aal. Dünnes Sonnenlicht sickert durch die trüben Scheiben auf die Gläser, die Elfi verkehrtherum zum Abtrocknen auf ein kariertes Tuch gestellt hat. Lauter gläserne Glocken. Die tönen nur, wenn ein Becherrand sachte an den Rand eines andern Bechers stösst. Noch nie habe ich mit Waldo getrunken, es ist nicht Brauch, dass man Kinder zu »einem Glas« einlädt, noch nie mit ihm zusammen gegessen. In einer Novembernacht, stelle ich mir vor, draussen im Wald, bei einem erratischen Block unter Bäumen, aus denen Nebel tropft. Der Stein verstrahlte ein Licht, das einen furchtlos macht. Wir trinken einander zu, wir essen aus dem goldenen Teller. Rote Äpfel und schwarzblaue Trauben. Mit Waldo möchte ich an einem Ort sein, von dem niemand weiss und wo ich einen Vater hätte, der mit seinem Kind unter dem Firmament ginge und ihm das Sternbild des Schwans zeigte; denn lieber als die Fische sind mir die Vögel.

*

In einem Industriedorf der Umgebung war im Vorjahr das Kino *Eldorado* eröffnet worden, das über viele Jahre das einzige Lichtspieltheater blieb im Freiamt, ein von Gerüchten umwittertes Haus, das abends, wenn die Vorstellung begann, Männer einsog, »die nach Abenteuern gelüstet, die sie verpaßt haben«, kommentierte der Vater die zweimal pro Woche im Lokalblatt erscheinende Film-Annonce.

Jungens, die weither geradelt kamen, nahmen gierig in Augenschein, was der Aushang bot. Bonbons lutschend, wechselten sie von Bild zu Bild, beäugten sie, die Hände in den Hosentaschen, den ihnen verbotenen, mit Flittergerank und Glitzervokabeln ausgestatteten Eingang. Wer kein Bonbon hatte, nagte an der Unterlippe. Hinter dieser Türe, jenseits dieser Mauer, diesen mit animierenden Fotos behängten Schauscheiben wurde auf einer Leinwand (hatten sie sagen hören) in einem dunklen Raum, den ein schwerer Samtvorhang den Blicken der im Foyer Anstehenden entzog (hatte einer gesagt, der es von einem ältern Kollegen wußte), in verruchten Städten und paradiesischen Landschaften – »alles auf dem Tuch, du glaubst es nicht« – geritten und gereist, geschossen und geliebt. Da ich darauf bestand, die Wunderhöhle zumindest von außen zu sehen, gestattete mir die Mutter, mit Elfi per Rad nach W. zu fahren.

Andrea. Schon von weitem hatten wir ihn erkannt. Augenfällig sein lockiger Schopf: eine tief in den Nacken gezogene Mütze aus Wildfell. Andrea schaute sich die Bilder an und bemerkte uns nicht, als wir unsre Räder neben sein Rennrad stellten. Der Veloständer befand sich beim

Eingang. »Nur für Kinobesucher.« Dies, meinte Elfi, gelte nur abends.

Was stellte das Bild dar, von dem Andrea nicht loskam?

Wie eingewurzelt seine grünen Gummistiefel. Staublos, ohne Erdkruste; so rein hatte ich sein Schuhwerk, von dem er sich auch im Sommer nicht trennte, noch nie gesehen: aus dem Asphalt des Trottoirs wuchsen glänzende Pflanzenschäfte; die grünen Füße des Gärtnersohns. Die saloppe Windjacke seines erwachsenen Bruders kleidete ihn gut, fast zierlich nahm sich die braune Hand aus im Wulst des umgekrempelten Ärmels; erst jetzt fiel mir auf, daß er rauchte.

Unter falscher Flagge lautete der Titel des zur Zeit laufenden Films; denn Filme »liefen«. Das eine beschleunigte Tätigkeit ausdrückende Verb, sollte ich noch erfahren, war wörtlich zu nehmen. Liefen vorüber, auf einen zu und mitten durch das Herz, einen Biß hinterlassend, wo die Bilderschlange durchgeschlüpft war, der schmerzte wie eine Liebeswunde.

Spiegelglatt lag sie hinter dem Glas der dicken Scheibe, die weite, die schimmernde See, kein Ende abzusehn, wo hörte sie auf, wo begann der Himmel? Im Dorf W., bekannt durch Stroh- und Hutindustrie, stand das Kind C. zum erstenmal am Meer. Aus dem Novembernebel, der die Häuser, die sich glichen wie Schachteln, eintrübte, schaute es auf das weiße Mittagsmeer, über dem ein Vogel schwebte so groß wie ein Engel, und durch einen Schleier, der nichts mit dem lokalen Nebel gemein hatte, sah es den unter einem schweren Sturmwind heranrollenden Ozean und das besänftigte, mit Zauberworten besprochene, von inselhaften Schatten überflutete Abendmeer. Draußen das Schiff; am Horizont begleitet von langgedehnten violetten Wolkenfischen. Wie viele Farben es hatte, das helle, das dunkle Meer. Zwischen Kalkweiß und Tuscheschwärze entfaltete sich das Spektrum der Grautöne. Die Phantasie setzte die Schwarzweißfotos in Farben um. Blau, Grün, Grau und deren Variationen überwogen. Die Morgensonne beschien ein perlmutternes Meer, das Mondlicht nahm seinen Weg über ein Dach aus silberschwarzen Ziegeln. Das Schiff, bald nah, bald fern, war wohl einer jener seltsamen Segler, die an verschiedenen Orten zugleich gesichtet werden. Ein Geister-, ein Gespensterschiff? An der Reling standen sich ein junger Offizier in weißer Uniform und ein verwegener Kerl gegenüber, dessen muskulöse Arme tätowiert waren. Auf der haarigen Brust trug er ein Kreuz. Was forderte der Pirat vom weißen Offizier?

Als Elfi sich entfernte, um einzukaufen, bemerkte mich Andrea. Mit dem ihm eigenen Ton, der keinen Widerspruch duldete und zugleich an die Scheu einer Tiersprache gemahnte, sagte er: »Ich will diesen Film sehen. Kommst du mit? Am Samstag?« Er sprach leise und artikulierte scharf, als ginge es um ein Geheimnis, das, als Code, bekanntgegeben wird von Mann zu Mann. Auch seine Augen, die heischend die meinen suchten und festhielten, machten mich zum Mitverschworenen. Er müsse wissen, worum es da gehe. Nach einer Pause, mit gesenkten Lidern: »Ich will nämlich Kapitän werden.« Ein feines Erröten verschleierte sein Gesicht, dem die schattenden Wimpern etwas Maskenhaftes verliehen, das sich verlor, als er aufschaute – ein Gesicht, das sich nur durch die Augen erschloß. »Nein, Andrea. Ich werde nicht kommen. Meine Eltern würden es nicht erlauben, daß ich abends ausgehe.«

»Schade.« Sein Gesicht ging wieder zu. Die Maske sagte: »Ich kann auch allein gehen. Niemand kümmert sich um mich, am Samstagabend sind alle weg. Ich werde die Sonnenbrille aufsetzen.« Er schwang sich auf das Rennrad und stob davon, einen schrillen Pfiff ausstoßend.

»Unter falscher Flagge.« Ob ich wisse, was das heiße, fragte Elfi, als wir von der Landstraße in einen Weg einbogen, der an Feldern vorbeiführte, die ans Moor grenzten. Die Frage überraschte mich. Wie hatte sie bloß ausgesehen, die falsche Flagge? Ein schwarzer Stern, ein Unstern, in vermutlich grellrotem Feld? Ich hatte nur das Meer gesehen. Seine Hyazinthenbläuen und Veilchentinten.

Um besser sprechen zu können, radelten wir Seite an Seite. Auf dem höckrigen Feldweg würde uns kein Auto begegnen.

In den Rüben- und Stoppelfeldern lagerte der Nebel und dampfte aus umgebrochenen Äckern. Erlkönigs Gewand schleifte über das struppige Fell eines mit grauem Heidekraut bewachsenen Grunds. Hier begann das Moor, an dessen Rand braune zwischen schwarzen Feldern lagen, Weideland in verkrautete Ödstriche überging, die unvermutet nochmals unterbrochen wurden von einem abgeernteten Gemüseacker. Es roch nach Torf und Moorwasser, herb und sauer: heimatlich.

Noch hatte man nicht alle Rüben eingebracht. Reihenweise staken sie in der nassen Erde, einen fahlen Widerschein auf den schiefen Schnittflächen, denn das Kraut, die Helmzier, war geschnitten worden. Zugleich hatte das scharfe Messer auch die Schädeldecke der Rübentrolle gekappt. Noch bevor wir den Schafpferch, einen weiträumigen Bretterschuppen, wo Stroh gespeichert wurde, passiert hatten, kamen wir an einem Monument aus gehäuften Rüben vorbei. Wurzelmänner und Erdhexen, bucklig, geschwänzt, Warzen am runzligen Wanst, Schwären in den Wunden. Mäuse hatten an den Unterirdischen genagt. Einige bis auf den Balg ausgenagte Rümpfe lagen am Straßenrand, noch immer barbarisch orange wie die Blutsonne böser Abende, welchen eine böse Nacht folgt. Eben fort führte die Straße, tiefer, immer tiefer in den Nebel hinein.

»Da ist dieser Wettstein, den dein Vater für einen Freund hält, weil er ihn alle zwei Wochen zu einem Halbliter einlädt.« Elfi fuhr langsamer, um nachdrücklicher mitteilen zu können, was ihr auflag. »Eine Halbliterfreundschaft. Geht schlecht aus. Was will Wettstein von deinem Vater? Auch Jäger fallen herein. Schlauer Fuchs, der lederne Töffheld. Fährt unter falscher Flagge. Sehe noch nicht, was drauf ist; Garagist, sagt er, und Briefmarkensammler. Glaube ihm kein Wort. Mag ihn nicht riechen, hasse seine schmierigen Komplimente, drängt sich auf, Wettstein, hinterließ im Abort eine Botschaft für mich, in die Mauer gekratzt, hab's übermalt, mit dem Vater kein Wort darüber gewechselt ...« Kurzatmige Sätze. Sie mußte sie loswerden, schnaubte, strich nebelverklebte Haarsträhnen unter das Kopftuch.

Beim Feldkreuz stieg der Weg an. Schweigend schoben wir unsere Räder den Moränenhang hinauf, im Rücken die goldene Kreuzinschrift, rechter Hand, linker Hand die ausgedehnten, unter den Nebel sich verziehenden abrasierten Maisfelder. Stümpfe und Stiele, Zeichen einer Geheimschrift. Da lag es, das am Hügel sich emporbreitende, durch den Weg gescheitelte Feld, ein offenes Buch. An den vergrasten Wegrändern blühten die letzten Margriten. Wie ich sie liebte, diese Kraut und Unkraut vorbehaltenen Streifen, die der Bauer nicht der Blumen, sondern eines Gesetzes wegen aussparte, das diese abgrenzenden Bänder für notwendig erachtete. Falterrefugien oder bloß Straßenschutz? In den Disteln, die am Grund schöne Blattrosetten bildeten, waren die von der Maschine aus der Tiefe geschürften Steine deponiert worden. Mir kostbare Erdschätze, bei denen ich zu rasten pflegte. Während Elfi, die Arme auf die Lenkstange gestützt, das Margritenorakel befragte, behändigte ich einen flachen ovalen Stein.

Eingebaut in den schmalen Überlebenssaum, sammelten Dolen, auch sie Miniaturoasen, Regen- und Schneewasser. Im Sommer umschwirrte zuweilen eine Libelle die Kresse, die sich am Rand der flechtenverkrusteten Betongitter angesiedelt hatte.

In der Dämmerung schlossen sich die Bäume um das Hügelhaus zu einem lückenhaften Wall. Herbststürme hatten Haseln, Silberpappeln und Robinien entkleidet, faustfest brutal, ein Überfall in der Nacht. Andere Bäume hatten das Laub abgelegt wie ein Gewand, das man auszieht, um dem Liebsten näher zu sein, im Halbdunkel der Morgen- und Abendstunden, heimlich und lautlos. Nur in der Wirtschaft brannte Licht. *Ein* Licht, ein einziges, auf dem Hügel. Straßen-, Treppenlampen und dergleichen gab es noch nicht. Es zwinkerte im schüttern Laub, unbewegt ragten die Eckpfeiler der Tannen und Tannengruppen. Erst beim Betreten des Vorplatzes sahen wir, daß auch die Jagdstube erleuchtet war, deren Fenster mit dichten Gardinen verhängt waren. Ein Schimmer drang durch. Ob die Falterer sich um die leeren Särge stritten?

Im Korridor war es totenstill. Elfi stieg nach oben, ich betrat die Jagdstube. Das gelbe Licht in der milchblauen Laterne hätte einen in der Nacht vagierenden Engel anziehen können. Er wäre über die Schwelle geschwebt ins Mausoleum der toten Tiere, hätte seinen Spruch gesagt, seine Hände gebreitet.

Namensschilder. Namen. Die Namensträger reduziert auf verstaubte minore Bräunlinge und Ausschuß sonder Farbe. Fatal nahmen sich die uniformen Flügler aus im Feld der Schilder: annähernd dreieckige Flieger, wie man sie Jahrzehnte später als Großinsekten am Himmel sehen wird, den sie aufschlitzen.

Caligo prometheus, Columbien. Im welken Blau eine sommerblaue Samtwolke; Buchten und Kaps: die Leersilhouette des holz- und erdfarbenen Prometheus, Spannweite zwölf Centimeter. Wem mag er zugefallen sein? Nebst Morpho der seltenste, vielleicht auch kostspieligste Falter? Verschwand er, damit ich ihn deutlicher sehe: ein spätherbstliches Blatt, das sich nach dem Zerfall des Zellgewebes zum Filigrangitter stilisiert? Umbra und gebrochenes Weiß. Wenn ein Strahl darüber wandert, glaubt man eine Federzeichnung zu sehn. Das Schreckauge auf dem Hinterflügel ist eine Tollkirsche in einem weißen Ring.

Wie heißt er nur, der Mann, von dem Elfi auf der Heimfahrt gesprochen hat? Immer wieder, nochmals und nochmals, vergesse ich seinen Namen. – Warum? – Im Kopf sage ich das Alphabet auf, prüfe Buchstaben um Buchstaben, nein, der Name beginnt nicht mit M, auch nicht mit Q, R, S, T, U ... Eigentlich kann es mir ja gleichgültig sein, wie der Kerl heißt, der mit Vater jasst und um Briefmarken wettet. In einer Wirtschaft hört man viele Namen. Vor-, Geschlechts-, Spott- und Beinamen. Das Gewissen sagt mir, daß man sich vorzüglich die Geschlechtsnamen merken sollte, schon aus geschäftlichen Gründen, meint der Vater, man könne nicht einen jeden mit »Herr Doktor« titulieren, Gäste, wenn sie wiederkommen, werden gerne so begrüßt, als kennte man sie und hätte sie vermißt. Es kommt vor, daß der Vater, falls er bereits ein Glas zuviel getrunken hat, die Leute mit dem Spitznamen anredet, den er von Elfi und seinen Töchtern übernommen hat. Peinliche Situation. Als »Fopa« bezeichnet die Mutter den nicht wieder gutzumachenden Fehler. Vater hat einen Gast für immer verloren.

Die Namen der Menschen, die mir in Büchern begegnen, vergesse ich nicht. Felicitas, Lothar, Lilith und Laurin, Hadewig und Ekkehard, Stasch und Nel (Stanislaus vierzehn-, Nel achtjährig; unbeschützt schlagen sich die Kinder *Durch Wüste und Wildnis*), Libussa aus Böhmen, die Tochter der Dryade, der Baumfrau.

Für vieles gibt es keine Worte; andrerseits begegne ich Wörtern, zu denen im Bilder-Buch meiner Vorstellungen die Dinge und Begriffe fehlen. Oder gibt es nur die Wörter und nirgendwo, wofür sie stehn? Wunderbar wie die Rückseite des Mondes erscheint mir von Namen Verhülltes: Nandu und Nadir, Limbus, Mahonie. Oft sind die Namen vor ihren Trägern da, wird das Leben lehren, und existieren fort, wenn längst verschwunden ist, was sie bezeichnen.

Menschen und Tiere und Pflanzen haben Namen, selbst die Sterne, auch die kleinen, wie aber finde ich Worte für Gedanken, die sich wie Wolken verändern, und wie heißt die Farbe des um zwei Sicheln verminderten Monds, wenn er, weder rot noch weiß, noch rosa, noch gelb, vor Tag auf der andern Seite des Himmels schief über dem Moor hängt, ein Ball, dem die Luft ausgegangen ist, eine vergessene Brautrose. – Welkweiß? Winterbleich? – Auch Vergleiche bringen das treffende Wort nicht für die Fehlfarbe des Trabanten in der Stunde zwischen Hund und Wolf. Der gequetschte Albino ist *farblos* wie die Triebe einer Pflanze, die unter einem Stein verkümmert ist, denn es ist nicht dasselbe, ob ein Ding von Natur aus weiß ist oder ob es durch Mangel, Verhinderung und Entzug auf stygische Blässe reduziert wird.

*

Von quälend substantieller Dichte doch ungreifbar, weil in mir drin, zwölf leere Glaskasten, nachts, beim Erwachen zwischen 3 und 4: Wohin gehören die? In einen der Träume, deren Fetzen sich zersetzen im Morgengrauen, oder zu einer Wirklichkeit, die sich der Verbalisierung entzieht? – Zeitlebens werden mich Verlust-Träume heimsuchen. Ich verliere die Uhr, die Tasche, das Rad – und wer hat meinen Mantel gestohlen? Wer trägt meinen Ring? Wer schläft in meinem Bett? Wer hat den Schwarzen Apollo verkauft? Wer stopfte mir Schnee in den Mund?

*

Im Falter-Jahr hatte ich die Heidi-Bücher lange hinter mir. Geblieben war mir, nebst den rauschenden Tannen – die rauschten ja auch vor unserm Haus –, Klaras Auferstehung aus dem Rollstuhl, respektive die wunderbare Genesung von einer Krankheit, die für unheilbar gegolten hatte. Ein gelähmtes Kind. Die Illustrationen hatten meine Zuneigung verstärkt. Ein langes weißes Kleid umhüllte die toten Beine des an seinen Räderstuhl gefesselten Engels. Ich stellte fest, daß sich meine Hände, beim Baden unter Wasser getaucht, in Klaras Nixenflossen verwandelten, die aus steifgeplätteten Manschetten hervorhingen, hilflos, kraftlos.

Steh auf und wandle! Das Wort einer Instanz, die sich verborgen hielt. Der Alm-Ätti als Lieber Gott? Ein Wunder? Gab es Wunder? Es gab sie nicht, aber ohne den Glauben, daß es sie geben könnte, wäre das Leben unerträglich gewesen. Seit nahezu drei Wochen hatte ich Waldo nicht mehr gesehen. Neunzehn Tage und Nächte waren seit dem Jahrmarkt vergangen, verflogen, wie man auch sagte, um daran zu erinnern, daß die Zeit ein unfaßbarer, selten rastender Zugvogel ist, der einmal vorbeistreicht und nimmermehr, bis sie als Traum zurückkehrt, grundklar oder verwittert zur Unkenntlichkeit.

Das Lebkuchenherz hatte ich nicht gegessen. Ich bewahrte es auf in einem Geheimfach des Sekretärs, der von meiner Patin, der Gotte Walser, auf mich gekommen war. »Unverehelicht«, erklärte sie, »von wegen erblicher Schwermut.« Sie selbst wurde nie befallen davon. Das Herz vertrocknete, durch eine Mahagoniwandung getrennt von der Altarnische des Sekretärs, in welcher die Mutter die ihr teuersten Bücher aufbewahrte, Bücher aus Irland und England; zwischen den Seidenblättern der Dünndruckbände preßte ich die Glückskleeblätter des vergangenen Sommers; neun. Wie ich es angestellt hätte, wurde ich gefragt, in einer Saison neun Vierblätter zu finden.

»Ich suche sie nicht. Ich gehe auf der Straße oder über eine Wiese. Millionen Kleeblätter. Sie interessieren mich nicht, ich blicke nach Blumen aus, schaue Schmetterlingen nach. Wenn ich abweiche, einen Schritt, zwei Schritte, mich bücke, pflücke – hier, ein Vierblatt! – weiß ich nicht, wie es kam, daß ich es gewahrte. Die Augen anderer Menschen sind ebenso scharf wie die meinen, entdecken aber nie ein Vierblatt. Rief es mich an? Aber da war doch nichts zu hören – nein, ich weiß wirklich nicht.«

Als ich, viele Jahre später, an einem Morgen vierundzwanzig Glücksblätter fand, war mir übel zumute. Es erwies sich, wiederum viele Jahre später, daß sie auf etwas Dunkles hingewiesen hatten, das damals begann, obwohl es ein glücklicher Tag war, an dem ich den Freund kennenlernte, der unglücklich sein, sich und vielen, die ihn kannten und liebten, Leid bringen würde, litt er doch an der Krankheit, von der die Patin verschont worden war.

Ich pflücke die Kleeblätter mit der Absicht, sie zu verschenken. An irgend jemanden, der eine Aufmunterung nötig hat. Ich unterlasse es. Die Blätter verbröseln in Wörterbüchern, stören mich beim Umblättern. – Wer hat sie gepflückt? Auch ein brüchiges Glücksblatt wirft man nicht gerne weg.

★

Mit Leidenschaft las ich in Goethes *Gesammelten Gedichten,* »Reich illustriert«, wie das Titelblatt verhieß. Inmitten seiner Töchter lag Erlkönig am Himmel über den Kopfweiden. Er trug eine Krone, die Schleppe seines Nebelgewands glich einem Kometenschweif. Auf dem Weg, der von Weide zu Weide durch ein düsteres Gelände zog, ritt der Vater mit seinem Kind. In der Ferne, am Rand der Landschaft, in der ich Waldos Ried zu erkennen glaubte, sah man das Haus, den »Hof«, den der Vater mit Müh und Not erreichte. Zu spät. »In seinen Armen das Kind war tot.«

Verzauberung und Schauder. Ich stieß auf das Wort *gülden*. Altes rotes Gold, stellte ich mir vor, Sterne, wie sie dem barmherzigen Kind zufielen, nachdem es auch das Hemd verschenkt hatte. Gülden war keine Farbe, sondern eine Bezeichnung für etwas, das anderswo herkam, aus der höchsten Höhe, tiefsten Tiefe. Wer das Güldene erblickte, mußte ihm folgen bis ans Ende der Welt, ein pilgernder Grals-Ritter, oder er starb auf der Stelle wie der Knabe in den Armen des Mannes, der nur einen Nebelstreif gesehen hatte, wo seinem Sohn ein König erschienen war.

Ich fürchtete mich nicht vor Erlkönig. Ihn und seine Töchter suchte ich, wenn ich den Rauhreifhecken entlang streifte, von roten frostverkrusteten Beeren mich locken ließ: Korallenschmuck der Töchter. Gülden spiegelten sich ihrer Mutter Gewänder in einer Wasserlache, frühabends, nachdem sich unter einer scheuen Wintersonne das Eisglas verflüssigt hatte, gülden blitzte ein Vogel auf, der im Sturzflug niederstieß auf eine Beute.

»Und bist du nicht willig, so brauch' ich Gewalt.« – Weder die Menschen noch die Mythen lassen es bei Drohungen bewenden. Erlkönigs Reich, aber das merkte ich erst, als ich den mit Kron und Schweif Getarnten zu fürchten begann, ist von dieser Welt, und keiner weiß, ob der Weg unter den Erlen zu den Schafen führt oder den Wölfen.

Einer der Wege zum Erlenhof führte an der Lehmgrube vorbei. Tagein, tagaus transportierte ein Laster den »Lett«, der nur in der warmen Jahreszeit abgebaut wurde, in die Ziegelei. Dem Lastwagen, chauffiert von Herrn Studer, begegneten wir auf dem Schulweg. Unsern Gruß, ein Nikken oder Winken, erwiderte Studer, indem er die Hand salutierend an die Schirmmütze hob.

In den tiefen Grablöchern stand trübes Wasser. An den Rändern der Tümpel, die für den Gänger, falls je einer vorbeikam, ein zusätzliches Hindernis bildeten in dem schlammigen Gelände, war das Schilf abgestorben. Die Grubenmaschine reckte ihren langen Hals aus einem geduckten, lehmverkrusteten Körper. Die Räderfüße staken im Schlick. Ein Tier der Vorzeit. Im verlassenen Werkschuppen seines Bändigers waren ein Paar verschmierte Gummistiefel stehengeblieben. Auf dem Vorplatz wuchs eine Weide. Ihre silberweißen Blätter im Morast einnerten an Lanzenspitzen. Um den Schuppen herum, der anstelle einer Tür ein knapp mannshohes Schlupfloch hatte, waren noch die Trittspuren der Arbeiter im Lehm zu sehen: breite tapsige Abdrücke, unter der Weide zwei leere Bierflaschen. Ich dachte an die Huflattichsönnchen, die im Vorfrühling, als ich Waldo noch nicht gekannt hatte, aus dem schweren grauen Lett hervorgeblüht waren, blattlos, an schuppigen Stielen; die Blätter waren später nachgestoßen, handgroße Teller, die man nicht in Verbindung brachte mit den längst erloschenen Miniatursonnen, die sich in Haltung und Regung winkelgenau hatten bestimmen lassen vom Gestirn, dessen kleinkindliches Abbild sie darstellten in der Erdwunde, Station an einem der Wege zu Waldo David.

Hinter der wildwüchsigen Böschung, bei der ich unter einer Weide auf einem ausgebuddelten Markstein saß, 1867, meldete die eingemeißelte Zahl, begannen die Felder, die in den vergangenen Jahrzehnten, geteilt oder zusammengelegt, auf den Sohn, die Söhne der ortsansässigen Bauern vererbt worden waren. Ich saß an der Grenze von Donaths Land, das an Riedmatten stieß und sich in Zungen und Zwickeln bis in die Auenwälder hinein- und an den Kanälen entlangzog. Das Nebelnieseln, vor dem meine schwarze Wollpelerine mich schützte, netzte den Flaum der jungen Saat. Der Dunstschleier gewährte eine unklare, doch gleichsam unendliche Sicht, da das unter ihm sich verlierende Gelände in der Vorstellung auslag als leerer unendlicher Raum. Ich ging nicht weiter. Dort, wo ich saß, ließ ich mich gehn, hinein ins grenzenlos offene Weißland, das meine ins Unbekannte gespannten Sinne zum Lauschen, Schauen, Wittern und Fahnden anhielt. Gegenüber der ausschweifenden Leere atmete ich tiefer, sog ich ein, was mich seinerseits ansog, auch das Binnenland hat seine Gezeiten.

Ich blicke in die Schlammlöcher, umgehe die narbigen Ränder. Ein Wurm. Wie er sich windet im schlüpfrig Feuchten, lehmgrau auch er; schöner, einsamer Wurm. Das Ganglion eines schlichten Regenwurms, hörte ich einen gescheiten Mann sagen, sei unsäglich komplizierter und *wunderbarer* als die vollkommenste Maschine.

Nidach, das Dorf in der Flußebene, einen Kilometer von Waldos Hof entfernt, versteckte sich hinter dem Brühler Bord. Von der bebuschten Anhöhe aus mochte man einst auf den alten vielgewundenen Flußlauf hinabgesehen haben. Begradigt und gestaut floß die Reuss heute im Dickicht der Auenwälder zwischen Dämmen, die das Umland vor Überschwemmungen schützten. Eine der Schleifen, ging die Kunde, sei am Fuß des Brühler Bords verlaufen, noch wuchs dort Schilf. Ein Schilfmeer; weglos; Wasservögel flogen auf, als ich es, von der Lehmgrube her kommend, umging. Speer an Speer geknickt, die Wimpel gesenkt, drängte sich das Schilfheer im Sumpf. Das Schwanennest war leer. Flaumfedern täuschten Blühendes vor.

Den zeltartigen Dächern des Flußdorfes war anzusehn, daß sie die Stelle von Strohdächern einnahmen. Die niedrigen Häuser duckten sich darunter, die verschatteten Fenster schliefen, manchmal bewegte sich ein Vorhang. Was hatte das fremde Mädchen hier zu suchen? Mißtrauische Blicke verfolgten es.

Von den geschnittenen Kopfweiden standen die Zweigstümpfe ab wie gekappte Antennen. In der Nähe der eingenebelten Trollköpfe – boten auch sie Schutz? – ein paar Schafe, Fell an Fell geschmiegt. Über dem Kanalbord ein schiefer Marienstock. Im Gitter hingen dürre, vom allnächtlichen Flußnebel geschwärzte Blumen.

Beim Heimgehen bergauf lenkte des Johannshofbauern Traktor meine Blicke. Am Horizont fuhr er von Norden nach Süden und wieder zurück, ein kolossales Insekt, das einen Moment lang der Sonne, die doch noch durch den Nebel gedrungen war, sein brandschwarzes Emblem einprägte.

Dinosaurierzeit. Sie begann in meiner Jugend und zeugte immer größere, immer brutalere Ungeheuer. Heute erwarten Sekten den Einschlag eines gigantischen Meteoriten, der genügend Asche produzierte und Staub aufwirbelte, um den Erdball in Finsternis zu hüllen, hundert Jahre und mehr Einsamkeit des Blauen Planeten.

*

Seit die Falter weg waren, blieben Roth und Pfister aus. Von ihrem Abgang wußte Elfi Merkwürdiges zu rapportieren. Ihr Bericht reiht sich ein in die Annalen des Hügelhauses, über die man heute lacht. Heute, ja. Zur Zeit, da es sich abspielte, ein Kreisel, der sich tottanzt, bedrückte der symptomatische Vorfall. So weit war es also gekommen: mit der Wirtschaft, ihrem Wirt, dem Ausverkäufer und seinen befriedigten Kunden. Sie hätten, erzählte das Mädchen, ihre Räder die Haustreppen hochgetragen hinein in die Beiz und seien, während ein Sturm in den Tannen gewütet habe, zum Gaudium der wenigen Spätgäste um die Theke gekurvt. »Eine Weile hat der Vater dem Treiben wortlos zugeschaut, an einem Stumpen saugend, dann hat er, resolut«, betonte Elfi, »dem Narrenkarussell Einhalt geboten, allerdings ohne Gehör zu finden.« Immer rascher seien sie gefahren, Gläser umwerfend, Handtücher schwenkend usf. Erst als der Vater tätlich zu werden drohte, seien sie abgehauen, mit Gepolter, wie Marder, die Räder geschultert treppab, hinaus in die heulende Nacht.

Lenhard, der Freund der schönen Elisabeth, kümmerte sich weiterhin um Elfi. Jeden Donnerstag stellte er sich ein, unterhielt sich mit Vater und besprach, seine weiße auf Elfis brauner Hand, das pausenlos trostbedürftige Mädchen. Unter den jungen Gästen war er der einzige, der auch die Mutter nach ihrem Befinden befragte. Die Kälte, gestand sie ein, erschwere das Leben im alten Haus. Die Kälte. Lenhard begriff. Die Schenkende darbte. Was man erst verstehen lernte, als man in denselben Fall kam, die Arbeit einen verschluckte, das Haushalten, das Halten des Hauses, das Ausgleichen, Tragen und Austragen, die Geduld aller Tage, das Schweigen, damit die andern zu Wort und Wärme kamen. Drei bis vier Kachelöfen mußten täglich geheizt und gewartet werden. Holz, Briketts und Torfsoden, Stechtorf, schleppte sie in Zainen und Henkelkörben zwanzig bis dreißig Stufen hoch, kehrte die Asche aus, schichtete die Scheiter, schob Papier unter, zerlesene, zu Wischen zerknüllte Zeitungen, trug auf einer Schaufel glühende Kohlen herbei aus einem Ofen, der nachtsüber nicht ausgekaltet war, pustete, wenn die Flamme nicht hochkommen wollte, der Wetterlage wegen: Nebeldecke oder ein widriger Wind im Kamin, aus dem zuweilen ein Steinbrocken herabkollerte auf den Rost, zur Belustigung des Vaters, zur Sorge der Mutter. Ihretwegen unterließ es der Kaminfeger, der sich auskannte im Höllenturm des ruinösen Schornsteins, die Sicherheitsbehörde zu benachrichtigen. Der barmherzige Schwarze Mann erstattete keine »Anzeige«, wies aber, bei jeder Stör, gewissenhaft auf die wachsende Gefahr einer Feuersbrunst hin. Zur Sorge der Mutter, zur Belustigung des Sumpfjägers, der sich »um Bagatellen futierte«, wie die großmütig verharmlosende Floskel der Zechgenossen lautete, kam die Nachlässigkeit des Überseehelden zur Sprache. Wenn die Laune ihn ankam, schob er eigenhändig, hemdsärmlig auch bei Frost, eine Reiswelle ins rußige Ofenloch, identisch mit jenem der Hexe im Knusperhaus.

Abwartend stand ich in der Küche vor der Eisentüre, hinter welcher die Lohe tobte, sichtbar als feuriges Auge im Türchen der Türe, das offenstehn mußte, bis die Flammen sich beruhigt hatten, das lodernde Gestrüpp sich duckte, die Lohe einsank zur still und nachhaltig wärmenden Glut.

Waldo zeigte sich selten. Der Reiter erschien in der Ferne, sprengte heran, ritt vorüber, der Gänger streifte herum, kehrte ein, wenn ich in der Schule war, hinterließ keinen Gruß, blieb lange aus, kam in derselben Woche zweimal, saß, sagte Elfi, wortlos hinter dem Ofentisch, rauchte, ging weg, bevor ich wieder zu Hause war.

Waren wir uns zu nahe gekommen? Warum meiden einen die Nächsten? Warum gehen wir jenen aus dem Weg, an die wir am häufigsten denken? Auch ich zog es vor, ihm nicht zu begegnen. Im nie abbrechenden Umgang mit seinem *Bild* in mir entfernte ich mich von der Realität. Verzicht und graues Herzbluten. Ich entwich ihnen in den Traum von Waldo David, dem unerreichbar Nahen, in welchem Waldo, dem Wirklichen, mehr und mehr die Rolle des störenden Widersachers zukam. Dachte ich an letzteren, taten mir die Arme weh. Es schmerzte die gedrosselte Energie, die sich gerne in einer Umarmung entspannt hätte. Warum mußte man »an sich halten«, sich zurückhalten, wenn einen, im Geben und Nehmen, die Lust nach Verschwendung ankam? – Kinder, sah das traurige Kind ein, umarmten Hunde, Pelzbären und Bäume.

Am ersten Schneemorgen fand ich unter dem Goldlorbeer beim Eingang ein an mich adressiertes Couvert. Es enthielt eine blaue Häherfeder und zwei jener seltenen weißen Heidekräuter, denen nachgesagt wird, daß sie Glück bringen.

Der Schnee schmolz innerhalb einer Stunde, es regnete den ganzen Tag. In den Fenstern verengte sich die Landschaft, ich ging trotzdem hinaus, einen Weg suchend auf Waldo den Wirklichen zu, der mich allein ließ mit dem andern. Welcher der beiden hatte mir die weißen Blumen, die blaue Feder zugedacht?

*

In einer Schlägerei, in der er unterlag, hatte der Vater das Bein gebrochen; Wettstein, der rabiate Kraftfahrer, der von seiner Maschine sprach wie von einem Kumpel, hatte den starken Vater besiegt. Der Stärkere habe den Starken wie einen Sack angepackt, rund um die Brust, hochgewuchtet, im Kreis geschwungen und weggeschleudert. Worauf Wettstein sich augenblicks davongemacht habe. »Das Geknatter des Motorrads, das nicht anspringen wollte, übertönte Vaters Hilfeschreie. Die Mutter hat die Polizei angerufen, es war nachts ein Uhr, sie kamen in Uniform und haben ihn ins Haus geschleppt.« Alle Sterne seien am Himmel gestanden, angefacht vom Föhn, vielleicht seien die Männer deswegen so aufgeregt gewesen. Vom Disput, der dem Zweikampf vorausgegangen war, wußte

Elfi wenig zu erzählen. Die Männer hätten geplaudert, eigentlich ruhig, das Gespräch, Männersachen, hätte sie nicht interessiert. »Es muß, ich weiß nicht, auf welcher Seite, ein Wort gefallen sein, das zündete; wie ein Funke im Petrol. Gleichzeitig haben sie sich ruckartig erhoben, sind hinaus- und die Treppe runtergepoltert, ich ihnen nach bis zur Haustür, die sie offenstehn ließen, nicht weiter. Es ist ja immer dasselbe. Unsereiner steht auf der Schwelle und kann nichts ausrichten, draußen balgen, drinnen fürchten sie sich. Die Mutter glich einem Geist, als sie, aus dem Schlaf geschreckt, auf der Treppe erschien. Den ganzen Abend über war ihr übel gewesen, weshalb sie sich zurückgezogen und Kohle gegessen hatte. In der Hast der Angst hatte sie vergessen, den Kneifer aufzusetzen...«

Mit erloschenen Augen muß sie herabgestiegen sein, die verarbeitete Hand am Geländer – im Unterkleid, weil sie sich in bösen Nächten nicht auszog, totenweiß im Gesicht, die feinhäutigen roten Lippen entfleischt zu einem schwarzen Schlitz –, am ganzen Leib zitternd und barfuß.

★

Gegenwart (im Schatten des Vergangenen) und Gewesenes (im Licht des heutigen Tages) durchdringen und ergänzen sich zu Reflexionen über die brennenden Bilder, die der Erste Blick einbrachte. Sechzig Jahre sind vergangen, seit du, Mutter, in der Novembernacht, als der gedemütigte Vater wütete unter den zuckenden Sternen des nackten Föhnhimmels, das nach Waschhaus und Alkohol riechende Treppenhaus hinabstiegst, erwachend zu dir und deinem unbesiegbaren Mut, der dann gleich handelte. Wie ruhig du sprachst, als du den Arzt batest, gleich zu kommen. Meint er dich, der Dichter, wenn er von Frauen spricht, »... die blieben neben Tobenden und Trinkern, weil sie das Mittel gefunden hatten, in sich so weit von ihnen zu sein wie nirgends sonst; und kamen sie unter die Leute, so konnten sie's nicht verhalten und schimmerten, als gingen sie immer mit Seligen um ...« (Rilke).

Oft muß ich mir versagen, an dich zu denken; denn das Darben der ihres Meistgeliebten beraubten Liebe ist eine Todesform. – Die Arme bleiben offen.

*

Damit der Kranke Ruhe hatte, brachte man ihn, fern der Gaststube, im zweiten Stockwerk unter. Ausquartiert, bezogen die Schwester und ich für einige Wochen die elterliche Schlafkammer, deren Wände, bis auf Vaters Gewehre, die verstaubten Lorbeerkränze des Schützenkönigs, ein altertümliches Barometer und ein lilarotes Heidebild ratzekahl waren, kalkweiß, mit trichterförmigen Löchern von eingehämmerten und wieder herausgerissenen Nägeln.

Da der Vater auch während der Krankheit am *Reiherjäger* arbeitete, hatte er die eigenhändig auf einen Karton gezeichnete Karte von Südamerika in das Tapetenzimmer bringen lassen. Sie hing neben dem Bett, am selben Nagel wie das Schutzengelbild, das unter ihr verschwand, und erinnerte an die ausgespannte Haut eines Schlachttiers. Schwarze Tuschelinien umgrenzten die einzelnen Staaten. Die roten Städte, brennende Scheiben, hatten wunderbare Namen. Das blaue Netz der Flüsse hielt den Kontinent zusammen. Feine Adern schlossen sich kräftigen an, die in Stränge mündeten. »Ströme, Wälder ...« Der Vater blickte auf die Karte wie durch ein Fenster. Die von ihm in Zahlen umgesetzten Ausmaße strapazierten die Vorstellungskraft. Die heimatlichen Wälder, da eine Insel, dort ein Kamm, dessen Ausläufer, Bäche begleitend, den Berg herabkamen, boten keine Vergleichsmöglichkeiten. Verstummend in einem Gemurmel, das so viel heißen mochte wie *Ihr alle könnt nicht verstehn,* deutete der Jäger an, daß *seine Wälder* an die Ewigkeit grenzten. An bewaldete Endlosigkeiten, die auch *Ewige Jagdgründe* hießen und etwas gemein hatten mit den Wäldern der Märchen, aus denen man nach langem Suchen und Irren wieder ans Licht fand. Alle fünf Jahre war der Jäger heimgekehrt in die Vaterstadt, wo der Mann aus den Wäldern gefeiert wurde. *Drüben,* erzählte er im Hotel Schiff seinen einstigen Schulkameraden, habe er die Wildnis nur verlassen, um sich bei befreundeten Farmern vom Malariafieber zu erholen.

Wenn der Vater, den das gebrochene Bein ans Bett fesselte, sich müde geschrieben hatte, empfing er Besuche. Auch den meinen, abgestattet im Beisein der Mutter, deren Pflege sich der Bettlägrige unwillig zu entziehen versuchte. Auf Bitten und Ratschläge ging er nicht ein. Die Medikamente spülte er mit Wein runter und befreite sich vom Wolltuch, das Mama um seine Schultern gelegt hatte. »Weibszeug! Sacramento! Auch nicht im Sterben, nicht im Tod.« Der Vater fluchte selten. Gästen, die Wüstes aus dem Maul ließen, verwies er Zote und Fluch. Wenn es galt, die andern in Schach zu halten, wußte der Pfarrerssohn, was sich schickte.

Einmal begab es sich, daß wir uns allein befanden, der Vater und ich. (Die Formel leitet ein Märchen ein: das wahre Märchen vom ersten mir erinnerlichen Spiel, das der Vater aus eigenem Antrieb mit mir zu spielen geruhte.)

Dem Impuls, das Zimmer zu verlassen, war ich nicht gefolgt, weil der Kranke mir leid tat. Verlegen, die Hände auf dem Rücken, suchte ich Schutz beim lauwarmen Kachelofen. Wie verhielt man sich in der Nähe eines gefürchteten, durch seine Krankheit gewissermaßen machtlosen Vaters? Sollte ich stehenbleiben oder mich setzen? Die mächtige Anwesenheit des seinerseits an Ort und Stelle Gebannten verunsicherte mich so sehr, daß es mir die Sprache verschlug. Was sagte man zu einem Vater, der einen, wenn er gesund war, übersah?

Im blauen Ofen, der wie ein Fabeltier aussah auf seinen hohen silbernen Gußeisenbeinen und dem gekrümmten Rohrhals, der das Tapetenlaub durchstieß, brummte das Feuer; das ganze Zimmer, in dem nicht mehr Tag und noch nicht Nacht war, roch schön nach Zigarrenrauch, Tinte und Wacholderschnaps. Das Rauchen, sagte Papa, als er sich eine neue Zigarre anzündete, rege ihn zum Schreiben an, im Tabaknebel erscheine ihm der Große Geist.

Über den niedrigen Kindertisch, auf dem sonst unsere Bücher und Spielsachen lagen, waren die mit schwungvoller violetter Schrägschrift beschriebenen Blätter von Vaters Manuskript verstreut, die den ausufernden Tintenklecks, der beim gestrigen Mittagessen beredet worden war, nicht zudeckten. Der Vater habe das Tintenfaß umgestoßen. »Aus Versehen«, hatte die Mutter entschuldigt. »Aus Wut.« Elfis Berichtigung löste Gelächter aus. »Er erträgt es nicht, ans Bett gefesselt Frauen ausgeliefert zu sein.«

Keinem Putzmittel, wie sehr man auch schrubbte, war der Fleck gewichen, für immer würde unser Tisch das dunkle Mal tragen, das mich an lokale Verdichtungen im Nachtdunkel gemahnte, an jene unheimlichen Ballungen, die man nachts im finstern Treppenhaus oder draußen auf dem Weg zwischen Kreuz und Scheune durchquerte, als träte man in das klebrige Gespinst einer Monsterspinne, den Kopf eingezogen zwischen schaudernden Schultern.

Während ich an Vaters Krankenlager saß, vollzog sich vor den Fenstern der lautlose Fall der allerletzten Blätter. Die Blätter wurden nicht fallen gelassen, sie selbst ließen los und taumelten einzeln durch das Geäst, Ahornsterne und die karminroten Tatzen der Jungfernrebe, die sich von

Woche zu Woche vermehrten auf der Wiese, wo sie, durchsetzt von Gänseblümchen, einen Teppich bildeten, den das Rotkehlchen nach Atzung absuchte.

Der Vater machte sich einen Zeitvertreib daraus, die Blätter zu zählen, die innerhalb einer Viertelstunde fielen. Manchmal mußten wir lange warten, bis in der Windstille wieder einer dieser »Feuervögel«, wie er sagte, niederging. Unter dem Kirschbaum, erzählte ich Papa, breite sich ein rundes Beet von Blättern. Von weitem glaube man Blumen zu sehn. Ich würde welche für ihn pressen. Im dicken Polarbuch. Zwischen Eisblöcken und eingefrorenen Schiffen würden sie sich zu Buchzeichen glätten. Das von den Eisblöcken dachte ich nur. Mit dem Versprechen, Kirschblätter zu pressen, hatte ich ein Äußerstes gewagt an Kommunikation.

Der Vater, der meine Verlegenheit bemerkte, schlug ein Spiel vor. Das Jägerspiel. »Mal schauen, wer auf der Tapete die meisten Tiere entdeckt. Gemalte und solche, die nur ausmacht, wer Phantasie hat. In Wirklichkeit bestehn sie aus lauter Blättern oder finden sich dort, wo du nur Flecken siehst. In Wassertümpeln und Blätterknäueln mußt du die Tiere suchen, von denen man träumt.«

Zimmerhoch standen die mit fliegendem Pinsel gemalten Tapetenbäume im verblaßten Blau eines alten Himmels. »Eichen«, meinte der Vater. Im innern Geäst ballten sich Klumpen und Nester von gelappten staubgrünen Blättern, unberührt vom lautlos zehrenden Dauerwind, der das schwarzgrün konturierte Laub an den Zweigenden zu Ohren, Zungen, Schnauzen, Geweihen und Krallen zerfetzte.

Alle paar Minuten spürte der Jäger ein neues Tier auf im Bilderrätsel der Tapete, das sich mir nur zeigte, wenn er mittels Worten und Gesten meinen Blick führte. Die offene Hand umriß den Ort, der Zeigfinger verwies auf Einzelheiten. Nur ein geübtes Jägerauge vermochte in dem Blätterdschungel die Wölfe und Füchse, Tiger und Affen ausfindig zu machen. Aus eigenem Instinkt fand ich selten eins von Vaters Traumwild, merkte jedoch, daß ich bis anhin auch mehrere der real existierenden Tierdarstellungen übersehen hatte. Zum erstenmal nahm ich die zwei sackleinwandgrauen Schwanenkinder wahr, die bodennah hinter dem Ofen zur Tür schwammen, eine Entdeckung, die ich nicht preisgab. Da das Kopfende der Bettstatt die Schwanenwand einnahm, blieben sie dem Vater verborgen. Geheimhalten, hatte ich früh gelernt, was man nicht verlieren wollte, woran zu denken ein Gebet war, nachts, wenn die andern schliefen.

Der Vater machte mich auf Vögel aufmerksam, die mit schwarzen Perlaugen hinter Blattpranken hervoräugten. Eine Grauzone beherbergte eine Reiherkolonie, und in einem bis auf undefinierbare Taschierungen ausgeblichenten Schilftümpel stöberte er den Weißen Hirsch auf.

Umsonst habe ich später versucht, die Tiere wiederzufinden, die Vaters Blick und Wort in den Tapetenhain hinein- und aus ihm hervorgezaubert hatten. Außer dem Schwarm von aschfahlen Spinnern (Vater hatte Reiher gesehn) ist der Zauberzoo zurückgetaucht in die Wand, geblieben ist der Wind im Laub, sein zehrendes Saugen und geistriges Hauchen, sprachlos beredt, ein Erzengel, dessen immaterielles Flügelsausen jene Dinge in Schwingung versetzt, die nur sind, solange sie einer sieht.

*

Vom Lindenberg herunter stürzte sich das wilde Heer auf das Dorf B., fuhr übers Moor, nahm, von keiner Hecke gehemmt, das offene Feld, um im Flug die Moräne zu stürmen Richtung Hügelhaus. Was mochte die Klosterherren veranlaßt haben, ihr geistliches Lusthaus akkurat an der Thingstatt uralter Gewalten zu bauen? Weithin sichtbar markierten das urtümliche Haus und die später errichtete, in der Bausubstanz seiner nicht würdige, formal jedoch annähernd entsprechende Scheune den Ort als einen strategischen. Ihn setzte man sich zum Ziel. Eingefahren auf die Route, die sturmgerade durch die Scheunentenne auf das Haus zuhielt, schaffte sich, mit Wagen, Rossen und Hunden, das Heer freie Bahn, indem es das Westtor aufstieß und durch das Dach nach Osten ausfuhr; Geister lassen sich nicht umlenken.

Diese Nacht gehörte uns. Vor Gästen geschützt durch das Unwetter, fanden wir zusammen zur Familie, was sonst nur in der Christnacht geschah. Die Weihnachts- war auch die Sturmfamilie, eine Notgemeinschaft von fünf Einzelgängern, die sich untereinander, jeder gebunden an die Schwerkraft unteilbarer Leiden, bald anzogen, bald abstießen.

Geschwächt durch die Vorhut der Tannen, schien der Sturm nachzulassen. Mit allen Flügeln und Armen fochten die tapfern Bäume, was den Eindruck erweckte, sie seien es, die den Angriff auf das Haus verhinderten. Wahrscheinlicher war, daß das Heer sich müde gekämpft hatte. Das Schnauben ging über in ein starkes, erst unregelmäßiges, dann rhythmisches Schnaufen, ein großes Tier atmete. Noch schien das Haus zu schwanken. Es bewegte sich aber nur, wenn man auf die im Finstern rudernden Tannäste schaute. Noch vertrugen sich der Hund und die Katze, noch polterte kein Eindringling gegen die verriegelte Türe. Selbst Vagabunden zogen es vor, in dieser Nacht den Schafstall im Moor nicht zu verlassen, der von Heimatlosen und Heimatflüchtigen als Unterkunft benützt wurde, für eine Nacht, länger hielten sie es nicht aus, die Umgetriebenen mußten weiter.

Der Vater las die National-Zeitung, er saß unter seiner, wir saßen unter unserer Lampe. Das Blumenquartett, das wir im Falterjahr Würfel- und andern Glücksspielen vorzogen, lenkte uns ab. Die Mutter teilte die Karten aus. Seltsam stärkte es das Selbstbewußtsein, wenn man auf den ersten oder zweiten Blick die abgebildeten Blumen mit ihren realen, aus der heimatlichen Umgebung bekannten Vorbildern zu identifizieren vermochte. Unbekannte Pflanzen erweckten Sehnsucht. Wo wuchsen sie? Betreffs der Verwandtschaften (vier bestimmte Blumen ergaben ein Quartett, was soviel wie eine Familie war) kam man nicht aus dem Staunen heraus. Wer hätte vermutet, daß die Erdbeere und der Apfelbaum, die Prachtrose und der Schlehdorn zusammengehörten!

Auf dem Ecktisch hinter der Theke brannte eine Kerze. Kerzenlicht, meinte Elfi, helfe der Erinnerung auf. Wenn sie in die Kerzenflamme schaue, erscheine ihr das Gesicht des Menschen, an den sie denke. Das Mädchen wollte allein sein, allein mit dem Licht. Sie stützte die Ellbogen auf den Tisch, die Hände umfaßten Kinn und Wangen, die Augen standen spiegeloffen. Jene, an die sie dachte, gingen darin ein und aus.

Gebückt, gebrechlich und so durchscheinend, als käme sie zum letztenmal, trat die Großmama hinter den lesenden Vater. – Ob die andern sie auch sahen?

*

Technische und politische Forschungsstätten sind auch Sprachlaboratorien. Die Politik bemächtigt sich des Menschen, die Industrie der Erde. Die Vorgänge schmackhaft zu machen ist Aufgabe der Sprachalchemie. Fachleute hecken ein nur für Sachverständige im Klartext lesbares Vokabular aus, darin sich das Schändliche, von ihnen das

Unumgehbare genannt, bis zur Unkenntlichkeit verkleiden läßt. Die Masken der Macht wechseln, ihre Träger auch, doch gleichen sie sich im Verfolgen von Zielen, die zu erreichen weder List noch Lüge gescheut werden. Ausgespart aus ihren Verlautbarungen sind die Leiden der aufgestörten Kreatur, Mensch und Tier, und mit keinem Wort wird des genius loci gedacht. Der vom Ungeist der Zeit vertriebene Geist einer Landschaft, eines Landes, eines Volkes, einer Sprache und ihrer Dichtung würde vergessen, trüge niemand Trauer um ihn in Verstecken, wo nicht gelebt, wo, unter tödlichen Bedingungen, im Glücksfall überlebt wird.

1933. Vom Vater mit wachsendem Mißmut, von Gruner, seinem Widersacher, mit Begeisterung verfolgt, nahm im Nachbarland jenseits des Rheins eine Bewegung überhand, die des Teufels vierfüßig zur Hölle rasendes, um sich selbst kreisendes Kreuz im Banner führte. Diese Leute, man sah es in Bildzeitschriften und vernahm es, befremdet und angewidert, aus den aufgeregten Gesprächen der Gäste, liefen Fahnen, Mützen und Stiefeln nach, befehligt von einer gewalttätigen Stimme, die auch am Radio zu hören war. »Ausschalten«! befahl der Vater.

Jedermann atmete auf, wenn der Wind und das Brummen des Ofens wieder zum Zug kamen. Die streitenden Stimmen der Gäste beruhigten sich in Diskussionen, in denen Lokales erörtert wurde.

Die Melioration des Bünzer Mooses, ein Werk des Willens, der sich für einen guten erachtete und im nachhinein als solcher gewertet werden darf, erforderte Arbeitskräfte. Die Zeit von Erlkönigs unter Kleinbauern verteiltes Land war ohnehin abgelaufen. In Zukunft würde sich keiner mehr finden, der Torf stechen und Mull zubereiten mochte.

Wozu die Froschweiher, die Schilfgürtel, die Birkenhaine, die fruchtlose Besenheide, das weite unfruchtbare Moor, wozu des Königs uraltes Land, wenn sich ein neues, nutzbringendes daraus machen ließ! Kinder und Naturnarren wurden nicht befragt hinsichtlich der geplanten Verbesserungen. Das grüne Denken geht aus Erkenntnissen hervor, die sich später erst einstellten, und wer einen geheimen Gram hegte, wagte ihn nicht zu artikulieren. Damals gab es nur die grüne Trauer. Die Trauer um vernichtetes, für immer zerstörtes Leben. Einzelgänger, die sich um die Erhaltung eines bestimmten Weges bemühten, wurden als Spinner verlacht. Daß diese Bemühungen auch den Aus- und Ansichten galten, die sich einem nur auf diesem Weg erschlossen, begriff niemand. Der zuständige Planer war ihn oft gegangen, doch gleichgültig war ihm der Geruch der rissigen Torferde im August, wenn das Heidekraut blühte, lilarot wie die Wolkenschären im Westen, nachdem die Sonne hinter den Silhouetten der Horizont-Bäume in den Berg geschmolzen war. Für ihn war der Weg eine zu tilgende Linie auf einem Blatt Papier.

In umfassenden, auf zusätzliche Rendite bedachten Plänen kam unserm Moor kein Sonderrecht zu. Eine Parzelle. Nicht mehr. Die Landwirtschaft brauchte Land. Ein abseitiger Grund, insgeheim reich an Pflanzen- und Tiergestalten, geriet unter die Räder und Krallen von Maschinen, die aus kindheitlichem Kronland Rübenland machten.

Man entschied sich für ein Projekt, das Regierungen, Amtsstellen und Umwohner über längere Zeit in feindliche Lager gespalten hatte. Innerhalb eines Jahres entstanden am Rand des Moors, das im Umbruch den Anblick eines ausgeweideten Aases bot, barackenähnliche Langhäuser, eine Arche von einer Scheune und das Wohnhaus des Verwalters, dem es obliegen würde, als erfahrener Agronom und Heimleiter mit umfassender Menschenkenntnis einen ökonomischen Betrieb zu leiten. Die ihm unterstellte Belegschaft, man rechnete mit etwa hundert Mann, würde sich zusammensetzen aus ehemaligen Häftlingen, Gestrandeten und Gestrauchelten, im Dschungel des Lebens Verirrten, Strolchen und Schelmen, Abenteurern kleinern Kalibers, armen Geistern und phantastischen Seelen. Ihnen würde die Aargauische Arbeitskolonie Obdach und Arbeit bieten.

Wie viele Wörter es gab für diese meist auf der Schattenhalde des Lebens aufgewachsenen Leute, während sich die andern, die mehr Glück gehabt hatten, unter zwei harte T einreihen ließen, die tüchtig bedeuteten und tauglich.

Schon während gebaut worden war, hatte ich ein spannungsreiches Interesse für die künftigen Bewohner und die für sie bestimmten Gebäulichkeiten entwickelt, gab es doch kaum eine Zeit, da Grenzerscheinungen mancher Bereiche nicht meine scheue oder sehnliche Achtsamkeit erregt hätten. Kinder fühlen sich angezogen von Menschen, die aus der Unruhe kommen. Hinter ihrem Anderssein ahnen sie Geheimnisse, die ihnen aus erzieherischen Gründen vorenthalten werden. Bewußt nützen Verbrecher die Abenteuerlust und das arglose Offensein der Kinder aus.

Kinder sind Liebhaber von Höhlen. Im unterirdischen Réduit, wo sie, nach Schätzen grabend, ins eigene Innere vordringen, stoßen sie auf Wurzeln. Der in den Himmel ragende Baum genügt ihnen nicht, sie wollen ergründen, woher er kommt.

*

Der Mann füllte den Türrahmen. Die gesträubte angegraute Mähne streifte die obere Leibung, die behaarten Pranken, die Finger gespreizt, stießen gegen die seitlichen Wandungen, als wollten sie diese wegstoßen. Da stand er, der fremde Mann, brüllte und lallte Unverständliches und starrte mit irren roten Augen auf uns, durchbohrend sozusagen, da dieser Blick in den Insassen eines Raums einzig Widerstände wahrnehmen mochte, die es zu beseitigen galt, Unrat in der Leere, auf die der böse Blick letztlich ausgerichtet war.

Der Vater, der sich vom Mittagstisch erhoben hatte, versuchte dem Riesen klarzumachen, daß sich die Gaststube vis-à-vis befände, er habe sich in der Türe geirrt; dies sei die Wohnstube, *privat*: »Begeben Sie sich bitte hinüber.« Der wilde Mann verstand nicht. Die eine Tatze zur Faust geballt, drohte er, hielt er sich schwankend im Türrahmen, ein aufgerichteter Löwe, und versperrte uns den Fluchtweg in den Korridor. Seine Wut auf die ganze Welt brach als ein Gebrüll aus ihm heraus, das im Treppenhaus widerhallte. Der Betrunkene tobte. Völlig von Sinnen war er, heulte unartikuliert und schrie, nach einem greulichen Fluch, bei dem er die Sprache wiedergefunden hatte, er werde uns alle totschlagen.

Das Telefon befand sich neben der von ihm blockierten Türe. Er werde die Polizei anrufen, sagte der Vater, der einen Kopf kleiner war als der tobende Titan in der Türe – aber wie dorthin gelangen? In Todesangst vor den halbabgegessenen Tellern sitzend, ließen wir den Apparat nicht aus dem Auge, der uns vielleicht retten konnte.

Wie es die tapfere Mutter anstellte, den Kerl dazu zu bewegen, von der Schwelle zu weichen, weiß ich nicht mehr. Vertraut mit dem Chaos, das im Hügel-, im Jäger- und Vaterhaus jederzeit ausbrechen konnte, mochte sie ein paar beschwichtigende Worte gesprochen, das von blindem Zorn zitternde Tier magisch berührt haben. Der Riese wich, um in der Wirtschaft drüben, wo er zur Mittagsstunde der einzige Gast war, weiter zu wüten. Er zertrümmerte Stühle und schleuderte Gläser an die Wände. Die zwei Polizisten, die nach einer Weile eintrafen, welche uns unerträglich lang erschien, legten dem Mann, der sich mit gesammelter Wut zur Wehr setzte, Handschellen an und führten ihn ab.

»Ein Kolonist.«

Daß bereits einige Leute in die Arbeitskolonie eingezogen waren und an diesem Sonntag zum erstenmal ausgehen durften, hatten wir nicht gewußt.

Den Namen des Mannes habe ich nie erfahren. Wir sprachen von ihm als dem Löwen und befürchteten das Schlimmste im Hinblick auf künftige Kolonie-Kunden. Die Eltern sahen die ohnehin schlecht rentierende Wirtschaft zusätzlich gefährdet durch Randalierer, die selbst die Stammgäste der Moorschenke vertreiben würden. Es stellte sich jedoch nie mehr ein Löwe ein. Wohl aber kamen seltsame Vögel, listige Füchse, struppige Kläuse, arme Teufel und alte traurige Kinder, die unter sich wie auch auswärts schalkhaften Handel trieben mit Sachen, die sie, vermuteten wir, »woandersher« hatten. So hieß, laut Vater, der sich rühmte, die Burschen zu »durchschauen«, das Umstandswort für geheime Winkel, allgemein zugängliche Schuppen und betriebseigene Truhen, wo Gemüse und Geräte, Körbe und Kerzen, Töpfe und Pfähle und Zangen sich reibungslos behändigen ließen. Unter den glücklichen Findern war es Brauch, die Beute in Alkohol umzusetzen. Obwohl der Hügelwirt nicht auf die Angebote einging, fanden sich doch jeden Sonntag wieder Moorgäste ein. Es kam der irre Legionär, der nie in der Fremdenlegion gewesen war. Der Verfolgungswahn des bescheidenen kleinen Mannes hatte sich Wüste und Felsental zur Szenerie seiner Ängste und seines Fernwehs gewählt. Es kam der stolze dürre Fischer, hohlwangig mit Hungeraugen wie ausgebrannte Kohlen: Ihn hießen wir Don Quijote, da er, vom Spitzbart bis zu den langen Stelzbeinen, den Vorstellungen vom traurigen Ritter entsprach. Ihm auf dem Fuß folgte, den grinsenden Mund voller Zoten, der unselige Gottlieb, der Kindern nachstellte, ein verschlagener, seines Herrn unwürdiger Sancho. Durch lässige Höflichkeit zeichneten sich der strohblonde Beau Bobby und sein Kumpan aus, der Handorgelspieler Charly, nach dessen Instrument sich Hermann Burger im *Brenner* erkundigt.

Die Handharfe, lieber Hermann, die Charly spielte, war ein chromatisches Instrument, das ich während einer Woche, in der Ch. die Orgel bei Elfi deponierte, in den Armen halten durfte. Es war sehr schwer und so hoch, daß ich mich dahinter verstecken konnte. Die Finger wahllos auf den Tasten, zog ich es auseinander und lauschte seinem Schluchzen.

Die Schall-Löcher ähnelten Fragmenten von Violinschlüsseln, und die zahllosen Knopftasten – viel zu viele für die fünf einfachen Stücke, die ich spielen konnte – waren, ich zitiere, »abgewetzt und nikotingelb«.

Wie Charly den Balg auseinanderriß? Er »riß« ihn nicht und »preßte« ihn nicht, er spielte. Ein und derselbe Atem belebte Instrument und Spieler; rhythmisch schlossen und öffneten sich die Arme des Musikanten. Ein Künstler, der um niemands Gunst wirbt, verachtet Gewalttätigkeit. Ich sah auch sein von roher Schwermut geprägtes Gesicht, die aschblonden Strähnen, die er mit einer fahrigen Geste aus der Stirn strich, die fahlen Augen, und wie sein Mund sich verkrampfte, wenn er eine Selbstgedrehte anzündete, die knochigen kunstreichen Finger um die Flamme gekrallt, auch drinnen in der Gaststube – der Bursche stand, wo immer er sich befand, im Sturm.

In den Spielpausen stützte er die Ellbogen auf das Instrument, über das weg er nach dem Bierglas auslangte. Den Kopf im Nacken, trank er das Glas ohne abzusetzen leer. Dann faltete er die Hände auf der verstummten Harmonika, die er an die Brust schloß gleich einer

Liebsten: als müßte sie ihn schützen vor der Welt, in der er gescheitert war.

★

Die stille, die weiße Zeit begann. In einer Nebelnacht hatten alle Zweige nach derselben Richtung hin von Zähnchen gekrönte Eiskanten angesetzt, fragile Kämme, die sich in den Folgenächten zu einem Blust auswuchsen, unter dem sich die Äste jeden Tag tiefer beugten. An den Tannästen sträubten sich silbern verkrustete Nadeln; angereichert durch Reifstacheln, wurde jeder Rosendorn sichtbar. Ein Zweig der überlasteten Birke streifte eine Scheibe des Vorfensters. So nahe war der Baum dem Haus noch nie gekommen. Durch das geöffnete Lüfterchen berührte ich fühlende Glieder des Birkenkörpers, die sonst nur der Wind zu erreichen vermochte.

An den Fenstern des ungeheizten Refektoriums wuchsen Kristall-Lilien und Eisfarn. Niemand wohnte hier. Schritt und Wort widerhallten in dem kalkweiß getünchten, mit einem langen kahlen Tisch, einem Kleider- und einem Wäscheschrank karg möblierten Saal. Vor allem im Winter, wenn man jenseits der eisgrauen Pflanzenglasuren an den Scheiben den Nebelgarten ahnte, wirkte seine Leere wie ein sakraler Ort, wo sich das Pfingstwunder hätte ereignen können. Betreten wurde er nur, wenn die Mutter reine Leintücher benötigte. Zu Stapeln geschichtet, lagerten sie, säuberlich gefaltet, weiße, auch angegraute Tücher, darin man ohne Wärmflasche erfroren wäre, denn auch die Schlafkammern waren so frostig, daß einem beim Auskleiden eine Hauchwolke am Mund stand. Seit sich auf dem Wasser in den Waschkrügen nachtsüber eine Eisschicht bildete, wurde abends im Raum neben dem Kinderschlafzimmer geheizt. Auf der Schwelle der Türe stehend, die unsre

Kammer mit dem Vorraum verband, schaute ich zu, wie der Feuerschein, der durch ein Guckloch in der Ofentüre drang, über das Schutzblech und den splissigen Boden waberte. Bis mir kalt wurde an den bloßen Füßen, verharrte ich auf der Schwelle. Im vorgewärmten Bett beruhigte sich der schlotternde Körper, dehnte sich, verwuchs mit der wohligen Höhle, während Reisig knisterte, Scheiter knackten und knallten: Geräusche, die ausfielen, sobald die Flammen zu sausen begannen. Die Körperlage bestimmte, ob sich das im Ofen gefangene, schwer zu ortende Brausen wie ein herannahender Sturm oder ein sich entfernendes Motorenbrummen anhörte. Es schien nicht von nebenan, sondern von oben zu kommen. Über dem Dach flog es, nahm es ab und zu, je näher der Schlaf, desto höher in Lüften, wo es sich vermischte mit dem Schwirren der Sterne. Bevor ich versank, riß ich, riß etwas mir nochmals die Augen auf. Offenen Blicks bereits schlummernd, muß ich in das eisig blaue Auge des Mondes gestarrt haben, der die Hügel der Federdecke weißte. Unter einer Schneewehe lag ich im magnetischen Licht und nahm nicht mehr bewußt wahr, ob die fließenden Gärten, in die jemand hineinging, der ich war, klein, immer winziger, sich im Mond oder auf der Erde befanden. Wasser murmelte, Feuer sang, Funken sprangen über Spalten, Lichttropfen versickerten, in den unterirdischen Gärten wurde es Nacht, der Gnom, den ich von rückwärts sah, verschwand hinter Hecken, zwischen den Augen erlosch der Mond.

*

In der Silberpappel kauerten die Winterelfen und guckten durchs Fenster in den ihnen verschlossenen Raum.

Was macht mein Kind, was macht mein Reh?
Nun komm ich noch diesmal und dann nimmermehr.

Wie sah sie aus, die blutjunge tote Königin, wenn sie um Mitternacht aus der andern Welt kam, um ihr Kind zu sehn und den Bruder Reh? – Flocken, zu einem Kleid zusammengeweht, das nur das durchsichtige Gesicht und die zarten Füße freiließ, umhüllten die Kindfrau, die sich lautlos bewegte im Sternenschein, der die Gestalt in eine Aura von Ferne und Trauer tauchte. Weiße Strähnen ihre Haare, Kummerhaar, das im Nebel schleifte, streifte der dunkle Dezemberwind die bereiften Birkenzweige, wenn wir beim Frühstück unter der Hängelampe saßen, die am Morgen düsterer brannte als nachts, wurde doch ihr Licht, das am Vorabend ins Märchenbuch geschienen hatte, getrübt vom träge aufkommenden Tag.

Aus der warmen Stube zog es mich hinaus zu den Wintergeistern, wer und was immer sie sein mochten: Frost, Wind, Wetter, Holz, Hecke. Eine Hecke bedeutete mir weit mehr als eine Felder begrenzende Reihung von Büschen. Überall auf der weißen stieß ich auf Nachahmungen der grünen Erde. Das nadelte, blätterte und blühte, schaute mich an aus Kristallaugen und verschwieg Geheimes in einwärts sinnenden Schlafgesichtern von Kreaturen, die wir wahrnehmen in Momenten, da die Hülle, die unsere persönliche Zeit schützend umschließt, sich weitet, bis sie zerreißt.

Engramme, die im Strom der Evolution auf einen gekommen sind, finden augenfällige äußere Entsprechungen in den Stand- und Starrbildern des Winters. Die Jahreszeit, in der Stagnieren Überleben gleichkommt, eignet sich wie keine andere zum bewahrenden Museum der Schöpfung, wo sich alle Formen und deren Metamorphosen dar-stellen in weißen Allegorien.

Worte. Ich suche sie heute, ersuche sie, ein Arkanum zu umschreiben, das sich, behütet vom Siegel der Sprechscheu der Kinder von einst, fort und fort verstrahlt. Erregt von Verheißungen, die keiner Einlösung bedürfen, geht Mitte Dezember ein altes Kind in das schwarzweiße Bilderrätsel Winter hinein, Zeichen sichtend, wo andere Gänger Markierungspfähle sehn. In den weiten Äckern verlieren sich die parallelen Linien der Wintersaat unter den Nebel, und ich finde, ihnen nachschauend, die alterslose Leere, Fülle der Welt.

*

25. Januar 1992. – Jahrzehnte sind vergangen, seit Waldo sich an einem Dezembernachmittag verabschiedete von Clara. Waldo David, von dem wir wissen, weil ein Kind ihm begegnete, dem in der Verpuppung einer einsamen phantastischen Liebe die Flügel wuchsen, die man später brauchen würde.

*

Wochenlang hatten die erschlafften Spinnweben sich verborgen gehalten. Bereift zeigten sie sich wieder: Befestigt an steif gefrorenen Halmen, schwangen Silbersegel schwebender Zwergschiffe. Tief im Westen, in einem Gefieder von grauem Flaumgewölk, mußte die Sonne sein. Plötzlich brach sie durch, und der gewaltige Wolkenkranich über dem Horizont hatte in ihr ein glühendes Auge. Aufblinkend in unregelmäßigen Abständen, suchte es die Landschaft ab. Zone um Zone bestreichend, verinselte das fließende Licht die Moränengehölze.

Der Reiter kam über die bald glitzernden, bald aschfahlen Frostfluren geritten. Er band das Pferd an den Kornelbaum, dessen Rauhreifgitter die Zisterne überwölbte. Da ich es mir versagte, Waldo entgegenzugehn, stieg er zu mir auf den Reservoirhügel, unter welchem das Wasser rauschte, hörbar bis hinauf in das mit einem Metalldeckel verschlossene Belüftungskamin. Er entledigte sich der Handschuhe und entnahm dem schwarzen Reitermantel ein verschnürtes Päcklein. »Für dich, Meitli.« Mit zitternden Fingern schälte ich eine runde Cellophanschachtel aus dem zerknitterten Weihnachtspapier.

Morpho. Seine schimmernden Flügel.

»Weine nicht. Ich habe ihn Vater abgekauft, damit er zu keinem andern kam. Er gehört dir.« Waldo streichelte meine Pelzmütze. Eisgrün irisierte der Falter unter der spiegelnden Hülle. Im Kastanienbaum über uns zischelten gläserne Schlänglein. Es waren aber nur die Partikel einer Rauhreiffontäne, die durch die überfrosteten Äste rieselten und uns besprühten. Über unsern Köpfen verzweigte sich die mit spitzen Winterknospen im Nebel fühlernde Krone.

»Nach Neujahr reise ich ins Welschland. Zu einem Onkel, Landwirt. Ein Großbetrieb. Höchste Zeit, meint mein Vater, daß du was dazulernst. Adiö Meitli, ich weiß nicht, ob ich vorher nochmals kommen kann.« Er zündete sich eine Zigarette an. Das Aroma des Rauchs mischte sich in den schalen Frostgeruch. Die Zigarette war ein Aufschub. Schweigend blickten wir aneinander vorbei. Als die Zigarette zu Ende geraucht war, drehten wir uns die Gesichter zu. Seine flußgrünen Augen. Der Maimorgen in der Grube. Das Rad; das Orakel. Die weißen Schuhe. Er berührte meine Schläfenhaare und küßte mich dort, wo im Traum das dritte Auge saß: über der Nasenwurzel zwischen den Brauen.

Eine wunde Stelle, für die ich mich schämte im Schlaf, wähnend, sie stelle mich bloß.

»Hast du schon mal geträumt, ein drittes Auge schaue aus deiner Stirn und sehe Dinge, die man am Tag nirgendsmehr findet?«

Waldo blieb die Antwort schuldig, blickte mich aber so eindringlich an, daß mir war, ihm sei nicht fremd, was das wunderliche Kind ihm anvertraute. Seine Abschiedsworte habe ich vergessen. Noch bevor der Reiter im Hohlweg talab verschwunden war, müssen sie mir verlorengegangen, von der Erregung schon im Moment ihres Lautwerdens zerrieben oder abgesogen worden sein. Verwirrt blickte ich auf Morpho und fassungslos in die Landschaft, die Waldo verlassen würde.

Wer war er gewesen?

Wer war er?

Ahnen wir früh, daß das Geheimnis des geliebten Menschen die Liebe ist, die man selbst fühlt?

*

In dieser Nische saß die Königin, als sie sich ein Kind wünschte so weiß wie Schnee, so rot wie Blut, so schwarz wie Ebenholz. Häufiger und dichter als anderswo schneit es vor dem Nordfenster der Stube, durch das ein gedämpftes Licht auf Mutters Nähtischchen und den Korbstuhl fällt. Wenn man sich beim Nähen sticht, tritt ein Blutstropfen aus: Schneewittchens Wangen-, sein wundes Lippenrot – und über die Schwärze der Haare weiß man Bescheid: In einem Kästchen aus Ebenholz verwahrt der Vater den Goldring des Indianerhäuptlings.

Schneebefrachtete Wolken, die nur langsam vorwärts kommen, bleiben in den rauhen Geweihen der Robinienwipfel hängen, wo sie sich ihrer Last entladen. Zwischen den Zweigen wimmelt es von weißen Bienen, die Stille summt, dann wehen Federn heran, Flaum aus dem Gefieder des großen Winterschwans flockt am Fenster vorüber, und manchmal schmiegt sich der Flor eines Elfentüchleins an die Scheibe, durch die ich, im Korbstuhl kniend, in die zum Himmel schwebenden Bäume schaue; der Schnee fällt, jedem Zweig wächst ein Schwanenpelz. Dem Schleier unter den Bäumen legen sich weitere zu, eine Decke spreitet sich über die Wiese, es schneit, schneit zu, hat es je aufgehört zu schneien seit dem letzten Winter? – Ich vergesse Tag und Jahr, ich vergesse und – ich *erinnere* mich.

★

Einer Unart wegen, die aus dem Gedächtnis getilgt ist, war ich von der Mutter entfernt und zu den Pensionstöchtern in den großen Saal gebracht worden. Zwei weißen Eisenbetten standen zwei Betten aus Holz gegenüber. Früher befanden sie sich dort, wo man auf dem Boden die Druckspuren ihrer Füße sah: hufähnliche Kerben, als wären da zwei schwere Tiere gestanden an der gekalkten Wand, deren Kahlheit unterbrochen wurde durch Kastelle von Schränken. Die vier Welschlandmädchen, denen die Mutter Deutschunterricht erteilte, gaben mir einen Fetzen mondgelber Seide und eine Nadel. Ein langer Faden hing aus dem Ör, schwarz wie die Fäden im Mohn. Auf einem hohen Stuhl saß ich am Fenster, durch das ich ins Geäst der kräftigsten Tanne sah. Unaufhaltsam tropften die Tränen auf den Lappen in meinen verkrampften Fingern, Faden ein, Faden aus, mein ganzes Elend stichelte ich hinein. Ich stach in das Lümpchen, wie es sich gerade traf, ohne Plan und Bedacht, ich dachte nicht daran, ein Puppenkleid zu nähen noch sonst was. Man hatte mich nähen heißen, also nähte ich, Stich über Stich, ich stieß die Nadel in den Stoff und zog sie wieder heraus, zerrte, schob und zerrte, die schöne Eva fä-

delte nach und schlang den Knoten. Faden um Faden vernähte ich. Immer kleiner wurde der Seidenfetzen, den ich, blind von Tränen, zu einem wüsten Klumpen zusammenschnurpfte. Die schwarzen Stiche wuselten im gelben Genist, ich sah Segmente von Insektenbeinen. Allmählich versiegten die Tränen, ich hatte einfach keine mehr, und als in der Dorfkapelle die Betzeitglocke läutete, war ich beinahe getröstet. Die Mädchen lobten meine Näherei auf deutsch und französisch, in der Tanne glitzerten die Nadeln, die Abendsonne brannte ein gleißendes Loch ins Geäst.
Die Mutter, die bald darauf eintrat und sich mir nahte auf einem Läufer von Licht, wollte ich nicht sehen. Sie neigte sich zu mir und strich über meine zerzausten Haare. Auch sie bewunderte das Insektenknäuel. Die Fäuste in den Augen, taumelte ich vor ihr her auf die Türe zu. Hinter meinem geduckten Rücken flüsterten die Mädchen französisch.

*

Ich weiß nicht mit Sicherheit, wer mir die folgende Geschichte erzählt hat. Vielleicht, dachte ich, dem Schneien zuschauend, die Großmama?, stellte doch zur Zeit ihrer Jugend eine Dampflokomotive noch ein Ungeheuer dar. Die Labyrinthe mancher Mythen entstehen um etwas Ungeheuerliches herum, der Kern der Geschichte ist eine Ungestalt. Sie erscheint in unsern Träumen und hält, erinnert und genannt, unsere Phantasie wach für Vorgänge und Erscheinungen einer Zeit, da sich die Natur in Formen versuchte, die sie später verwarf zugunsten anderer, aus welchen, in unabsehbaren Verwandlungen, die gegenwärtigen hervorgegangen sind. Die beflügelten Wesen, die uralten Göttern mit Wein und Honig aufwarteten, wurden zu

Schmetterlingen, das Feuergift, das Herkules verzehrte, fällt heute vom Himmel, der beherrscht wird von Menschen, die nicht wissen, was sie tun. Die wissen, was sie tun und es dennoch tun, sie, die Feuerräuber, Feueranbeter und Opfer von Bränden, deren erster Funke in ihrer dunklen unruhigen Seele zuckt.

Die Lokomotive aus Großmutters Geschichte hat sich mir bei jeder Bahnfahrt in Erinnerung gerufen. Ich habe das Grauen vor den Drachen der Neuzeit nie überwunden. *Ich war das kleine Mädchen*, das in einem alten Haus auf einem Hügel wohnte, wo man, bei Westwind, die Züge jenseits der Ebene vorüberrollen hörte und auf die Pfiffe horchte, die Vater nachahmen konnte. In der Geschichte ging der Vater jeden Morgen früh weg und kehrte erst wieder heim, wenn die Sonne hinter dem Berg verschwunden war. Täglich mußte er viermal einen langen Zug durch den Tunnel fahren im Berg, darin nachts die Sonne schlief. Das Kind, das seinen Vater, den Lokführer, sehr liebte, stellte sich schon am Nachmittag ans Fenster, um Ausschau zu halten nach der schwarzen Schlange: Über Brücken, durch Wäldchen und an Kornfeldern entlang, die gegen Abend eine rötliche Farbe annahmen, glitt sie endlich heran in einer Wolke von Dampf.

An einem späten Herbsttag, der ihm besonders lang erschienen war, schlich sich das Kind heimlich aus dem Haus, unbemerkt von der Mutter, die in der Küche Quittenkonfitüre einkochte. Durch den klaren Abend ging es über Weiden und Stoppelfelder auf den fernen Berg zu, aus dem am Abend Vaters Zug kam. Gegen eine Stunde mußte es gehen, bis es vor dem großen dunklen Tor stand, unter dem die Schienen in den Berg hineinliefen. Das Kind stellte sich neben die Einfahrt und wartete. Es kam aber kein Zug, und kein Pfiff ließ sich hören. Irgendwo rauschte ein Bach, und in der Böschung flatterten Vögel. Still glänzten die Felder, über dem Kind brannte der leere Himmel, die Sonne war fort. So stark verlangte es das Kind nach dem Vater, daß es sich entschloß, ihm entgegenzugehen. Je tiefer es in den Tunnel hinein ging, desto finsterer wurde der lange Gang, von Zeit zu Zeit flackerte ein Licht auf, im Berg roch es wie in einem Keller. Obwohl das Mädchen nicht Gefahr lief, an dem Gewölbe anzustoßen, zog es doch den Kopf ein. Als es, stets dicht an der Mauer gehend, schon tief im Tunnel war, der Berg über ihm schwerer drückte, die Wände enger zusammenrückten, bekam es Angst, der Zug möchte nie kommen und der Tunnel nie enden. Es blieb stehen, konnte weder vor- noch rückwärts und drückte sich an die feuchte dunkle Mauer.

Wie es so gegen die Mauer stand, steif und wie von Sinnen, flammten drei feurige Lichter auf in der Finsternis. Der Berg zitterte und dröhnte, die Schienen gleißten und schwirrten. Schnaubend fuhr der Bergdrache heran, spie Feuer und rollte die Augen, rot brannte das Stirnauge. Unaufhaltsam und endlos donnerte ein Tier vorüber, nahe, immer näher dem von Entsetzen geschüttelten Körper des Kindes.

Als der Vater nach Hause kam, war das Mädchen nirgends zu finden. Die verängstigten Eltern holten die Nachbarn herbei. Man rief nach dem Kind und durchforschte Garten und Haus. Alle Schränke wurden geöffnet, alle Büsche abgesucht, doch die Vermißte fand sich nirgends.

In der Nacht wurde das Mädchen auf einer Bahre nach Hause getragen. Es war der Vater gewesen, der in den Tunnel eingedrungen war, begleitet von zwei Kollegen.

Als das Kind erwachte, wußte es nicht, wo es sich befand. Erst nach einer Weile erkannte es Vater und Mutter. »Bin ich lange fortgewesen?« fragte es, ins Licht schauend, gradaus auf Vaters Laterne, die am Fußende des Bettes auf einem Tablar stand und aus dem Zimmer eine Höhle machte. Es wartete die Antwort nicht ab, sondern schlief gleich wieder ein.

Am Morgen darauf konnte es sich nicht an den Tunnel erinnern. Es sei, erzählte es, über die Felder gegangen, der Sonne nach, dem Vater entgegen. Dann sei es eingeschlafen, so fest, so tief, und beim Erwachen seien die Eltern am Bett gesessen. – »Warum weint ihr?«

*

Auf dem Nähtisch in der Schneewittchennische standen die auf Seidenpapier gedruckten, in blaues Feinleinen gebundenen Romane der Schwestern Brontë und *The golden treasury*, was soviel hieß wie Der goldene Schatz. Ein Buch voller Gedichte, ich verstand kein Wort. Dennoch blätterte ich gerne in dem flexiblen Lederband, in dessen Rücken goldene Lettern geprägt waren, und ahnungsvoll liebkoste man das blumenblaue Leinen der englischsprachigen Romane, nicht wissend von Heathcliff, dessen Blick »ein Loch durch England bohrte«, wie die kühne Elisabeth Smart schreiben würde im Zweiten Weltkrieg, der in meiner Jugend seine Schatten vorauswarf, auch in der Schweiz, insbesondere für Menschen, die Freunde im Ausland hatten. Großäugig muß ich gelauscht haben, wenn die Mutter Zeit fand, das eine und andere Gedicht zu übersetzen. Fremde Sprache, fremde Welt. Seltsam, daß der Mond in unsern Bäumen auch der Meer- und Klippenmond war. In Irland, sagte sie, zwischen zwei Versen ins weiße Land schauend, sei es nie richtig Winter gewesen. »Nachts Sturm und morgens ein Schaum von Schnee, in einer Stunde war alles weg. Zwischen Wolken, die rascher fuhren als Schiffe, blitzte die Sonne auf; noch während sie schien, regnete es wieder, und die grünen Wiesen erloschen.

In der Weihnachtszeit hatte ich Heimweh, stärker als sonst, vor allem in der Nacht, wenn die Kinder nebenan schliefen, der Wind nicht nachließ – wie war ich da einsam, in Gedanken zu Hause bei der Mutter, die jetzt, eine reine Schürze vorgebunden, Anisbrötchen buk, Wintergrün schnitt im verschneiten Garten – kam mir doch selten gleich in den Sinn, daß sie gestorben war, zwei Jahre vor meiner Reise nach Irland... Briefumschläge, die ich, innerlich auf die alten Verhältnisse eingestellt, in einer momentanen Verwirrung adressierte an sie, konnte ich nicht wegwerfen...«

Ich verstand, daß sie gelitten hatte, meine früh verwaiste Mutter, und auch jetzt litt. Finster schweigend saß der Vater über seinem Glas. Gäste kamen selten durch den hohen Schnee; nur die vermummten Männer, die den Schneepflug führten, kehrten kurz ein, um sich bei einem Glas Kaffee-Schnaps zu erwärmen.

Dunkle Tage. Das Jahr mündete in einen Tunnel. In der Gaststube strickte Elfi an einem weißen Pullover. Für Lenhard. Laut tickte das Herz im Gehäuse der Kastenuhr. Im Raum, wo es nicht Tag wurde, nahm sich das Strickzeug, das Elfi von Zeit zu Zeit ablegte, um mit dem Handrücken Tränen zu wischen, wie ein Schneehase aus. Irgendwo lispelte ein Kind, summte eine Märchenamme. Wenn man den Atem anhielt, merkte man, daß das Singen aus dem Ofen kam, wo eine sterbende Glut an verfallenden Scheitern sog, in veraschte Höhlen hauchte, während die Schneekönigin ihr weißes Gesicht ans Fensterglas preßte, und, flüsterte die Stimme im Ofen, der erste Christengel über das Dach flog. Im Garten fanden sich am Morgen seine Spuren: Dellen im Schnee, als hätte da jemand geruht, dessen Schlaf Flügel umhüllten.

★

Bücher, die ich nur teilweise begriff, waren mir besonders lieb. Nicht verstandene Worte hakten sich fest, bohrten sich ein, Bilder, flüchtig und fremd wie jene im Traum, trieben mich um, nisteten sich ein oder entzogen sich. Manchen blickte ich nach wie Sternschnuppen, eine Dürstende ohne Mund, und zuweilen strahlte eine Sonne so hell, daß ich das Buch weglegen mußte, erleuchtet oder geblendet.

Aufgefordert vom Diaspora-Pfarrer (die wenigen protestantischen Kinder unserer Gemeinde wurden auswärts unterrichtet), in der Bibel zu lesen, schlug ich eines Sonntag morgens das Alte Testament auf. Der Liliputdruck und die dünnen, wie Falterflügel aneinanderhaftenden Seiten verhießen Offenbarungen. Ich wußte aber nicht, was ein »Kebsweib« war, und es empörte mich, daß der erzengelschöne Revolutionär Absalom niedergemacht wurde. Unbegreiflich war mir Abrahams Willfahrigkeit, seinen Sohn zu opfern beziehungsweise zu schlachten, auch der Widder tat mir leid. Ferner wurde meine Militärfurcht bestätigt und bestärkt durch die biblische Soldateska. Sie brach in die Stadt ein und »tötete alles Lebendige in ihr«. – Ratlos schloß das Kind das schwarze Buch. (»Wenn ein Affe in ein Buch schaut, kann kein Apostel herausschauen.« Lichtenberg. P. S. zu meiner verfrühten Lektüre einer inkommensurabeln Schrift.)

Meinen Eltern rühme ich nach, uns nie mit frömmlerischen Geschichten traktiert zu haben. Von Jesus, der alles weniger als ein saurer Moralist war, hatte ich in den Religionsstunden der Unterstufenlehrerin gehört und gerne gehört. Leibhaft sichtbar trat er mir entgegen aus Mutters Rembrandt-Buch. Strahlen gingen von ihm aus, gewaltig und sanft hallte seine Stimme über den See und vom Berg; mit und zu den Ärmsten redete er unerhörte, noch nie gehörte Worte, an die sie glaubten, weil sie litten, Frauen und Männer, die »beladen« waren mit Kummer und zerrissen in der Seele von Fragen. »Wozu leben wir, und wohin sterben wir?« Wo immer Jesus weilte und wandelte, auf dem Ölberg, im Tempel, in Emmaus, *erschien* er in einem Licht, das aus ihm selbst kam und mein wunderhungriges Gemüt für ihn einnahm.

Chaotische Fülle, Weltreich der Bücher. Im Falter-Jahr, der Falter beraubt und von Waldo getrennt, *lernte* ich lesen. Zu Weinachten wünschte ich mir Märchen aus 1001 Nacht und einen Kinobesuch in Zürich.

»In Gottes Namen, wenn es denn sein muß.« Sie werde mich begleiten, seufzte die Mutter. Allein lasse sie mich nicht gehn. »Kinderfilme interessieren dich nicht, und anderswo schicken sie dich fort. ›Nur für Erwachsene.‹ Kannst du nicht lesen? Was machst du dann, allein in der fremden Stadt? Ein Landkind verirrt sich leicht.«

»Ich werde die Haare offen tragen, und am Mantel lassen wir den Saum runter.«

Bei einem, der sich »Der fliegende Händler« nannte und alle paar Monate vorbeikam, kaufte die Mutter ein graues Samtbarett und einen breiten roten Ledergürtel. Mütze und Gurt paßten zum Allerleirauhmantel aus dem Paket der Amerika-Tante. Elfis Pumps würden ein übriges beitragen, um das ohnehin großgewachsene Kind in ein »Fräulein« zu verwandeln. »Ein früh entwickeltes Mädchen.« Wer hatte das gesagt zu wem? Und wer hatte mir die Bemerkung hinterbracht? – Mußte ich die Schürze noch loser binden, um zu verbergen, was mich von meinen Altersgenossinnen unterschied, die ich beneidete um ihre eckigen Formen? Gram und Scham. Zu alt an Leib und Wesen für meine Klasse und zu jung für Waldo. Zu jung auch für die Bücher, die ich las, und die Filme, die ich sehen wollte.

Um fünf Zentimeter konnte der Mantel verlängert werden, den ich seines lockern Gewebes wegen liebte. Mühelos ließen sich die dicken Wollfäden aus dem Homespun ziehn, schiefer-, maus-, perl-, stahl- und steingraue Fäden, verwoben zu einem Schneewolkenhimmel: ein Mantel, der Schutz bot vor dem, woran er erinnerte.

An unvernähten Fäden wie auch an Fransen von Schals und Tischtüchern zupfte ich, wenn ich mich unbehaglich fühlte, ausgeschlossen und verwaist in Gegenwart von Leuten, die über einen weg aneinander vorbeiredeten. Wuchs sich das Unbehagen zu einer Not aus, die zu erklären die Worte fehlten, zog ich, unter der Hand sozusagen, einen Faden heraus. Mir kaum bewußt und von den Anwesenden übersehn, spielten die Finger mit ihm, dröselten ihn auf und drehten ihn wieder ein.

Fremd saß man, ging man unter den Menschen; was einem zugute käme beim Kinobesuch. In der Menge würde man unbeachtet untergehn, falls man seine Karte vorweisen konnte, die Karte genügte. Niemand wird dem Kind im wadenlangen rot gegürteten Mantel ins Gesicht schauen – und wenn schon –, es wird das Gesicht im entscheidenden Moment zur Maske verschließen. Gewisse Kinder lernen das früh. Die Maske ist eine Schutzhaut. Oft getragen, wächst sie sich ein.

*

Auf offener Straße studierten wir, vor einem Aushang stehend, die Kinoprogramme und entschieden uns für *Die große Zarin*, mit Marlene Dietrich. Als ich im Rücken der Mutter durch das glitzernde Portal trat, fror mich unter Mütze und Haaren, Schauer unterliefen die Kopfhaut. Plumpe Polstersessel schwammen in einem schummrigen Licht, das Menschen und Mobiliar verlebt erscheinen ließ. Mondsüchtige standen in den Spiegeln herum, vor ihrer ruchlosen Blässe graute mir. Während ich die verheißungsvollen Bilder betrachtete, auf welchen, in abenteuerlichen

Posen und stets noch prächtigeren Gewändern *Die große Zarin* zu sehen war in einsamer Majestät oder mit Gefolge, löste die Mutter die Karten. Dann gingen wir, gelenkt von einem schwarzen Pfeil, in einem blutroten Stollen auf zwei Gespenster der Unterwelt zu, die sich ihrerseits näherten und vor der Spiegelwand zu erkennen gaben als meine Mutter und eine verschüchterte Person unbestimmten Alters. Niemand verweigerte mir den Eintritt.

Der samtene Höhlentempel, wo sich nachmittags drei Uhr nur vereinzelte Zuschauer eingefunden hatten, empfing uns mit dem Übersee-Waltz; ich preßte Mutters Hand, beinahe wurde mir übel – unser erster Film –, beide waren wir noch nie in einem Kino gewesen.

In einer Kutsche, die bedenklich schwankte, reiste die Prinzessin von Deutschland nach Rußland. Gegen die Kälte trug sie einen Zobelpelz mit vielen baumelnden Schwänzen, und wenn sie den Kopf aus dem Kutschenfenster streckte, wirbelten Schneefalterflocken um das reizende Gesicht. (Im Programm vorgestellt als Marlenes Tochter Maria.) Sie schüttelte die Zapfenlocken und machte große Augen, ein Königskind, das zu seinem Prinzen fuhr.

Ob die Reisegesellschaft später in einen Schlitten umstieg? Mir ist, die Prinzessin blickte, je länger die Reise dauerte, desto ernster, denn das Land, durch das sie reisten, hatte nichts zu bieten als Schnee.

Kaum angekommen in der Stadt Petersburg (oder war es Moskau? Zusammengeschachtelt in Hollywood aus Präriebaracken, Holzpalästen und Kirchen, die Kuppeln und auf diesen Kreuze trugen), wurde die Prinzessin einem Narren namens Peter angetraut, der mit leibhaftigen Soldaten Bleisoldatenspiele spielte und Gucklöcher in Tapetenwände bohrte. Durch das Loch starrend, spähte der irre Blick das Beigemach aus: Spione! Überall vermutete er welche, zu Unrecht, später zu Recht. Der Soldatennarr wurde ermordet, und man sah seine nicht trauernde Witwe mit einem Offizier in einem Pferdestall auf Strohballen sitzen, oder lagen sie? Die Ebenholzhaare des verwegenen Granden wallten hinab bis zum Gürtel der mit Tressen und blitzenden Knöpfen besetzten Uniform. Die Prinzessin saugte an einem Strohhalm, und dann küßten sie sich.

Nach einer Pause sah man die schöne Witwe, die inzwischen einige Jahre älter, doch immer noch schöner geworden war, mutterseelenallein in einer enormen Krinoline, die den Dreck der Welt und des lasterhaften Hofs von ihr abhielt, gemessen durch einen Saal schreiten, wo tausend Kerzen auf funkelnden Lüstern brannten. Sophie Auguste hieß jetzt Katharina die Zweite, trug eine silberweiße Perücke und sprengte, vom Reifrock umgestiegen in ein sandfarbenes Reitkostüm, auf einem Schimmel zum Kreml. Die Glocken läuteten so stürmisch, daß mir die Tränen kamen. Erschüttert verließ ich das Kino, auch die Mutter wischte sich die Augen. Als wir zum Bahnhof gingen, sehnte ich mich, getrieben von einem zügigen Wind, der die lange breite Straße fegte, nach dem Land aus Schnee, dessen kühne Kaiserin auf einem weißen Pferd ritt, hinaus in die Ebenen ihres Großreichs zu den – man kam erst später darauf – Potemkinschen Dörfern.

*

Lichtspiele. Wie wunderlich, wie trügerisch bebildert die Welt war, wenn man sie im Kaleidoskop ihrer und der eigenen Träume sah. Immerhin hatte der Film mein Interesse für ein Land geweckt, mit dem man sich zeitlebens beschäftigen würde. Dessen historische Konstanten man lesen lernte, um festzustellen, daß sie Aufschlüsse boten. Aus vielen Rätseln und mancherlei Rußländern setzte sich das Geheimnis Rußland zusammen. Im Verlauf des Lebens versuchte man, zumindest bis in die Vorgelände einiger Zonen durchzudringen, ein tief verunsicherter Stalker, der sich gleichzeitig gegenübersah Aljoscha und Rogoschin, Verrückten und Weisen, Heiligem und Verruchtem.

Iwans des Schrecklichen, Peter des Großen, Katharinas Rußland, das Rußland der Romanows. Tolstois Landschaften und Menschen, Dostojewskijs Gottesnarren, Schwätzer, Aufrührer, Fallsüchtige und Anarchisten, Spieler und Märtyrer, Winkelgassen und Treppenschächte. Tschechows Verhinderte auf Landgütern, in Schluchtkaten und Bürgerhäusern.

Anton Tschechow ist der Dichter der Vergeblichkeit und des Vergessens. Symptomatisch die Gestalt des Raufbolds Dymow in der Steppe, dessen Aggression letztlich Traurigkeit zugrunde liegt. In der Tiefe sternübersäter Himmel verhallt ungehört der Ruf des Menschen nach Gott. – Oder doch nicht ungehört? Ist unsere Sehnsucht der Schatten einer Präsenz, die wahrzunehmen uns die Organe fehlen?

Voraussehend verweisen Tschechows verrottete Ländereien und zerrüttete Seelen auf Lenins und Stalins Sowjetunion: Produktionswahn, Ausrottung der Geistigkeit, die Knutenerziehung zur Unterwürfigkeit, Rückschritt in die Barbarei mit dem Vorwand der Egalität. Von der Ausrottung der humanitären Idee, getätigt mit der gleichzeitigen Verwüstung der Natur, kündet, 1904, die Tragödie *Der Kirschgarten*.

Endlich Gogols durch Sumpf und Steppe rollende Kutsche. Wohin im *Raum* Rußland, der die Grande Armée verschlang? Zu den hungrigen Wölfen – ihre Glitzeraugen über dem phosphoreszierenden Schnee –, hinter die Wälder in die weiße Ödnis Archipel Gulag, schiefe Grabzeichen im Schnee: unter Schnee und Erde die Toten, die Hekatomben der zu Tode Geschundenen – Mandelstam –, das sibirische Totenreich. Wer zählt die Schatten unter dem Eis, die Wiedergänger im Schneesturm!

In der Sowjetunion, proletete ein Vorlauter am Jaßtisch, gehöre jetzt alles allen, was ich mir nicht vorstellen und schon gar nicht wünschen mochte. Die wenigen Dinge, die ich besaß, waren mir lieb. Daß man sich ihretwegen Gedanken machte, sie berühren, schützen, in Augen- und Griffnähe wissen durfte, vertiefte die Beziehung. Der Stein auf meinem Büchergestell, der sich äußerlich kaum von andern Ackersteinen unterschied, wurde zum unauswechselbaren Juwel in der Hand, die seine Rundungen liebkoste. Angewiesen auf eine persönliche, nicht teilbare Schutzherrschaft, deren Aufgabe darin bestand, seine Freiheit zu schützen, und, wenn nötig, zu verteidigen, lehrte er seine Eigentümer Verantwortung. Wer verteidigt die Sache, die »allen« gehört? Unter den vielen jener, der sie liebt.

*

Atmet man freier, wenn sie von Freiheit sprechen, auf Freiheit pochen, hoffen, dringen, drängen? – Schlimmer ist, wenn sie es nicht, nicht mehr tun und ächten, was das verbotene Wort utopisch verheißt und entwirft. Denn alle möchten sie frei sein, die einander bekämpfen auf feindlich sich durchkreuzenden Wegen zur Freiheit, bis sie in Fesseln liegen und die Freiheit über sie weg- und davonfliegt. Ein Vogel, dem man nachschaut.

Um einigermaßen zurechtzukommen in der sowohl amoralischen wie konsequenten Natur und im wertfreien Kosmos bemüht sich der homo sapiens um ein ethisches Gesetz, das sich anwenden läßt auf alles Geschaffene von Geheimnisträgern der Freiheit: mutigen Individuen jeder Schicht und jedes Berufes. Vereinnahmt von Sozietäten, verlieren auch sie ihre Freiheit.

Daß wir Krankheiten ausgeliefert sind und vom Tod überwältigt werden, behindert unsere Freiheit zum vornherein. Frei – vielleicht – ist nur die all-einige, des Leibes ledige Seele in einem Sein oder Nicht-Sein, über das wir so gut wie gar nichts wissen.

*

Über untief verschneite Felder läuft es sich leicht. Es geht ja auch immer bergab, der Gang ist ein Flug, ich muß Waldos Haus im Schnee sehn, den in die Schneeruhe heimgeholten Garten, das Flaumdach mit der eisernen Fahne. Ihren Wehlaut möchte ich hören in der Wildnis der Auenwälder, wo im Frühling der Kuckuck gerufen hat. Zwischen den weißen Kanalborden rinnt verlangsamt das schwarze Wasser. Grüne Pflanzen liegen in der Ströhmung, die Bewegung der Wellchen überträgt sich auf sie. Auf und ab, als atmeten sie, wiegen sich die Wasserfedern an Ort, greifen aus, gefesselt an ihre Wurzeln.

Waldo, habe ich gehört, ist noch nicht verreist. Stiefelstapfen vom Haus zum Stall. Von meinem Versteck aus kann ich den zugeschneiten Garten überblicken und das Haus. Nichts regt sich, auch der Himmel ist zu, es könnte wieder zu schneien beginnen.

Keine Spiegelspiele in den Fenstern. Schlafende Fenster, Tierspuren im Schnee. Hasen, Rehe, und, in die Kreuz und Quer, die verkümmerten Sterne der Vogeltritte.

Der Schnee muß in feinsten Flocken gefallen sein; wie Staub fühlt er sich an, behaucht von Leben, das aus einer reinern Sphäre kommt.

Ich verziehe mich, gehe den Weg, der am Gehölz entlang zum Weidendorf führt. Um auf die nächste Landstraße zu gelangen, muß Waldo diesen Weg nehmen, es gibt keinen andern.

Es ist nicht schwer, einen Falter in den Schnee zu zeichnen. Zweimal zwei Flügel, ein großes und ein kleineres Paar, der Leib eine Spindel, die Fühler Antennen, die Spirale des Saugrüssels.

Um den Schneefalter zog ich einen schützenden offenen Kreis, der als die Initiale meines Namens gelesen werden konnte. Unweit davon legte ich mich neben der Weide, die im Sommer einen vermoosten Grenzstein beschattet, in den Schnee, ausgerichtet wie eine Kompaßnadel, und führte die Arme im Bogen durch den Schnee, bis sie sich über dem Kopf beinahe berührten. Vorsichtig setzte ich mich auf, um den Abdruck nicht zu verwischen: ein Reiseengel für Waldo David. – Die Nacht wird ihn einfrieren. Die Botschaft ist bestimmt für den, der sie zu lesen weiß.

*

Es erleichtert mich, Waldo weit fort zu wissen. Im Welschland. Auf der Karte suche ich den Ort. Ein Kreislein, kleiner als eine Pupille. Durch Vaters Lupe starre ich darauf. – Das beklemmende Herzklopfen, das Händezittern, wenn er anwesend war: Ob es mir gelang, sie zu verstecken vor ihm, vor allen?

Beim Einschlafen kann ich ungestört an Waldo denken. Niemand fragt mich: »Was denkst du? Schaust wieder Schlösser in die Luft. Wo bist du?«

Ich erfinde Geschichten und Landschaften, darin wir uns begegnen, nicht zufällig, obwohl wir uns nicht verabredet haben, der Instinkt lenkt uns. (Fliegender Teppich der Wach- und Schlafträume. Nachdem es sie aufgetrennt hat, liefert das Leben die Grundmuster nach; bis dato.) Während die Nacht zunimmt an Höhe und Transparenz, begebe ich mich im Vorschlaf zu den erratischen Blöcken, komme ich nicht los vom Zweignetz der Novemberkastanie, das Karussell kreist – ein junger Mann in weißem Hemd spricht in der Kiesgrube ein halbwüchsiges Mädchen an, es schneit auf die Flußauen, über dem Moor setze ich mich auf einen Stein, am Horizont die Silhouette eines Reiters, da, hier, eine Spanne vor meinen geschlossenen Augen sein aus Ungreifbarem gemachtes Antlitz; Nebelwatte und Schatten. Beredt, läßt es sich nicht ansprechen, nahe, duldet es keine Annäherung, verbirgt sich hinter einem fremden, eindringlichen Lächeln, zieht sich zurück – vergeht wie ein Stern in einer Wolke. In der Hoffnung, es kehre zurück, liege ich bewegungslos, suche unter den Lidern. Nichts, Nieseln der Finsternis, die Glocken der Stille. – Ich habe ein Gesicht gehabt.

*

Zwei Tage nach Weihnachten bin ich mit Georg im Wald gewesen. Im Unterholz hat ein Plüschschaf auf ihn gewartet, der Schnee gab ihm Leben, es zitterte, schaute uns an. Er ist darauf zugerannt, hat es an sich gerissen und sein kleines Gesicht am Kunstpelz gerieben. Beim Heimgehen erzählte er mir von seinem Freund, dem Apfelbaum, der jetzt allein sei und friere. In der Dämmerung haben wir eine Sternenkette gebastelt für den einsamen Baum.

Meine Schwester und ich wünschten, Georg wäre unser Bruder. Es wäre schön, einen kleinen Bruder zu haben. Er würde uns und die Mutter beschützen. Beherrschen sich Väter Söhnen gegenüber besser als vor Frau und Töchtern, wehrlosen Weibspersonen, die weder zurückschlagen dürfen noch schießen können?

Am Silvester riß der Vater den letzten Fisch aus dem Fischkalender und legte den Barsch zu den andern Blättern in eine Schublade des Sekretärs. Das fragile Möbel enthielt Geheimfächer, deren Schlösser klemmten, weil sie kaum je geöffnet wurden, so selten, daß schon niemand mehr wußte, was die Verliese enthielten: Goldstaub, Münzen, Haifischzähne, Briefe, Edelsteine? Das Jahr war um. Frischgeblieben in der eiskalten Jägerstube, duftete der mehr und mehr vereinsamende Tannenbaum gegen die Gerüche der verrotteten Pelze und Federbalge an. Um den mit schillernden Glaskugeln, Vögeln, Goldlametta, Engeln und Silberfäden geschmückten Baum herum scharten sich die Tiere, friedlich gesellt Reiher und Krokodil, und ihre Glasaugen blinzelten und funkelten in einem geheimen Einvernehmen, wenn plötzlich Licht aufflammte in dem verdunkelten Raum.

Einen schönern Baum, hatte der Vater in der Christnacht gesagt, hätten wir noch nie gehabt. Das sagte er jedes Jahr. Jedes Jahr verharrte die Familie überwältigt vor dem schönsten aller Bäume, versammelten sich, wunderbar auferweckt von Walddüften und blitzenden Sternen, in Nischen, auf Tablaren und Tischen die Tiere, der Buddha lächelte, und draußen in der Nacht krallten sich die ausgesperrten Geister an die Stäbe, die die Fenster vergitterten, gierig nach Leben, Inkarnation.

Einzig die Falter hatten gefehlt. In den Glasdeckeln der leeren Särge spiegelten sich die Kerzenflammen. Als die Kerzen zu Stümpfen herabgebrannt waren, huschte ein Schwarm von Irrlichtern aus der Falterecke. Auf jedem Kerzenstumpf saß ein blaues Falterchen und kämpfte, letzte Nahrung suchend, mit zuckendem Flügel.

*

Jedesmal, wenn wir auf jemanden warten, überkommt uns, die wir, mitschwimmend, in der fließenden Zeit leben, eine Ahnung der Ewigkeit. Wartend wechseln wir in eine andere Zeitform. Aus dem Welschland traf kein Brief ein.

Um die Hoffnung, eines Tages doch einen zu erhalten, kämpfte ich wie die blauen Falterchen. Es war gut, daß es schneite, Wattefetzen am Morgen, abends Körner und Sterne. Dem Schneien zuschauend, wurde ich so müde, daß ich einschlief über dem Märchen von der Schneekönigin. Im Traum mühte ich mich ab, das Wort *Ewigkeit* auszulegen auf einem Spiegel von Eis. Als ich erwachte, brannte die Lampe. Während ich, die Arme über dem Buch verschränkt, geschlafen hatte, war es Nacht geworden. Ein später Gast polterte die Treppe herauf. Die Hängelampe schwebte im Schneebaum draußen. Unter ihr war das Kind zu erkennen. Schneeäste umarmten seine Schultern. Aus dem Fenster nickte es mir zu. Sobald ich mich, durch den Gast aufgeschreckt, erhob und tiefer ins Zimmer hineinging, verschwand es. Im Baum war jetzt nur noch die Lampe zu sehn: ein Fächer, den der Nachtwind pendeln ließ über der dunkeln weißen Erde.

*

Rudimente von Violinschlüsseln, stießen die Haken, an welchen die Jacken, Mützen und Schärpen der Schüler hingen, aus der mit Rupfen bespannten Wand des engen Korridors. Wer zu spät in die Schule kam, hörte die Stimmen der Lehrer hinter den Türen: den selbstbewußten Tenor des Herrn S., der die mittleren Klassen führte, sowie, aus dem Zimmer des »Zubaus«, die geduldig ermahnende Stimme der Nählehrerin. Die Ober- und Unterschule befanden sich im zweiten Geschoß. Auf den Stiel ihres rauhfüßigen Besens gestützt, stand irgendwo im Zwielicht des nach Putzöl stinkenden Stiegenhauses die Abwartin. Ich grüßte sie mit Respekt, oft mehrmals am gleichen Morgen, gehörte sie doch zu den Leuten, die alles über alle wußten.

Nach Schulschluß wurden die Garderoben gestürmt.

Die Jungens bewarfen einander mit Mützen und Fausthandschuhen, die Mädchen verwechselten die Schärpen. Die Gänge widerhallten vom Rufen und Schreien, die Treppen vom Getrappel der mit klappernden Holzsohlen versehenen Schnürschuhe.

Wer hatte die Ärmel meiner Jacke verknotet? – Um kein Aufsehen zu erregen, zog ich mich in die Toilette zurück. Am Fenster zum Abwartsgarten löste ich im Schmierseife- und Fäkalgeruch der Aborte die drei harten Knoten. Unterdessen war es ruhig geworden im Schulhaus. So unheimlich ruhig, daß mir bangte, mein Réduit zu verlassen. Der Vorhof lag leer, alle Kinder waren zerstoben, verschneite Tannäste bedeckten im Abwartsgarten die Stellen, wo im Herbst Chrysanthemen geblüht hatten längs des Zauns, honiggelbe, granat- und rosarote. Die Astern im Rücken, war Andrea eines Nachmittags im Herbst in der Dreiuhrpause auf dem Zaun gesessen und hatte mich beim Seilhüpfen beobachtet, weshalb ich das von zwei Mitschülerinnen geschwungene Seil verpaßt hatte und auf die Steinplatte gefallen war. Die Schürfung hat eine Narbe hinterlassen. In Detektivgeschichten verraten sich Verfolgte durch eine Narbe. Die meine war vier Monate alt, als Andrea nach der Schule unter einem Baum, der brandschwarz im violetten Schneefeld stand, auf mich wartete.

»Deine Jacke hat dieselbe Farbe wie deine Augen. Blau ist meine Lieblingsfarbe.« Kein anspielendes Lächeln verriet den Knotenknüpfer. (Waldo hatte grüne Augen gesehen. Jeder sah, was ihm am besten gefiel.)

»Der Schwanenweiher ist zugefroren. Ich lade dich ein zum Schlittschuhlaufen. Ja oder nein?«

★

Eigentlich sah man nichts. Doch konnte man sich vorstellen, daß unter der trüben Eistafel Tangschlingen eine Muschel umarmten und gallertartiges Salzkraut die Winterruhe des Molchs schützte. »Die Frösche«, sagte Andrea, »schlafen im Schlamm, im Schlaf sehen sie aus wie mexikanische Götter, du glaubst, sie sind tot...« Auf dem Eis stehend, sah er um sich. Winterstarre; es war bitter kalt, außer ihm und mir hatte sich niemand eingefunden, der bei 15° minus Schlittschuh laufen mochte. Bewegungslos verharrten die durch einen Kältedunst weit abgerückten Tannen und Pappeln, die den Wasserbezirk gegen das torfige Umgelände abgrenzten; Wasservögel waren weder zu sehn noch zu hören, die Schwäne, sagte Andrea, seien über den Berg gezogen an den See. Wahrscheinlich meinte er den Hallwilersee. Anläßlich einer Schulreise hatten wir ihn befahren, wobei mir sehr unheimlich zumut gewesen war, hatte sich doch auf diesem See die Traurige Brautfahrt zugetragen, von der eine Sage berichtete. Außer dem Schiffer ertranken alle, die im Kahn fuhren. Auch Braut und Bräutigam, vor Augen das Ufer – vom Kirchturm luden die Glocken zur Hochzeit. – Sturm, Schiffbruch, Untergang. – Plötzlich wurde mir bewußt, daß Andrea und ich uns nicht auf sicherem Boden befanden. Der Teich galt für tief.

»Ist das Eis fest?«

»Fest genug, um einen Laster zu tragen. Uns spürt es überhaupt nicht.« Losfahrend setzte er sich von mir ab und zog, mich umkreisend, einige Runden. Dann schoß er auf mich zu, ergriff meine Hand und riß mich mit. Im Paarlauf liefen wir uns warm. Andrea entledigte sich seiner Jacke und warf sie an die Böschung, wo sie sich kaum abhob vom blaubeschatteten Schnee. Ich entzog mich, er flitzte davon, es sog ihn hinaus. Zur Silhouette verschmälert, verharrte er auf dem Eis, in Schwarz von Kopf bis Fuß, ein Stirnband hielt das lockige Haar zusammen. Ich stand im Schilf und verfolgte seine Sprünge, die übergingen in ein rhythmisches weitausholendes Kreisen. Er fuhr zu einer Musik, die nur er hörte; vielleicht mit geschlossenen Augen, da nichts seinen Eistanz behinderte auf der weiten leeren Fläche. Als sich der Wirbel zu einem wie aus der Tiefe gesteuerten Gleiten mäßigte, mußte ich an das selbstversunkene Traumschwimmen von Schwänen denken. Auch Menschen nähern sich im Traum in dieser Weise: gleichsam auf Schienen. Bekannte Fremde. Man hat sie noch nie gesehen und glaubt sie doch zu kennen.

Beschleunigend, hielt Andrea schnurgerade auf mich zu, stoppte, knapp einen Schritt vor mir, und klaubte einen Zwergapfel aus der Hosentasche, den er mir überreichte. Rot. Nichts Rotes weit und breit im grauen Land außer diesem Apfel. Die Sonne über den Pappeln war ein weißes Loch.

»Du willst ihn nicht essen?«

»Nicht jetzt.«

»Schade, ich hätte ihn gerne mit dir gegessen. Du einen, ich einen Biß.« Seine Augen saugten an meinem Gesicht. Scheues wildes Tier. Jäh wandte er sich ab und fuhr weg, diagonal auf den entferntesten Teichwinkel zu. An diesem Tag sah ich ihn nicht wieder.

Die Jacke, die er am Ufer hatte liegenlassen, nahm ich zu mir. Der silbergrüne Stoff fühlte sich wie Samt an.

*

Am nächsten Morgen, es war Sonntag, kam er gegen neun Uhr in die noch unaufgeräumte Wirtschaft, setzte sich an einen Ecktisch, bestellte eine Himbeerlimonade und rauchte eine Zigarette. Er hatte sich Brillantine in die Locken gestrichen, einen Zypressenzweig ans Revers gesteckt und duftete wie Waldmeister. Hinter der Theke mußte Elfi das Lachen unterdrücken. Als ich ihm die Jacke überreichte, lud er mich zu einem Glas Limonade ein. »Hat sie dich warmgehalten?« Er habe gewußt, daß sie bei mir sei. »So was fühlt man.«

Am Fenster stehend, sah ich ihm nach, wie er sich durch die Allee entfernte. Mehrmals blieb er stehen und ging auch einige Male in den Garten hinein, linker, rechter Hand des Graswegs, obwohl dort zur Zeit so gut wie nichts zu sehen war für einen Jungen. Leere Vogelnester, Tierspuren. Kurz setzte er sich, dem Haus zugewandt, rittlings auf den krummen Stamm des bemoosten Birnbaums, an welchem die Katze die Krallen zu wetzen pflegte, und hob grüßend die Hand, worauf ich sofort wegtrat vom Fenster. Er werde unsern Garten pflegen, gab er mir am Montag zu bedenken, später, wenn er alt sei, er überlegte, »sagen wir 28«. Aber vorher fahre er zur See. – »Du wartest auf mich? Ja oder nein?«

*

Unser Dialekt hat anschauliche, alle Sinne berücksichtigende Wörter für das Wetter, welches das Eis bricht. Chuute und chosle, hudle und hüüle. Der Föhn kämpft gegen den Frost, der Schnee gegen den Regen. Alles läuft davon, will heim ins Chaos, trieft, pflotscht, schmatzt, gurgelt, die Äcker werden zu Teichen. Zugvögel wässern im gespiegelten Blau, die feuchtbraune Erde ist durchsetzt mit Himmelsscherben, die Wege fließen, Wülste aufgetauter Erde stauen sich zu Seiten der Karren- und Traktorengeleise, die vom Schneepflug gehäuften Wälle sind mit Dreck untermischt, von Stunde zu Stunde vermagern sie, sinken sie in sich zusammen, aus weißen Mauern werden Erdschlangen, die Nymphe im Baum erwacht und reckt sich, das Gras steht auf. Am Rand der Gebüsche und auf Schattenmatten verkümmern pockennarbige Schneetiere, die Straße ist ein wüstes Schlammbett, doch die Felder und Wiesen duften und dampfen, die wäßrige Helle des von Schlieren marmorierten Himmels schmerzt, unter der Scheunentraufe hat sich eine Lache gebildet. Gerüche werden frei, Düfte. Im Ruch von Veilchen, Harz, Gras, Holz, Humus und Dung verjüngt sich die Erde. Jeder Frühling ist der erste. Die Spitzen der Februarglöckchen stechen durch den Schnee, als sprießten sie aus der eigenen Keimschicht, ein Schmerz so lustvoll, daß man an sich halten muß, um nicht zu weinen wie ein Kranker, vielleicht Genesender, der nach langer Zimmerhaft zum erstenmal wieder den Garten betritt und freie Luft atmet. Das geht in die Lungen, entkrümmt den Rücken und unterläuft die Stellen, wo einst die Flügel saßen. Die Rippen dehnen, die Arme längen sich. Es kribbelt unter der Haut, fährt in die Beine, du läufst in die schmatzende Wiese hinein, atmest mit geblähten Nüstern, schmeckst Luft und Farben, die Augen trinken, die Poren saugen, der Wind greift unter die Haare, haucht warm, bläst kalt, schüttelt durch, entblößt die Schläfen – o die Florbänder überm Horizont, Schwanenbahnen, weißgeflockt –, oder zog Ariel vorbei und ließ Federn auf seinem Flug zu den Menschen?

*

Die Erde verschloß sich wieder, und viele Knospen erfroren. Die frühjährlichen Rückfälle lösten bei Elfi Depressionen aus, die sie nach jedem Strohhalm auslangen ließen. Sie beherbergte streunende Katzen und leistete Lumpen-Ritters Aufforderung zum Pasodoble Folge. Ritter, ein auf Tanzturnieren brillierender Gigolo, schob sich, beide Hände in den Taschen der Nadelstreifenhose, durch die Schankstube, als übte er immerzu den Tangoschritt. Der

Perückenschopf sei dauergewellt, so der Volksmund, Elfi dagegen, über die Schulter: »Der Ritter ist eben auch einer von unten, reden kann er nicht, aber tanzen – und wie.«

Zum Hacken und Schleichen der Schlager aus dem Schrankgrammophon führte das Paria-Paar Figuren vor, die bei den Bauern auf Entrüstung stießen. »Geh, Elfi, mach dich nicht so billig.« Trat Lenhard ein, ließ das Mädchen Ritter stehn, der allein weitertanzte, ein Hindernis den Passierenden. Abgelehnt von den Einheimischen wie auch von den Kolonisten, stahl sich der Artist davon, gleich einem Wind in der Nacht, niemand wußte, wohin.

Der Abgang des gemeinsamen Feindes bewirkte das sofortige Ende der kurzfristigen Eintracht. Die Bauern wandten sich von den Kolonisten ab, die ihre Streitigkeiten fortsetzten, und sprachen von Saatgut und Politik, Tauwetter war angesagt.

*

Überlichte Märztage. Vorbei die Zeit, da man sich verstecken konnte im grauen Tag. Das erste Gewitter über den nackten Feldern, Blitze aus dem ostseits bleiernen Himmel, Heiterkeit von Süden her, Föhn und Bise kämpften um Vorherrschaft. Unser Haus im Schnittpunkt der Winde. Seine Mauern aus Pappe, seine fahlen Fenster im blausten der Blitze. Zwiespältiger Frühling. Ein Riß geht durch die Welt. Das Herz dreht sich um, das Feste löst sich auf, das Flüssige dringt ein.

Charly spielte im Gehen. Ihm zu seiten schlendern der blondy Bobby und der schwarze Mehr. Friedrich Maria Mehr, den man schon seines Namens und seiner leichten braunen Hände wegen mag. Der Wind trägt den Gesang der drei Kumpane über die dampfenden Felder. Die südöstliche Alpenkette im Neuschnee: Gipsberge, glaziale

Szenerie, darstellend den distanzierten Hintergrund eines zeit- und raumentwurzelten Tages. Ein meerzwiebelblaues, ein zitronenfaltergelbes Hemd, Bobby und Friedrich Maria haben die Vestons um die Schultern gehängt. Charly, wie üblich, im Ausgeh-Anzug. Anämisches, abgetragenes Lila; des Musikanten verkommene Eleganz. – Was spielte Charly?

Charly spielte *Es waren zwei muntre Gesellen* und *Zwei Waisenkinder gingen* ... Immer waren es zwei, die durch die Tücken des Lebens auseinanderkamen. Das eine verschlug es da-, das andere dorthin, und nie mehr fanden sie zusammen auf der runden Erde, deren Wege nicht aufeinander zu-, sondern voneinander wegführen. Es sei denn, man treffe sich, spät, in der Sackgasse Tod. Niemands Ziel, das jeder erreicht. Glücklich jene, denen es vergönnt ist, einen letzten Blick zu tauschen. In Charlys Liedern fuhren sie meist einsam zur Grube. Immerhin rauschte eine Linde über dem Grab, die Zeit ging dahin, tröstete, oder auch nicht. Heimwehlieder, sentimentaler Kitsch, aber das störte einen nur, wenn unbescholtene harmlose Leute Charlys Intonation nachzuahmen versuchten, was einzig Elfi gelang. Wehe Weisen klingen nur echt, wenn sie aus einer wehen, wenn nicht verruchten Seele kommen. Die Orgelschluchzer und den heisern Gesang der drei Desperados hörte ich synchron mit dem Schmatzen der Schollen, dem Heulen der Waldsägen, dem Schmelzwassergurgeln und dem lüsternen Wind in den schattenlosen Märzbäumen, die Klöppelspitzen ähnliche Schatten warfen. Geblendet, die Hand an der Braue, schaute ich aus, horchte. Charlys Lieder paßten in diesen Tag, der weder zum Winter noch zum Frühling gehörte. (Außerzeitliche Tage: An sie erinnert man sich. Das lichte Gewölk am Horizont täuscht an kalten Vorfrühlingsmorgen Schnee vor.)

Wenn sie nicht sangen, erzählten sie einander ihr Lebensmärchen. Viel müssen sie erfinden, um es abzurunden zur Wahrheit der Phantasie, an die sie, wenn auch heruntergekommen, noch immer glauben. Ihr fragwürdiges Selbstbewußtsein beziehn sie aus der Vorstellung dessen, was sie sein könnten (von dem, was einer *ist*, kann selten einer leben), was sie wären in einer Welt, die ihnen Vater und Mutter, Heim und Heimat nicht vorenthalten hätte. Vater und Mutter unbekannt, Bobby und Charly sind unehelich geboren, Friedrich Maria ist Vollwaise seit dem dritten Jahr. Unter den Nonnen haben sie beten, dankeschön sagen und notlügen gelernt, bei den Bauern fluchen und arbeiten. Liebesmangel und Schläge; daraus wird nichts Gutes. Nun gehn sie vom Weg ab, diagonal über die Wiese, stracks auf die Wirtschaft zu, singen »Ich weiß nicht, was soll es bedeuten...« Ch., B. und F. M. wissen sehr wohl, was es bedeuten soll, daß sie so traurig sind. Auch ihnen kommen, gehn alte Märchen nicht aus dem Sinn. Nicht aus dem Sinn kommt ihnen das Märchen ihres früh kaputten Lebens, die Luft ist kühl, und es dunkelt, und wenn sie etwas funkeln sehn, sind es die Schätze, die sie zu gewinnen hoffen, so oder so, Abwege sind zu erwägen. Nichts ist den am falschen Ort und zur falschen Stunde in die Welt Gesetzten erlaubt gewesen, weshalb sie sich jetzt, zu ihrem Unglück, man weiß es, und sie selbst wissen es auch, zu viel erlauben. Dafür kann man sie bestrafen. Wer bestraft wird, ist ein Sträfling. Vordem Sträflinge, sind sie zur Zeit Kolonisten, die mit einem traurigen Lied durch einen traurigen Vorfrühlingstag ziehn und, beurlaubt bis 22 Uhr, erst hinter der Gartenmauer, dann im Wirtshaus verschwinden, um eng zusammenzurücken an »ihrem« Tisch, einem runden Ecktisch. Mit dem Sackmesser ritzen sie Zeichen in das mondnarbige Tafelrund, heimlich, wenn die Aufmerksamkeit des Wirts in Anspruch genommen ist vom Kartenspiel. Es kommt auch vor, daß sie auf Zetteln Notizen hinterlassen, die niemand lesen kann, da sie in Geheimschrift verfaßt sind. Was wollen sie uns mitteilen, die andern, die am hintersten Tisch in der finstersten Ecke, in der sie sich, für einen Abend, geschützt glauben vor sich selbst und dem Dämon, der sie, nochmals und noch einmal, zurückreißt in den Strudel ihrer ruhlosen Existenz?

★

Wenn die Kinder sind im Dunkeln,
Wird beklommen ihr Gemüt,
Und um ihre Angst zu bannen,
Singen sie ein lautes Lied.
Heinrich Heine

Die Luft ist kühl, und es dunkelt. Unablässig tropft die Dachtraufe. Das Scheunentor ist geschlossen, eine dunkle Bretterwand, vollgesaugt mit Luftfeuchtigkeit. Unter der Traufe erweitert und vertieft sich die Lache. Die eindunkelnden, Erd- und Grasaromen verströmenden Matten verziehn sich unter das Aschenrieseln der Dämmerung, Wolkenkontinente im Westen, Länder teilen sich, wachsen wieder zusammen, zwischen den Schollen erste Flackersterne. Aufscheinen, Wegtauchen. Wer liest ihre Funksignale? Am jenseitigen Rand des Torfmooses kommt ein Feuer hoch. Der brennende Dornbusch. Gott erscheint den Moorgeistern; über den Torfstichen und Weihern stehn weiße Dünste, fossile Wurzeln liegen bloß; die Heidebuben werfen sie ins Feuer; Tagundnachtgleiche; heute hat der Frühling begonnen.

Im letzten Licht wird Andrea vorbeikommen, über seinem mienenlosen Spiegelbild ein Faltboot setzen, in die Lache starren. Die Augen nahe am Spiegel, hockt er am Wasser, kniet er im nassen Sand und bringt mit Hauchen und

Pusten das Boot in Fahrt. Aufrichten wird er sich und durch die knospenden Büsche über der Mauer zu den erleuchteten Fenstern der Arche hinaufspähen, während im Tal unten das Geschwisterhaus umbrandet wird vom Auennebel, der in Märznächten zum Strom Amazonas anschwillt und nach Ostern die Iris-Inseln freigibt. Dort blüht, der menschlichen Gier abgerungen, die Blaue Blume jener, die nicht vergessen, die noch, die wieder wissen, daß die Erde ein blauer Stern und Augenweide der Toten ist.

*

Aufgeboten zur Rettung der Inseln, suchen alle Sinne die Wörter ab auf ihren Ursprung aus den elementaren Lauten der Zeit, da das Vater-Schweigen Befehl und die Mutter-Sprache dessen Umsetzung war in ein Gewährenlassen innerhalb not-wendiger Freiheiten und fließender Grenzen, die auszumachen der Mensch seine Spirale erweitert. – Kreise schließen sich, die Spirale bleibt offen.

Die Autorin dankt der Stiftung Pro Helvetia
für die großzügige Unterstützung
dieser Arbeit.